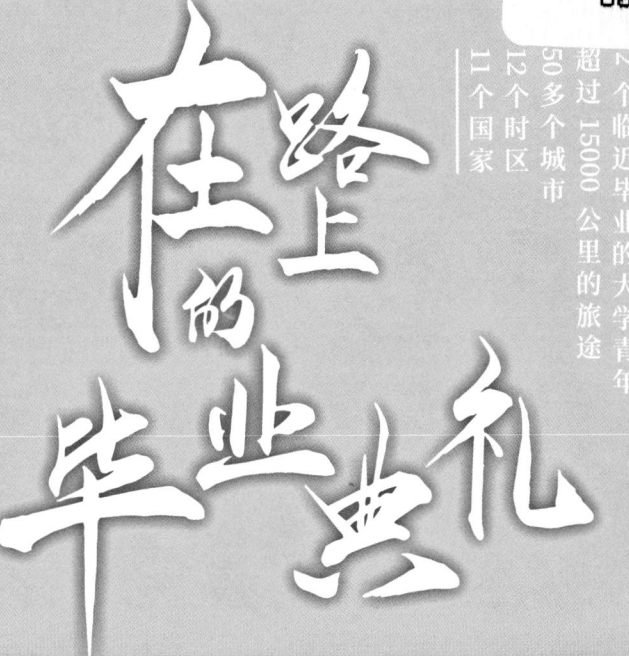

46天横跨欧亚大陆

在路上的毕业典礼

46天，圆梦你的青春，见证我们的毕业季
从俄罗斯远东最东端到欧亚大陆最西角
2个临近毕业的大学青年
超过15000公里的旅途
50多个城市
12个时区
11个国家

叶秋雨　朱超隆 著

SPM 南方出版传媒
全国优秀出版社　全国百佳图书出版单位
广东教育出版社
广州

图书在版编目（CIP）数据

在路上的毕业典礼：46天横跨欧亚大陆 / 叶秋雨，朱超隆著. —广州：广东教育出版社，2019.7
ISBN 978-7-5548-2537-2

Ⅰ. ①在… Ⅱ. ①叶… ②朱… Ⅲ. ①游记—作品集—中国—当代 Ⅳ. ①I267.4

中国版本图书馆CIP数据核字（2018）第211873号

责任编辑：杨利强　廖炜琳
责任技编：涂晓东
装帧设计：何　维

ZAI LUSHANG DE BIYE DIANLI: 46 TIAN HENGKUA OUYADALU
在路上的毕业典礼：46天横跨欧亚大陆

广东教育出版社出版发行
（广州市环市东路472号12-15楼）
邮政编码：510075
网址：http://www.gjs.cn
广东新华发行集团股份有限公司经销
佛山市迎高彩印有限公司印刷
（佛山市顺德区陈村镇广隆工业区兴业七路9号）
787毫米×1092毫米　16开本　16印张　320 000字
2019年7月第1版　2019年7月第1次印刷
ISBN 978-7-5548-2537-2
定价：49.80元

质量监督电话：020-87613102　邮箱：gjs-quality@nfcb.com.cn
购书咨询电话：020-87615809

前言 旅行是无知的解药

一段旅行就像一场让人受益终身的讲座，教我们如何好奇、如何思考、如何观察，让我们重新燃起对生活的热情。而如何才能通过旅行来重新燃起这份热情呢？在正文开始之前，我们先探讨几个问题：

第一，我们真的了解这个世界吗？

我们常说"出去看看更大的世界"，但我们真的看到更大的世界了吗？很多情况下，我们对世界知之甚少。非洲是片失落的大陆，曾有千载辉煌灿烂的文明；大洋洲是片"看不见的大陆"，除澳大利亚和新西兰以外，还有十多个岛国；西班牙语和阿拉伯语同为被联合国确定的官方语言，皆有非常广泛的国家和地区使用……我们对这些地方了解吗，或者说，我们还知道些什么？

我们所看到的信息，所接受的教育，所在的行业，未能让我们看到这个世界的完整面貌。我们认为我们看到了世界，但其实只是管中窥豹，甚至冰山一角。因此，在一定程度上说，我们是"无知"的。而旅行正是无

知的解药，它可以改变我们固有的想法、观点，甚至是某些信以为真的东西。

通过旅行，通过亲身体验，我们真真切切地感知：我们原本看到的世界是多么渺小，我们并非世界的中心，这个世界除了我们看到的那部分之外，还有更多元的文化、说着各种语言的人、不同的特色美食和景点……这些都等着我们去探索和发现。

第二，旅行的钱从哪来？

在我们之前，早已有很多周游世界的旅行者，他们有着不同的经历和人格魅力，也有人将其经历写成引人入胜的作品。当我们去谈论别人的成绩时，有些声音会把这些成绩归功于这个人的外国国籍，归功于他（她）拿到电视台或者旅游公司的赞助，又或者是其殷实的家境等。与之相反，对于大多数不经世事的普通年轻人来说，他们没有这样的出身、人脉或者是社会资源，所以会有这样的断言："这样的旅途是不可能完成的，也是不可复制的。"在我们看来，这种声音并没有错误，这也是我们从最开始就在考虑的问题——没钱，没外界的帮助，怎么实现环游世界？

作为没有稳定收入的在校大学生，我们选择了最笨但也是最脚踏实地的方法：自己赚钱。为了毕业之际的这段旅行，我们各尽其力地赚钱：学习之余帮人修改英文简历、求职信，以及各种留学申请文书；朱超隆（猪隆）靠着优异的学习成绩和各种竞赛奖励，多次拿到学校和国家奖学金。加上我们平时生活费的结余，经过一年时间的积累，我俩总共拿出了4.5万元。这笔钱对于当时没有拿到一分钱赞助的我们而言，已经是一笔巨款。同时，我们也很清楚，必须小心谨慎地花钱，才能保障一路上的各种基础开销。事后证明，我们省吃俭用攒出来的这些钱足够让我们完成环游世界的第一步。46天——从出发到结束，算上所有的吃、住、行等费用，我们一共花了39 093.61元。

第三，旅行的动机是什么？

每个人的故事都会有其特殊性，如自身的某些条件、家庭条件或者自身性格，也可能会是某些机遇。假如某个人来自条件殷实的家庭，但他年少时并没有独闯世界的梦，那日后他会遇到相应的机遇、资源让他走出去吗？他的脑海中若没有对远方的憧憬，自然无法主动连接到相应的资源。

我俩并非随遇而安的人，对于学业和事业都有一种不懈追求。我们不会拿"远方""梦想"这些词在你眼前晃来晃去，引诱你不计任何成本（时间和金钱）去开始一段说走就走的旅行，这是对读者朋友的不负责，也是对我们远行目的的亵渎。

"看看书中描写的事物具体是怎么一番景象""要去看更大的世界，见不同的人""结识各国的朋友""做一件很酷的事情"……这些念头都可以看成是我们开始旅行的种种动机。但更为重要的是，在穿越欧亚大陆的旅途之中，我们获得了与自己对话的宝贵时间，让自己得以从一个旁观者的角度去思考正在做的事情和正在追求的目标是出于真诚的热爱，还是随波逐流。

一路上，我们都在考虑"责任"——对家庭的责任，对今后事业的责任，对自己人生的责任。我们一直带着疑问，反复思考着自己和"应尽责任"之间的关系，而不是以旅行的名义去回避现实的问题。简而言之，我们出去旅行，是为了更好地回来。

第四，旅行的利与弊如何衡量？

在远行之前，要事先考虑需要投入多少时间和金钱，考虑这段经历能给自身带来多大的利和弊。

我们没有能力给出通用的答案，就自身情况而言，大学毕业前夕的"空档"是绝佳的时机。一般而言，利用这段时间不会耽误正常的就业入职（虽然日后证明事与愿违，我由于没有做足就业准备，经历了半年求职期；猪隆虽然顺利找到了工作，但很快就因公司人事变动而突然失业），也能平衡毕业季的紧张感和初入社会的新鲜劲儿。

第五，为什么要趁年轻？

随着年龄的增长，人们会逐渐丧失一种叫作"可能性"的东西。它看不见，摸不着，但对于未来的意义不容小觑。

在大学毕业之际，我们即将面临和多数人一样的人生轨迹：找工作，买房子，结婚生子，抚养下一代……我们多次问自己。这种人生轨迹，真的是我们想要的吗？是的，我们终归会拥抱这样的人生轨迹，但在这之外，我们还想拥有一些精彩的故事。这些故事可以抚慰我们的内心，可以让我们在回忆时获得难以比拟的幸福感。对我们而言，这样的人生才是完整的。

当然，也不是说旅行非趁年轻不可，只是年龄越大，需要考虑的因素越多。所以，最好趁着年轻就出发，这样，我们就可以更加单纯，更加勇敢，更加热爱旅行。

总之，无须多言，行动起来，出发吧，外界的所有声音都只是注解。

CONTENTS

- 第一章　故事的起点
  - 一　2010年冬，一本书的启蒙　/ 2
  - 二　被伤病唤醒的梦　/ 6
  - 三　从犹豫到行动：开始最初的尝试　/ 11
  - 四　最初的尝试：从漠河到中国最北　/ 16
  - 五　闭关的重生：坚定目标　/ 25
  - 六　联盟建立：寒冬黄昏下的决定　/ 29

- 第二章　远行的黎明
  - 一　一年的准备　/ 36
  - 二　武汉会师与行前准备　/ 42
  - 三　行前的犹豫和煎熬　/ 47
  - 四　启航！奏响在路上的毕业典礼之歌　/ 50
  - 五　险些被扼杀在摇篮里的出发　/ 57

- 第三章　俄罗斯段
  - 一　东方之城海参崴　/ 65
  - 二　梦圆贝加尔湖（上）　/ 72
  - 三　梦圆贝加尔湖（下）　/ 79
  - 四　爱恨交加的莫斯科之旅　/ 101
  - 五　沙皇旧梦：圣彼得堡　/ 120

- 第四章　中欧段
    - 一　立陶宛：一言不合就飙车　/ 131
    - 二　静止在时间隧道的布拉格　/ 137
    - 三　从阿尔卑斯山到威尼斯　/ 149

- 第五章　南欧段
    - 一　你好，我们的罗马假日　/ 156
    - 二　佛罗伦萨：天涯何处不相逢，缘分相约翡冷翠　/ 169
    - 三　五渔村徒步：面朝大海，春暖花开　/ 180
    - 四　热那亚的朝觐：发现你的哥伦布　/ 200
    - 五　非球迷的漫游：法国到巴塞罗那　/ 204
    - 六　心酸搭车风波：巴塞罗那到里斯本　/ 212

- 第六章　终点
    - 一　这是我的人生，这是我的生命　/ 217
    - 二　"躺尸"里斯本，漫漫归国路　/ 229
    - 三　为梦想出走，归来仍是少年　/ 236

附录　/ 241
后记　梦想永不终结　/ 246

第一章
故事的起点

- 2010年冬，一本书的启蒙
- 被伤病唤醒的梦
- 从犹豫到行动：开始最初的尝试
- 最初的尝试：从漠河到中国最北
- 闭关的重生：坚定目标
- 联盟建立：寒冬黄昏下的决定

2010年冬，一本书的启蒙

秋雨

> 长满蓬蓬荒草的丘陵绵延不断，地平线无限扩展开去，唯独天空有云片飘浮……在这荒凉风景中默默行进起来，有时会涌起一股错觉，觉得自己这个人正在失去轮廓，渐渐淡化下去。周围空间过于辽阔，难以把握自己这一存在的平衡感。只有意识同风景一起迅速膨胀，迅速扩散，而无法将其维系在自己的肉体上。这是我置身蒙古（国）大草原正中的感觉。多么辽阔的地方啊！感觉上与其说是荒野，倒不如说更像是大海。太阳从东边地平线升起，缓缓跨过中天，在西边地平线沉下，这是我们四周能看到的唯一有变化的物体。它的运行使我感觉到某种或许可以称为宇宙巨大慈爱的情怀。

这段话选自24年前出版的一本书——《奇鸟行状录》，我对远方的向往最早源于这本书。它既非畅销的游记，也非实用性的旅游攻略，更非"鸡汤名著"或者惊世预言。它是一本小说，而它的作者——村上春树，名气很大。

从小到大，我一直喜爱读书。虽然只是来自中部一座勉强算得上是"四线"的小城市，但我一直通过阅读来拓展自己对外面世界的认识和了解。我很早就清楚：人在空间上虽然被限定在某些地方或区域，但是思维和想象永远没有边界。在书的世界中，我像一个不知满足的淘金者，不断地挖掘新的宝藏，也不断地给我的内心注入充盈的阳光和热量。在众多图书中，我唯独钟爱小说，因为小说的故事连贯，情节紧凑，包含了丰富的知识，加上作者所塑造的个性鲜明的人物，总是让我爱不释手。

时间到了高中，我开始涉猎各国文学大师的优秀小说，如莫泊桑的《羊脂球》、巴尔扎克的《欧也妮·葛朗台》、雨果的《巴黎圣母院》、杰克·凯鲁亚克的《在路上》、川端康成的《雪国》、勒·克莱齐奥的《饥饿间奏曲》、帕慕克的《纯真博物馆》等。而在这些脍炙人口的作品中，我唯独痴迷地喜欢上了村上春树的小说。

喜爱读村上春树的作品主要有三个原因：一是他的作品多以第一人称的叙述方式呈现，通俗易懂，行文流畅（或者说是翻译流畅）；二是他的作品故事主角多是普通人，如职场雇员、大学生、社会的弱势人群，相比于其他小说作品，显得十分接地气，让我在阅读中有更清晰的画面感；三是相对于西方作家的小说，他的作品中的很多名词比较容易记忆，包括人名、地名、概念性词汇等，这算是最为重要的一点。这三点结合起来，使得每本小说读起来几乎不费力，阅读体验极佳。我经常一气呵成地读完一本小说，从第一页序言一口气读到最后一页的版权信息，可以说是完全不费力气。

2009年，我正在读高二。如今提到这个时间，有种异常久远的错觉，那时的互联网还不像今天这么发达，移动支付也还未曾兴起，"小鲜肉"们还没有登上大荧幕；前一年刚刚举办过北京奥运会，全民健身热潮还没有退去；海的另一边——美国，奥巴马才刚刚上台，意气风发；中东倒还是一团乱麻地打个不停，别的世界大事倒是什么也不记得，因为我当时根本没时间去多看几眼新闻。

作为一个高中生，我当时认为那些大事和我八竿子都打不着，现实中最让我头疼的事情莫过于越来越大的学业压力。当时，学校为了提升高考的录取率可谓是"不择手段"：校方不顾一切地疯狂加课，原本该有的寒暑假一律被取消，除了过年放3天假外，其余全部时间强制学生在校复习，就连请一天假都需要两个以上家长签字。学生们虽不厌其烦，但是为了高考"一鸣惊人""将来出人头地"，都默默忍受。

在那段特殊的日子里，我就靠读书消遣。每次模考一结束，我先做的事情不是把考试中的错题摘录到错题本上，而是从书包里掏出村上春树的小说，如饥似渴地读上一节自习课。我读着小说，沉浸在设置巧妙的细节和一波三折的故事之中。渐渐地，我开始在脑海中搭建起书中描绘的场景，因为只有将场景搭建起来，我才能加深对情节的了解和记忆。对我个人而言，刚开始这无非就是缓解学业压力的一种方法罢了。但是随着学业压力越来越大，各种考试失意折腾得我喘不过气来，这种方法则渐渐变成了我为数不多的心灵寄托，使我的内心找到难得的平静和慰藉。

那时候，只要是书店里能找得到的村上春树小说作品，我全都买回家。但是由于紧张的升学压力，因此很多长篇小说我根本没有时间去用心读，只好把那些书视如珍宝地摆在书柜中最显眼的位置，等待有整块时间时再细细品味。虽然，当时"整块时间"于我而言好像遥遥无期。

谁知天赐良机，2010年新年的寒冬，不知是哪个"天使姐姐"举报了学校在法定寒假期间强制学生上课的情况，学校被迫放假10天。我自然是喜出望外，开心得像个把家搬进了糖果店的孩子，知道消息的那一刻甚至激动得把刚拿到手的试卷给撕烂了。那年春节，在亲戚间互相串门结束之后，我就宅在家里，紧紧抓住来之不易的时间，没日没夜地读起先前的"囤积物"。正是在那段时间，我读完了这本目前为止对我影响最大的《奇鸟行状录》。此书被认为是村上春树最被低估的一部作品，而且很可能也是他写作生涯中最伟大的作品。对我而言，这不仅是我读完的第一本长篇小说，更是为我敲开一个新世界大门的启蒙之作。《奇鸟行状录》一共700多页，分为上、中、下三部，最使我印象深刻的是第一部《贼喜鹊篇》。

7年之后，我已经完成环游世界的第一步，重读这本小说，还能在书中发现不少当年让我无比向往的细节，如书中这样写道：

> 我借了滨野军曹的步枪，坐在略微高些的沙丘上，一动不动凝望东边的天空。蒙古（国）的黎明实在美丽动人。地平线一瞬间变成一条虚线在黑暗中浮现出来，然后静静向上提升，就好像天上伸出一只巨手，把夜幕一点一点从地面上剥开，十分瑰丽壮观……那是一种远远超越我自身意识的壮观。望着望着，我甚至觉得自己的生命正这么地慢慢稀释、慢慢消失。这里边不包含任何所谓人之活动这类微不足道的名堂。从全然不存在堪称生命之物的太古开始，这里便是如此光景，业已重复了数亿次、数十亿次之多。

这段文字节选自第一部的第十一章《间宫中尉的长话（其一）》。故事发生在中国和蒙古国交界的西伯利亚荒原地带，其中出场人物众多，格局复杂，情节从多方面推进，非常富有历史感。我被这些宏大的场面吸引，禁不住兴奋起来，自然地试着在脑海中构想一幅西伯利亚荒原的场景。但在这时，问题出现了：受困于当时的阅历，我不曾有过身临其境的体会，也没有在影视作品或新闻上看过西伯利亚荒原，无论怎么尝试，怎么努力想象，都无法在脑海中搭建起小说里所呈现的舞台背景。在反复尝试失败之后，我第一次因为读书感到一种巨大的失落，好像一个人呆滞地看着没有画面的电影，而我的想象力就像毫无演技的演员在照本宣科地念着不痛不痒的对白。

那时候，我才愕然地发现自己生活得那么不自由。虽然说"想象力是没有边界的"，但是我当时的眼界和阅历死死地限制住了想象力的延伸空间。我只能在应试教育的堑壕中苦苦挣扎，然后在千军万马中爬出阵地冲锋，挤过独木

通往西伯利亚的冻土

桥。认识到这个现实之后，我在那个冬天下定决心：一定要好好努力，一定要走出家乡，一定要看到外面更大的世界。

假期结束之后，我回归节奏紧张且分明的高考复习，内心却渐渐升腾出一种强烈的渴望：以后有机会，一定去那远在北境的西伯利亚，去看那一望无垠的冰原，拥抱那-30℃带来的震撼。

后来，我真的去了西伯利亚，一场横跨欧亚大陆12个国家的冒险由此拉开了序幕。

二

被伤病唤醒的梦
秋雨

初入大学的那段时光，令我印象深刻：换了新环境，结识了新朋友，校园里一时间被舞动着的青春活力包裹。古朴典雅的历史建筑，争奇斗艳的樱花、桃花，斑驳的树影……让人感到非常美好。那种跃跃欲试的冲动，那种憧憬大学生活的兴奋劲儿，让人备受鼓舞，甚至有人已提前勾勒出大学四年的发展蓝图。很多人觉得未来充满无限的可能性，纷纷立誓要趁机大干一场。而正是在这种欣欣向荣的氛围里，我偏偏在一个夜深人静的晚上，在学校的篮球场，狠狠地摔骨折了。

虽然多年过去了，但那段倒霉透顶的经历至今令我耿耿于怀。确切地说，那是军训结束前的第三天。那天晚上，我不知是脑子里哪条线短路了，非要去打篮球，三个室友碰巧也想出去透透风（真是一个平静的夜晚中的一个平静的巧合），于是我们就带上篮球，跑到了临近的篮球场。可是，谁能料到意外发生得竟是那么突然：投了几个球后，我和一个室友跳起来争抢篮板，两个人就在空中撞在了一起。身体落地时，我的脚没有控制好，弯着的脚踝垂直地落在地上——"咔嚓"，一声清脆的响声后，我狠狠地摔在了地上。

"等一下，我该不会受伤了吧？……搞笑，之前摔了那么多次，脚崴了那么多次，找医生掰一下不就得了……我肯定没事儿！之前都没事儿！这次一定也没问题！……"落地后短暂的几秒内，我脑海中飘过许多安慰自己的话。

刚开始，我默认为摔一下不会有大碍，就尝试着站起来。但尝试多次后，我始终无法站起。每次脚踝一挪动，随之而来的就是一阵剧烈的疼痛。和以往不同，这次的疼痛是让人根本无法忍受的刺痛：每次脚踝移动后，袭来的痛感都异常猛烈。脚踝渐渐肿胀起来，如同一块红色的海绵。几个室友见状，慌忙跑去买冰水，随后帮我敷在受伤的脚踝上。之后，疼痛暂时得到缓解。我坐在地上冷静了一会儿，和室友讨论之后，最终还是认命了——叫救护车吧。

于是乎，在开学季的晚上，我体验了人生的很多"第一次"：第一次坐救护车，第一次进急诊室，第一次在外地就医，第一次受伤打石膏。

最丢人的还是打石膏。当时是9月底，天气转凉，我穿了条长运动裤，石膏打到一半时，医生才让我脱掉裤子，我立刻就傻眼了。因为当时石膏已过膝盖，裤子根本没办法脱了。医生或许是想让我破罐子破摔，他拿起剪刀，也不和我商量，就把我的一条裤腿"活活地"剪掉。更惨的是，剪完之后，我的内裤露出了一半……到了深夜，我一个人拄着一副拐杖走出医院。外面瑟瑟秋风，我一条腿打着厚厚的石膏，另一条腿穿着"残缺"的运动裤，真像一只饿得发抖、刚从冰冷的河水里爬出来的落水狗。这晚，我经历了一连串事情，就像一口气按着快进键看完了一部特长的连续剧一样：剧中的人物、台词、情节都以最快的速度掠过，在我还未回过神时，荧幕上已赫然写着"全剧终"三个字，唯独留下孤零零的我，宛如一个被抛弃在天边的孩子。

拄着拐杖回到学校后的第二天，校园广播台在全校通报："某院某班某某同学，在深夜打篮球不幸摔骨折，请各位同学注意自己的人身安全，不要效仿……"一夜之间，我在学校以这种奇怪又丢人的方式出了名。之后，只要我出了寝室被人看到，一定会被"好心人"问道："啊！你就是那个半夜打球摔骨折的啊，好惨啊！有没有好一点？……"这看似好意的关心，对我则是一阵"暴击"。

因为骨折，我被迫要在寝室休息一个月，待完全康复后才能上课，因此错过了这期间所有的课和几门专业测试。由于腿部受伤，我行动异常不便，因此生活没办法完全自理。

　　当时，我住在七楼，寝室楼又没有电梯，简单的一次上下楼就要耗费大半个小时。刚开始，我比较倔强，也很好面子，不想麻烦别人，坚持自己上下楼梯，但很快就向现实屈服了：有次，我拄着拐杖走到一半，没受伤的那只脚因为不堪身体的重力压迫而抽筋，双肩也被撑得酸痛无比，我不得不停下来坐在楼梯口休息，直到抽搐感消失之后才继续上楼。此后，我选择了向困难低头，在需要帮助的时候主动请求帮助：我开始请求同学帮我打饭，并借阅、抄写他们的课堂笔记……虽然室友和其他同学对我十分照顾，但对长年不愿给别人添麻烦且独来独往的我而言，真是让我把之前多年修来的人品一口气用光了。那段时间，我做什么事情都要拄着拐杖，洗澡的时候还要搬两个椅子分别稳定住脚和身子……总而言之，最初的大学时光在我的记忆里，不仅是煎熬，而且是丢人，真的是糟透了！

　　我再次默默安慰自己：一段不堪回首的日子之后，我迎来的只会是更美好的。果然，没想到我恢复神速，大概只用了22天就可以重新走动。但是，医生说必须再去医院拍个X光片才能确认。我虽不情愿再花钱，但为了长远的健康，还是硬着头皮跑了一次医院。这次当然不用去急诊室，我按部就班挂号、排队……折腾了一上午，总算拍完了X光片。之后，我被告知，一个小时后结果才能出来。没办法，我只能在休息区静静地等待。

　　等待的间隙真是"度日如年"，我想，世界上应该不存在无聊到在医院里打发时间的人。大厅里匆忙的人群，可能是急需医治的病人，也可能是病人的家属。病人自然有着各样的身份，我猜想，他们应该是教师、学生、业务经理和分析师这四种身份。他们来到医院自然有着各自的原因：教师可能是因为长年累月的教学而过度劳累，得了某种慢性病；学生可能是因为学业压力产生了抑郁，或者太过用功导致眼睛出了问题；业务经理可能是因为扛着很大的销售压力或没日没夜地加班而导致内分泌紊乱，精神萎靡；分析师可能是因为分析报告没有写好，被上级狠狠批评了一番，又赶上和恋人闹翻，生活过得一塌糊涂。百无聊赖中，我脑洞大开，想象着这群人有着比自己更惨的遭遇，以此来获得一种奇怪的自我安慰。

此时，一群护士吵嚷着路过，她们提着一堆我根本叫不上名字的医疗器械，匆匆忙忙地挤到急救室的门口，神情严肃地等待着什么。虽说是隔着一段距离，但我依旧能看到她们紧蹙着眉头，交头接耳地不知在说着什么。其中一个上了年纪的护士俨然是护士长，她神情严肃地发号施令，护士们便拿起设备，整装待发。

过了一会儿，急救车呼啸而至，载过来的是一个急需诊治的病患。当隔着人群看到那个病患被抬下车的样子时，我被吓得目瞪口呆：他的情况与其说是十分紧急，不如说是命悬一线。他满身是血，面部已经戴上了供氧的呼吸器，躺在手术推车上已不省人事。推车经过我面前时，血沿着床单滴得满地都是，场面十分惊悚。看着那个急救病人，再回过头来看看我自己，我瞬间觉得自己是世界上最幸运的人。

我还好好地活着，还很年轻，有着充沛的精力、充裕的时间、饱满的肌肉，很多天马行空的想法都等着我去尝试，很多远大的目标都等着我去挑战。但是，这些看起来充满希望的美好，其实都很脆弱。这次倒霉的遭遇让我充分地意识到身体的脆弱性：在物理和自然层面上，无论是思想巨匠还是伟大领袖，身体都是很脆弱的，没有了身体就没有了一切成就的基础。所以说，"有梦想，要趁早行动，趁早实现"。这可以算是伤病给我的最大启示，也是最大告诫。

经历了伤病波折的开学季，正常的校园生活"姗姗来迟"，我重整旗鼓。由于缺了将近一个月的课，我不得不参加补考，连写几份缺勤报告，跑了多次校领导和老师的办公室。经过好一番折腾，我才有时间做自己的事情。回过神来，我发现自己无比幸运地处在一个对远方充满蓬勃热情的大学氛围之中：骑行川藏线的车队一批又一批，校内成立有各种各样的旅行社团，新生里最热门的话题永远少不了户外远足和搭车穷游……甚至一次晨跑之后，在学校附近的热干面小店里，我居然偶遇了一批刚刚辞职准备骑行川藏线前往拉萨的上班族。可见，当年学校里旅行的氛围是多么的浓厚。

我被这群体内流淌着冒险血液的人吸引，对他们的经历既佩服又羡慕。在这样的大环境里，我渐渐开始敢梦敢想，也渐渐唤醒了心中沉眠多年的冲动——去西伯利亚。在周围氛围的熏陶下，加上伤病带给我时间上的紧迫感，我开始尝试着给将来的西伯利亚之旅制订更为具体、更为详细的计划。

好的心情才配得上最棒的事情。早上天还没完全亮，三个室友还在熟睡之中，我就起床去操场晨跑。我在操场上匀速地跑着，一圈，两圈……听着心跳声、脚步声、风声交织在一起的节奏，我不费功夫跑完了5公里。跑完之后，我做了简单的肌肉拉伸，然后去评价最好的食堂饱餐了一顿，将心情收拾得特别好。而后，我踱着轻快的步子回到寝室，打开电脑查找世界地图，很快就找到了西伯利亚地区。随即，我结合着自己的知识，开始在脑海中规划着将来的路线："西伯利亚在俄罗斯的远东地区，那么肯定是要去俄罗斯的。俄罗斯的远东地区和欧洲部分是通过西伯利亚大铁路连接在一起的。如果一次只去俄罗斯一个国家，岂不是太简单了！一张签证就搞定了。我需要更有挑战性的路线。这么着，把俄罗斯作为第一站，顺着铁路的方向延伸，接着往欧洲走。西伯利亚大铁路包含在第一欧亚大陆桥里面，那何不把这段路线当成目标？！"

我越想越兴奋，大喊一声——"就是你啦！第一欧亚大陆桥！"这一吼，把熟睡中的三个室友都给吵醒了。

第一欧亚大陆桥（Siberian Landbridge），这是中学时代仅在地理教科书上出现的名词。它以俄罗斯东部的符拉迪沃斯托克（中国称"海参崴"）为起点，横穿西伯利亚大铁路通向莫斯科，然后通向欧洲各国，最后到达荷兰的鹿特丹（Rotterdam）。整个大陆桥共经过俄罗斯、中国（支线段）、哈萨克斯坦、白俄罗斯、波兰、德国、荷兰7个国家，全长13 000公里左右，横跨远东西伯利亚地区、俄罗斯欧洲部分、中亚、东欧、中欧和西欧。

我迅速在网上找到这条路线的地图，然后将其设置成电脑桌面。每次一打开电脑，这张路线图总让我异常兴奋。它提醒着我，一定要找机会去穿越它。

有一次，我一动不动地盯着电脑桌面的路线图，正巧被室友看到了。他本以为我在看什么特别的东西，没想到竟然是一张地图，于是调侃道："大当家（我大学时的外号）找不到妹子，也不至于看着地图发呆吧？"

"哼！不久之后，我就要走这条路线呀！"我很骄傲地说。

三

从犹豫到行动：开始最初的尝试
秋雨

  人在年轻时，总是想方设法地出些风头，有时甚至会不计代价。其动机不一：有人为了博取异性的眼球，有人为了获得大多数人的称赞，有人或许仅想证明自己具有驾驭场面的实力。说这是爱慕虚荣也罢，自恋、逞能也罢，又或者是不自量力，我觉得都不算错，毕竟谁的青春不犯些傻呢。

  路线确定之后，我兴奋了很久，想着越早实现计划，就可以越早风光无限。这样一来，我就可以和那些曾经骑行或者搭车游遍四方的师兄们"平起平坐"了。当然，这也只是我单方面的想法，后来才知道，由于刚开始缺乏经验，我总是把未来设想得特别美好，所以忽视了很多现实存在的问题。

  我迫不及待地想要和身边的人分享我的计划，想听听他们的意见，也不可否认，我当时也想顺便吹个牛皮，获得一些掌声。为了方便描述、讲解，我还特意买了一张蓝色的磨砂纸，把路线终点站鹿特丹的英文大字用记号笔写上。现在回想起来，真是多此一举，直接拿张纸把路线画出来，或者把地图保存在手机里不是更方便吗？如果有时光机可以回去，我真想对当时的自己说声："Don't be silly!（别傻了！）"这张图成了我个人远方探索中的第一份"历史文件"。

  一天下午，上完专业课之后，我第一时间找到了我的老乡J——当时唯一一个和我来自同一城市的同学。J在我骨折受伤期间给了我很多的帮助和照顾，帮我买了很多生活用品，也非常慷慨地借给我生活费，加上又

"历史文件"

是老乡，我自然觉得他十分可靠。我把那张写有鹿特丹英文大字的蓝色磨砂纸拿出来，对他说起了我的旅行计划，并且告诉他路线和方向，期待能得到他的支持。可是谁能料到，我们之间的对话居然是这样展开的：

"我有个特别棒的旅行计划，想听一下你的意见。"

"嗯，你说。"

"我打算走一条路线，起点是俄罗斯的海参崴，终点是荷兰的鹿特丹，全长13 000多公里，途经7个国家！"

"你怎么走完这么长的路线？！一口气走完？"

"我想的是先坐火车，然后搭车搭完全程，一口气走完！"

"搭车？伸手拦车碰运气的那种？"

"对啊，之前没试过，想挑战一下。"

"搭不到怎么办？"

……

"如果遇到坑蒙拐骗的怎么办？语言又不通。"

"是啊……这个要考虑一下。"

"而且，走完这么远的路，你有时间规划吗？你有预算开支吗？我们现在课程特别紧，哪有那么多时间给你去'浪'？"

"……也是哦，但是可以晚些时候去，虽然不知道会拖到什么时候，但是我打算大学期间完成，抽哪个寒暑假吧。"

"得了吧你，我们寒暑假有一半时间要在学校实训，剩下一半时间根本不够你折腾的。"

……

我有些傻眼了，仅仅几句话就让我哑口无言。平心而论，J说得非常现实，也非常直接，他提到的问题都是我先前完全没有考虑过，也没有在意的。让我心酸的是，谈话过程中，他丝毫没有表露出支持我的意思。这次谈话后，我们不欢而散。当天晚上，我坐在写字桌旁反思：其实J的回答也有为我着想的地方，毕竟作为朋友，他不希望看到我莽撞且不计成本地做一些傻事。

和J谈话后，我并非一无所获，这更促使我变成一个务实派。我开始思考很多具体的问题：旅途的资金大概需要多少，具体到每天的开销又需要多少，我从哪里获得这些资金？时间安排在什么时候，未来有哪些可能的时间段？语言障碍如何解决，要不要提前学习俄语？……

我把这些疑问都整齐地记录在笔记本上。对于这些未曾思考过的问题，我当时甚至连一点儿概念都没有。别说独自出国旅行了，除了独自到外省读大学，那时的我连独自出门游玩的经历都不曾有过。想起来还真是又泄气又扫兴，我已经成年了，还没有独自出行的经历。

细想一番计划中的一堆漏洞，我这才发现最大的问题：纸上谈兵，缺少实践。也许很多人会说："钱才是最关键的，没有钱怎么出门？"我则认为，比起资金问题，缺少实践才是最为致命的，即使有了资金支持，也未必有能力去实践这场长途旅行。怎么订旅店，怎么在陌生的地方找到适合的交通方式，怎么省钱，怎么节约时间，怎么和人沟通，等等。这些问题让我充分意识到，积累具体的实践经验是必须要尽快落实的事情。

但现实的情况是，学业紧张的大一、大二阶段，我头顶上悬着"刷平均分""平日考核""假期实训"几把利剑，没有充足的时间去长途旅行，所以只能先试着缩小范围。我先是把目标定在周边邻近的区域，可是想了好一阵子，还是要面对这个无奈的现实：周边没有任何一个让我感兴趣的地方。我还是向往北方，向往那远在北境的西伯利亚冰原。

我又把目光投向了北方，这回定位在了中国最北的漠河县。

这个地方我并不陌生，最早知道这个地理名词的时候我还在读中学。我喜爱阅读，读到过作家迟子建的小说《额尔古纳河右岸》，里面写了作者的出生地——黑龙江省漠河县。

漠河县位于黑龙江省的大兴安岭地区、中国版图的最北端，也是纬度最高的县，其北部与俄罗斯隔江相望。漠河县下辖国内观测北极光的最佳地点——北极村，那里还是中国最北的城镇。漠河至北极村这一部分区域刚好在西伯利亚的南部边缘，和我原先的计划有所重叠。

但是想要尝试这段路线谈何容易，北极村必须从漠河进入，而漠河又在中国最北，要去那里势必要先到哈尔滨。而从我所在的城市武汉去哈尔滨，坐火车要30多个小时，往返就要70多个小时，飞机虽然便捷但是往返票价相当昂贵。这"一飞""一车"两个方案，一个省钱，一个省时。综合来看，路线就变成了：哈尔滨—漠河—北极村。这一趟下来至少需要一到两周的时间，虽然不算长，但是都必须牺牲上课的时间。当时正是学期期末，学业考试临近，考试完紧接着有一个月的实训，想想就觉得梦回高中，真让人喘不过气来。如果在这个时间点上编出一些冠冕堂皇的理由请一段假，先是会缺席很多考前画重点的复习课，缺席之后我的整本专业书真的就变成了"全部重点"，再者会引起老师的怀疑，真是个得不偿失的买卖。

想到这里，时间已经到了深夜，我的内心依旧是一片混乱，不知如何抉择。我不想因为朋友的一次否定而放弃计划，也不想因为眼下的现实而搁置梦想，我依旧有着很强烈的热情去完成这段旅行。于是，我又打电话问了另一个朋友K。K被广泛认为是班上的学霸，简单相处之后，我发现他思维敏捷，且观点独到，想着也许能从他那里获得一些不错的建议。可是，没想到向K讲述完我的计划和苦恼的问题之后，他居然说："你做不到的，别想太多，洗洗睡吧！"然后，他就挂了电话，准备睡觉了。

一瞬间，我的侧脸好像被谁猛地扇了一巴掌，有些刺痛的红肿感。我长吁一口气，想起平日里没有太多波澜的大学生活，想起那本《奇鸟行状录》里描绘的西伯利亚荒原景象，想起刚读大学时摔骨折的伤病，想起急救室门前那个奄奄一息的病人……一阵沉默之后，寝室到点熄灯，我爬上了床，闭上双眼，却久久不能入睡。

第二天一大早，我没有请假，也没有充分地规划，只是提着简单的行李，带了一件保暖羽绒服和身上所有的钱，以这样的状态，出现在了机场的候机厅。

嗯，这次我终于下决心出发了，目的地——漠河！

晚上，我到达哈尔滨。下飞机的那一刻，我瞬间被凛冽刺骨的寒风给冻傻了，连续打了好几个喷嚏。当时是11月底，哈尔滨夜晚的室外气温是-20℃左右，对在中南部生活了18年的我来说，这无异是突来的"冰雪浴"。

下飞机后，我赶忙拿了行李，然后到洗手间里把带过来的厚衣服一口气全都套在身上。当时真不赶巧，机场的暖气好像出了故障，一时间并不能制热，所以我只能先自行靠衣物取暖。

那天早上，我先是打车去了机场，然后在机场大厅买机票到了哈尔滨。我当时脑袋发热，没有考虑周全，身上满打满算有5000元，一张机票就花了1000元，剩下的4000元要撑完整个旅程，不知道能不能做到。这是我第一次跳出自己的舒适圈跑到"外面的世界"，从那时开始，我就要独自面对未来的挑战。虽然是第一次独自出门旅行，但我丝毫没有感到惊慌或者害怕，相反，我异常兴奋，感叹不已：原来人可以一天之内穿梭在两个相隔几千公里的地方，真是太奇妙了！

"只有严格控制花销才有可能走完全程"，我冷静下来，开始认真思考接下来的行程开销。出了机场，我很快找了一家小旅馆安顿下来。那是60元一晚的破烂不堪之地，房间里只有一张长的木质的没有靠板的小床，玻璃窗老旧且布满灰尘，黑漆漆的水泥地连一块瓷砖也没有。虽然房间破到惨不忍睹，但还好有暖气、日光灯和无线网络。身子渐渐暖和之后，我的神智也渐渐清醒，开始详细计算这趟旅行的开销。经过一番搜索、查询（主要是逛了旅游贴吧，查看了各种穷游的经验帖），我拿出随身携带的笔记本，列出了大概的开销项目：

1. 机票：哈尔滨到漠河往返机票最低1500元。
2. 住宿：漠河、北极村的住宿费，一天最低200元。漠河不能久留，我直接去北极村，可以省掉一半的住宿费。
3. 巴士：漠河到北极村的大巴往返需50元。
4. 饮食：100元一天。

如果去一周的话，住宿和饮食按照6天来计算，再加上机票和车费，那么是：6×200+6×100+1500+50=3350。这样的话，到时我身上的钱不够买学校的返程机票，住宿已经没法避免，我只能少吃点。于是，我决定：全程自带干粮，所到之处，不在当地下一次馆子，把6天的饮食开销控制在300元以内。

确定目标之后，第一件事就是去超市采购，刚好我住的小旅馆楼下就有一家24小时营业的小型超市。大半夜的，我裹得像块面包，顶着寒风，踩着结了霜的地面，走进超市采购。超市很"袖珍"，差不多20平方米，"麻雀虽小，五脏俱全"，里面食物的种类还算比较丰富。

超市老板是一个中年大叔，50岁左右。他披着棉袄，低着头，双手交叉夹紧在腰间，坐在收银台旁打着盹，嘴里还叼了一支烟。我从收银台走过，瞥了一眼他那低下来的"地中海"头顶。映着昏暗的灯光，他的头顶甚至有点反光……已是深夜，我没心思再打量别人，急着完成自己的采购。

我买了10块压缩饼干（30元），两大包泡面（30元），两包火腿（30元），两斤苹果（17元），三袋小麦面包（24元），一小盒巧克力（35元），一共花了166元。我没有买水，想着所住的旅店都有，随身自带可以节省开销。这样，我就能将开销控制在3000元以内，也有充裕的资金返校。

结账时，我把大叔喊醒。他很不乐意地张开眼，满脸的疲惫，还当面伸了一个特大的懒腰。我心想，他如此疲惫还依旧通宵开店，一定有什么难言之隐吧。他看我一口气买了这么多东西，有些吃惊，用一口浓厚的东北腔问我："买这么多，你要干啥去？""去北极过冬……"我回答道。

提着沉甸甸的食物，我心里有些底气，感觉能够顺利完成这次旅程。回到小旅馆时，已经是凌晨3点，由于出发前的晚上就没有休息好，再加上一天马不停蹄的奔波，所以此时我已经睡眼蒙眬、意识模糊。我躺到床上，一阵沉铅般的困意把我拉进了梦乡。

耳边，仿佛已经传来了远方的鼓声。

四

最初的尝试：从漠河到中国最北
秋雨

如今想起来，第一次出门远行已是5年前的事了。很多细节在风风雨雨之后，早已变得不那么深刻。如果那时候发生的事情没有和具体的人或物联系到一起，那便只会剩下轮廓性的模糊记忆。

我在哈尔滨机场旁边的破旧旅馆里住了两晚。第二天，我一口气在北极村预定了5天住宿。第三天清晨，我坐上旅馆提供的免费大巴到了机场，然后转乘哈尔滨飞至漠河的班机。虽然同是黑龙江省的辖区，但漠河位于大兴安岭的最北端，路途十分遥远。飞机先是飞到了加格达奇区机场（嘎仙机场），在那里转机之后，才飞到了漠河。

在仅存的零星记忆中，漠河机场算是我见过的最小的机场。那里的候机室、检票厅、安检通道、登机处同在一个大厅内，大厅顶部是类似于俄罗斯式的穹顶，浑圆饱满，颇有异国情调。出了机场，眼前并非是冰雪世界，相反，连一片雪花都没有，只有凛冽的寒风和空旷的天际，目光的尽头是一个高速路入口。机场周围人烟稀少，有一个小型停车场，零零星星有几个出租车司机在等客。

虽然没有雪，但这里的空气却是好到无可挑剔，这是我从未体验过的、没有一丝污染的新鲜空气。即使周围异常寒冷，我依旧可以从每次呼吸中感受那种独有的纯净。我呼吸了好一会儿，想把自己在南方被污染的呼吸系统彻底过滤一遍，不过很快就被冻得手脚冰凉，不得不返回机场取暖。

我要先坐机场大巴到漠河县汽车站，再转乘开往北极村的大巴。然而，在询问了机场工作人员之后，我发现了一个糟糕的事实，那就是这里压根儿就没有机场大巴，去漠河县城只有两种方法：一是乘坐旅馆提供的大巴车，二是打车。而我根本没有在漠河预定旅馆，换言之，我只能打车去。

说起打车，我多少还是有些犹豫，毕竟这要多出一些开销。我掏出手机，点开地图查询了一下，这里距离县城有9公里，离汽车站11公里左右。没经过太多思想斗争，在这种低温极寒的室外，我还是老老实实地认命打车吧。于是，第一笔额外开支——机场到汽车站的打车费用，就花出去了，50元没了。此后，多花一元钱都足以让我神经紧绷，因为我必须要保证有足够的钱用于返程。这次独自出远门，我对学校和家人都没有提前说明，可谓相当冒险，如果钱又被提早花光，那势必需要向家人求助，到时候我不仅会暴露行踪，而且会招来一阵"排山倒海"式的怒骂。我极力避免这种情况发生，但当时又没有什么新的办法，只能节省开支。

从机场到漠河县汽车站，再从汽车站到北极村的那段经历，我的印象已经很模糊了。这并非是一路上没有发生什么事情，只是因为连续的奔波使我太过疲惫，以致在车中沉沉地睡了。

从漠河到北极村的这片土地，我称其为"北境之地"。"境"字可解释为疆界、地方，或者某种状况。相比之下，"北境"听起来比"北方"更让我有种遥远、神圣的仪式感。

到了北极村之后，大巴车停在了一个迷你型的车站。虽然当时才下午五六点，但天色早已漆黑，很难看到室外的风景。由于纬度高，这里昼短夜长，我询问之后才得知，这里一般在下午4点左右天色渐暗，5点钟已经是夜幕沉沉。

我下了车，环顾四周，虽然当时并没有下雪，但地面上布满了积雪。在车灯照过的地方，我看到一排排密集的林木。根据我的判断，在这种环境下生存下来的，而且是成群出现的，一定是白桦树。白桦树是生命力较强的落叶类乔木植物，其树皮雪白无瑕，有一种朴实的美感。白桦树树干笔直，树质坚硬细腻，树皮柔韧干燥，据说抗战时期东北军民就是拿白桦树的树皮当纸来用，拿树干烧火取暖。想到这里，我瞬间对白桦树有种敬意。

时间虽然不晚，但是这里的气温很低，此时已接近-25℃。我穿了两件毛衣，外加一件羽绒服，仍然冻得瑟瑟发抖，手机和相机已经被冻得无法开机。尽管我还想再多看看这片美丽的白桦林，可眼下最紧急的还是找到之前预定的旅馆，尽早住进去取暖。

北极村很小，没费多大功夫，我就找到了之前预定的旅馆。旅馆由农家大院改造而成，只有四五间客房，虽然很小，但内部的装修却很是规整，现代化家居用品一应俱全。前台的老板很欢迎我，不过了解之后，我发现他只是想从我身上多赚些钱而已，因为他在帮我登记入住信息的时候，塞给我一堆活动宣传单。比如，"特色一日游""特色温泉游""特色溜冰"等，我都微笑着婉拒了，一是我对商业旅行不感兴趣，二是我根本没有闲钱。

晚上难得洗了一次热水澡，总算安顿好可以休息了，我看了下窗外，一片伸手不见五指的漆黑。我虽然迫不及待，但也只能等到天亮才能去室外。躺在床上，室内的供暖也使得我的大脑活跃起来，我开始回想过去几天发生的事情：想出未来长途旅行的计划，征询朋友的意见后，猛地发现计划的漏洞，决定先做小范围实践；再次征询朋友的时候被一口否定，备受打击，一气之下立刻行动。这趟旅行我没和任何人打招呼，在我所置身的人际关系网络中（同学、朋友、老师和家长），没有一个人知道我去了哪里，要去多久。我这样突然人间蒸发，势必会产生不良的影响……既然我已经出来了，就要接受这次考验。不过，我还是得给老师和家长打个电话，说明下情况。理由嘛，就编造一个吧。

我给大学的辅导员发了一条长短信，内容当然是编的，大致是说最近回家有急事，需要请假两周，没想到辅导员很快就回复同意了。然后我和家人通了次电话，我是个不擅长说谎的人，好在家人一般不过问我的情况，默认我还在学校，我就大致说了最近学校发生的事情，也避过了敏感的现状。总之，暂时是没有露出马脚。这时，我才安心躺下，期待着天亮到室外，看看这北境的雪景有多美。

第二天一大早，我穿着一身又厚又鼓的衣服走出了旅馆。由于手机被冻得失灵，我只能带着相机出门。室外如预料的一样，非常寒冷，路面的积雪早已被高效地铲除。我在村子周围闲逛，看到这里关于"北"的诸多标志性景点，如"最北一家""最北邮局""中国北极点"，居然连"最北厕所"都有。一路上我看到不少当地居民，他们并没有我穿得那么夸张，大多是穿一件皮衣加上棉裤，甚至有穿着很薄的外套就出门的，相似的是他们都说着一口纯正的东北话。东北话有一种特别的感染力，听起来我觉得很亲切，也很有喜感。

但是除此之外，我还看到了令人错愕的景象。这里除了一些错落有致的乡村小房子，到处都在新建一排排高楼，工地里发出的嘈杂电钻声和周围的宁静极不和谐。我开始设想，在不远的将来，北极村势必变成一个小镇，而不是一个原生态的村庄。如今的北极村，已经被人为地开发成一个商业气氛浓厚的旅游景区，招商引资的标语十分常见，为促进旅游业发展而特别设立的"俄罗斯风情村"等景点和大城市中的如出一辙。这个事实，让我万分地扫兴。

比起人工的创造，我更喜爱大自然的鬼斧神工。这时候，我想起了昨晚看到的白桦林。我顺着昨晚步行的路线，找到了那片白桦林。白桦林异常显眼，树林的顶端高耸且密集。靠近树林的地方，可能是因为人迹罕至，路上依然有着层层积雪。我穿得非常厚实，行动有些不便，脚踩在蓬松的雪上，发出清脆的声响。不过，我却没料到雪那么深，脚踏入雪中，有几下甚至陷到了膝盖，我挪着笨重的步子，费了好大功夫才走进树林。

　　置身树林之中，我仔细观赏着这些白桦树。12月，树木枝叶凋零，光秃的树枝伸向天际，这里白雪皑皑，一缕缕的阳光洒进树林，稀疏的树影和林间的杂草野花形成一幅定格的画卷，美得让人窒息。这白桦林可真有英雄气概，在-30℃的低温环境中，任凭风吹雪打，依旧是亭亭玉立，傲然自得。雪野中，白桦树的身影异常鲜明，与其他林木花草一起，在莽原千里的北大荒中构成了独特的风景线。

　　天色暗得特别快，这一天我都在白桦林中度过。晚上回到旅馆后，我开始反思，没想到这里的商业化已经这么严重，和自己预想的完全不一样。这次旅行，我下了很大的决心，冒了不小的风险，几乎用尽了所有的勇气，而终点居然是这个样子，真是让人倍感失落。突然间，我想起了旅馆的老板，他曾经非常热情地给我推销了一堆周边游活动，我想再去了解一番，说不定可以找到新的目的地。

北极村

老板见我来问询，自然是特别热情。当我问到附近有没有淳朴的原始村庄时，他给我推荐了一个地方——北红村。这是我第一次听到这个地理名词。

印象之中，北极村已经是中国最北的村庄，但完整的表述应该是：北极村是中国最北的，已经得到人为开发的村庄。而在这之上，还有一个原始的、未开发的村庄，那就是北红村——真正的没有被开发过的原始村落，真正地坐落于中国的最北端。北红村地处中俄交界处，南北两面环山，黑龙江在那里由西向东穿过。

我喜出望外，非常想去那里一探究竟。旅馆这边可以提供往返的一日游，包吃住，价格是500元。不过，这时的500元对我而言已经是个天文数字，随身所带的资金已经开始紧张。但是我人在此处，已经距离那里很近了，不想就此

白桦林

作罢，而且更重要的是，一想到要在这个商业氛围浓厚的北极村待完剩下的4天，我就又着急又失望。所以我试着和老板协商，我说不用包吃，自己携带干粮，别的价钱可以照付不误。经过一番讨价还价，老板同意给我按400元的价格。这已经算是很慷慨了。

这次突如其来的"惊喜"让我倍受鼓舞，我更加期待真正淳朴的原始村庄到底是一番怎样的景象。当晚，老板说那里是真的会冻出人命的，特意叮嘱我要带上充足的衣物，我也非常老实地照做，把所有的厚衣服都穿在身上。次日，在北极村的第三天，我开始前往北红村，真正的中国最北。

早上6点不到，我们就出发了，因为北红村在下午3点左右就开始天黑。载我的司机开了辆丰田车，他个头不高，约40岁出头，面相友善，笑容常挂在脸上。一路上根本没有一条像样的路，要么是雪地，要么是杂草丛生的荒原。车开过的地方，别说车辆和人，我连一只动物都没有看到。我打开手机，发现没有信号，这里真的是彻彻底底的无人区。也许有人这时会担心，如果司机把我丢在这里，又或者是敲诈勒索一番，那不就出大事了。但当时的我，除了兴奋，没有感到一丝紧张，也许就是在驱车前往北红村的路上，我骨子里的冒险精神才真正被唤醒。

司机很擅长聊天，一路上问了我很多问题，所以我也没感到无聊。他说自己特别佩服如今的大学生，只有经历令人痛苦的高考才能出人头地。他有一双在读初中的儿女，让我给他们一些学习上的建议。我回应道，并没有什么学习上的灵丹妙药，我也是付出了很大的心血才考入大学，希望他们在日后选择学校的时候，尽量走出家门，到沿海、到中部，或者到首都去读书，这样可以在繁华的都市里成长，日后的就业机会也会更多。但当时我自己正在做着"逃离城市"的事情，感觉这番话从我的口中说出没有一丝说服力。

不知不觉中，我们已到达北红村。车子直接开到了北红村的旅馆内，与其说是旅馆，不如说就是个小茅屋。屋内有简单的通电设备、取暖炉和纱窗，室外是实木搭建的墙壁和房顶，木头已经有些泛黑，有些年代久远的感觉。负责接待的是一个老妇人，她没看我出示的身份证件，就直接让我提着行李入住。和北极村的旅馆相比，这里的房间没有无线网络，也没有热水洗澡，好在床倒是一个供暖十足的热炕，有这点我已知足。

简单安顿好之后，我带着相机出门转悠。这里的一切都被白雪覆盖，寒风刺骨，风中夹杂着碎碎的雪花，当时并没有到下午，但是天色已经开始变暗。所谓村落，我不知道该如何定义，这里人烟稀少，只有一排茅屋，外加一些散养的牛，每户人家的房顶都有一个烟囱，那里冒出了徐徐青烟。从村的一头走到另一头，大概不到10分钟。踩在雪堆中，我能异常清晰地听到自己的脚步声和雪散开的蓬松声响，甚至可以听到自己的心跳，这是我不曾体会过的安静。

我对这里的雪和静谧十分喜爱，寒冷并没有对我造成太大的影响。可是，作为常年生活在这里的村民来说，这样的环境下，必定是需要很大的智慧才能世代生存。这里远离喧嚣，长年安静，有一种深深的寂寞和无趣，年轻人一旦走出家乡，应该再也不会回来了吧。冬季太过漫长，夜晚也太过漫长，年轻人向往更有活力的地方。

北红村

我走到中俄交界的边境，那里有一处哨所，我在离哨所不远的堤坝上坐了下来。中俄的交界处是黑龙江的源头，这里的江面常年冰封，周围也几乎没有人烟，甚是荒凉。好处当然也有，那就是这里异常地安静，非常适合人静下心来思考。

坐在堤坝上，我闭上双眼，内心非常平静。我反思着自己的计划，想到以后将要面对的事情：恋爱结婚，成家立业，生儿育女，赡养父母；做一个好丈夫、一个好员工、一个好父亲、一个孝子。千千万万的年轻人，将在未来的生活中承担这些角色，或许他们做不到"好""优秀"，但多数人是"合格的"。

想到这里，我突然害怕起来，我怕自己会随着时间的流逝不得不去承担这些新的、已知的人生角色，我害怕自己会变得越来越平庸，这些都是我无法接受的。我不希望自己的未来，仅仅按照人的社会属性继续运转下去，我渴望远方，渴望看到更大的世界。我也听够了别人的故事，我想让自己成为故事的主角。

诚然，我具备人的社会属性，我也要追求普世价值中的成功。那么，有没有一个办法，可以在"追求远方"和"追求普世价值中的成功"两者之间找到一种微妙的平衡呢？当时的我无法回答，这个发问便成为我未来所需要回答的主要问题。

"北境之旅"作为我最初关于远方的尝试，到此真正结束了，因为我已经找到了自己想要弄清楚的事情。

出发之前，我仅是一时冲动，也为这段旅行付出了很大的代价，但是我找到了自己的坐标，知道了自己在哪里、该去哪里。回来之后，我在"如今身在的地方"用功不懈，朝着"该去的地方"不断努力。

如果从今天的视角回望当年的这件事，我不会说这场旅行给我的生活带来了多么大的改变。这就像一本书的开头一样，不管题材是什么，写的方式如何，文笔怎么样，一路跌跌撞撞，至少已经开始写了。

后来我明白了，远方是一种瘾，一旦接触，并把"它"挂在心里，那么就一辈子戒不了了。

五

闭关的重生：坚定目标

秋雨

巴西作家保罗·科埃略是历史上作品最畅销的葡萄牙语作家，其名作《牧羊少年奇幻之旅》中有句传遍世界各地的名言："当你全心全意梦想着什么的时候，整个宇宙都会协同起来，助你实现自己的心愿。"但是现实中，2014年的我则完全站到了这句话的对立面。

"北境之旅"结束之后，我回到学校。由于之前曾经骨折请假，加上这次远行的10天，因此我在两个学期内缺席了大约40天的课程，快要进入学院的"黑名单"了。

所谓"黑名单"，是给一群"特别"的学生专门准备的。他们一般长期不上课、不签到、不交作业，也不参加考试，虽然当时学院以教学严谨闻名，但是每学期还是有几个学生"光荣入选黑名单"。而进入"黑名单"的人，有的被留级，有的被取消保研或公派留学资格，也有的被直接劝退，总之后果不堪设想。我自然是不想步其后尘，所以必须先老老实实地回归一个好学生该有的样子。于是乎，我就在学校中过了一段漫长的"乖学生"生活：全勤上课，参加社团，听讲座，找实习，谈恋爱，参加学生竞赛。

不知不觉中，时间到了2014年。用我当年的话来说，这一年算是过得又心酸又痛苦，特别挣扎、特别苦恼。但是从我今天的角度来看，一切不过是过往云烟罢了。

事情很简单，当时读的项目中有一年半的时间要去英国留学，需要提前准备出国留学的语言考试。正是这门语言考试，耗费了我将近一年的时间。学院原定当年6月就要学生提交语言成绩，不达标的学生要赶在9月开学前去读2个月的预科。而我正是不达标的学生之一，被迫要去读一个花费3万元人民币的语言课。倔强的我自然是很不乐意，但是当时又没有通过语言考试，所以折中一下，我向英国的合作学校申请推迟3个月入学。学校批准了之后，我就开始全力刷语言成绩。而这一备考，没想到就是足足5个月。

在5个月的时间里，我连续考了8次语言考试。我在考场旁边租了一间小屋子，每天都处于高强度的复习备考状态，没有社交，也很少出门锻炼。我那时求成心切，想要快速地考过，结果适得其反，连续考了几次之后发现成绩卡在那里，死活提升不了，进入了恶性循环。到了11月，我孤注一掷，连续报了两场考试，没想到最后两次都达到了学校的录取标准，总算是如愿以偿。

虽然顺利通过了考试，但是我却没有如释重负的感觉，相反，我感觉生活依旧充满着莫名其妙的紧张感。考完不久，我发现自己已经患上严重的皮肤过敏，经过多家医院诊断，确诊为胆碱能性荨麻疹。过去的5个月里，我没日没夜地学习，也不确定能否顺利通过考试，压力很大，非常容易紧张，这时候荨麻疹就开始发作了：皮肤出现瘙痒、麻刺感或烧灼感，有时候甚至是刺痛。最严重的一次，在洗热水澡的过程中，我全身产生剧烈的烧灼感，差点晕倒在浴室里。

我深感自己的身体状态已经差到历史最低点，心想，难不成要带着这样的身体去那人生地不熟的英国？不行，必须想办法调整。理想的话，我想要与世隔绝一段时间，静一静。

当时偶然读到某博主的修行回忆录，他刚刚完成一次与世隔绝的寺庙修行，我脑袋一热，文章还没读完就决定报名参加。由于报名需要获得家人的认同，所以报名之后负责方就会打电话给我妈，确认相关情况。

"请问您同意您的儿子在某某庙里参加一个禁欲禁言的冥想课程吗？课程时长10天，不产生任何费用，但是课程期间要完全与世隔绝，需要参与者家属的同意。"我猜负责方大概会这么说。然后我妈见到我的时候，肯定会劈头盖脸责问我："你疯了吗？你去做和尚吧，你大学白读了！"这是我妈生气时惯用的句型：先是反对（批评），加上一句例证，然后回归到我"白读书"这件事情上。貌似所有的错误，所有的问题，"千夫所指"的罪行，都是教育惹的祸。当然，作为对这个句型十分熟悉的我，在关键时刻还是保持着镇定，有理有据地说服了我妈：我先是对自己过去5个月的学习进行总结，说出自己的不足和进步，也说明自己现在的身体和精神状况急需调整，并许诺有了这次经历以后我肯定可以走得更远，然后用出庙之后的实际行动来印证自己的话。结果证明，我也确实做到了。

课程地点在福建厦门和漳州交界处的一座寺庙中，该寺庙坐落在一个国家森林公园内。我先是坐火车到了厦门，又坐了2个小时的大巴到了该公园，最后走了1个小时的山路才到寺庙。寺庙始建于唐朝中期，虽然历史久远，但几经翻修，无论外观还是内部装潢都非常现代化。

进了寺庙，那里的工作人员很平和友善地接待了我。抵达的当天晚上8点，课程正式开始，"戒律"开始实行。

"戒律"对于新学员的要求一共有5条，对于老学员的要求一共有8条。

> 所有参加内观课程的人在课程进行期间必须严格遵守下列五戒：第一，不杀害任何生命；第二，不偷盗；第三，不淫；第四，不妄语；第五，不用所有烟酒毒品。旧学员（曾参加过一次十日课程）必须遵守另外三戒：第六，过午不食（午时以后不再进食）；第七，不作感官方面的娱乐，不装饰身体；第八，不用高大或豪华的床。

针对各点要求，我在那10天内都没有不适应。我没有杀过生，如果说夏天拍死蚊子不算的话；我没偷过东西；内观期间，我与外界隔绝，仅和一群比自己年长好几轮的同性待在一起，自然不会有什么淫欲；我本来话就不多；我也不喝酒。针对新学员的所有要求，我觉得没有任何挑战性，所以一开始就按照老学员的标准要求自己，做到每天过午不食、睡木床、穿没有花纹的衣服。

这10天内，一切都很平静。庙在山上，住宿虽然简单但是很干净，洗浴用的都是山泉水。庙里的伙食也非常棒，虽然都是素食，但是各种坚果、山珍汤、银耳粥、野菜、野菌菇、水果等应有尽有。对于一天只吃两顿，我除了刚开始的两三天不适应之外，还是可以接受的。

真正对我有挑战的是耐心。刚开始的第一天，从天还没亮的4点半打坐到中午11点，除了中间吃饭的1个小时，其余5个半小时都在打坐。熬完第一个上午之后，下午我满脑子都是想着如何能溜！

"天啊，脚坐得好疼，屁股也麻了……肚子好饿……没人想溜吗？……"我依稀记得脑袋里想过这些话，但是从来没觉得"不能坚持"。身子麻了调整一下姿势，饿了的话下一顿多吃几个馒头，我努力劝说自己平静下来，不知不觉中，"想溜"的念头貌似悄然消失。然而，第二天，第三天，第四天……直到第七天，我还是时不时地想溜。

真正的改变发生在第八天。

经过了长时间的打坐冥想，我发现自己已经可以很好地控制"想溜"的想法。这种想法在大脑里产生、升腾、消失，整个过程反复出现了很多次，但不同的是，我已不再去进一步想别的事情了。

第九天，我发现了冥想对我生活的意义。

经过9天的课程，加上老师的提点，我有所开悟，明白了内观是一种鼓舞人积极入世的修行方式，只是这种方式并不是"集体智慧"，而是"个人修行"，可以提升个体在看事看物上的格局和境界。这种提升不是基于某种成就或者某次顿悟，而是基于漫长的修行。个人通过一点一点的观察，认清内心产生的各种情绪和感触，并把握那些有助于实现自我价值的东西。把这些变为生活中的现实，才是对生命中诸多事情的最好选择。

我一边打坐，一边让回忆把我的精神带回过去：初入大学，骨折受伤，医院复查，旷课旅行，回归学校，复习考试。如今，我置身于这宽敞的寺庙中修行，想要找到内心的平静。出庙之后，我将远赴英国留学，在那里会面对怎样的生活，一切不得而知；之前经历的痛楚依旧历历在目，顺着现在的节奏，大学生活势必会无声无息地落幕。

咦？等等，我好像忘记了什么，是什么呢？好像有些年代久远，想起它需

留学期间与参加内观课程的同学合影

要反复地在回忆中挖掘。我回想起大学之前的高中生活，曾经历过无数次没日没夜的复习考试，那个对未来充满恐惧和迷茫的我，曾经少有的精神依托——阅读。而阅读又将我带到了想象的世界中，那里充满着惊喜和未知。

"西伯利亚！"这四个字再次浮现在我的大脑中。紧接着，一阵难以阻挡的热血开始在我体内涌动。过去的一年多时间，我先是回归到正常生活，随后在考试中鏖战，不知不觉中，已经把曾经最渴望做的事情抛在脑后。接着我又想起了自己原本的计划，最早定下来的路线——第一亚欧大陆桥。我曾在刚读大学的时候许诺，以后一定要完成这段旅程。

"还有这件伟大的天马行空的事情在等着我去完成！"我在内心中呼喊，再次感到生命充满了意义，自己的未来充满了无限的可能。那一刻，我再一次触碰到自己的梦想，它让我重新振奋。

第十天的修行在平淡的打坐中落下帷幕，至此，十天的内观修行圆满结束。这次内观的意义对我而言非同小可，如果没有这次经历，我很可能就忘记了自己曾经的许诺，把自己对远方的向往无声无息地埋葬。我通过内观把自己心中的杂念一点点地祛除，留下了最真实的自己——那个对远方无尽向往的自己。

内观结束了，我走出寺庙，同时，我已毅然决定，一定要实现自己的梦！

当务之急，就是找到可以同行的伙伴。

六

联盟建立：寒冬黄昏下的决定
猪隆

时间回到3年前。

2015年1月1日，我从武汉跑到了江西婺源。

寒风从我身边飕飕刮过，新年的第一天，街上意外地空荡，路上还依稀残留着人们跨年夜集体狂欢的影子。我把自行车停到了马路一旁，对着已经被寒风吹得僵硬的手呼了口暖气，咬了咬牙，继续骑行。

冬天的婺源，异常地静谧，甚至有点萧条。我一个人在宽广的马路上骑行，脚踏声嘎吱嘎吱的，心底反复响起秋雨半个月前亲口对我讲的话："我想邀请你一块做一件疯狂的事。"

寒风呼呼吹过，却冻结不住两颗炽热的心。我脑海里满是处女座的日常纠结：我到底要不要做这件看起来根本无法完成的事？

跟秋雨认识是在半年前。

从日常生活中醒悟的我，大二下学期伊始就紧锣密鼓地准备暑假的西藏游历活动。在一次旅行经验分享活动中，我很偶然地认识了当时作为分享嘉宾的秋雨。当时还没有任何远行经历的我，只得对各种周游世界的分享嘉宾们报以高山仰止的崇拜。同时，他们分享的各种经验也让我更加期待暑假的第一次远方之旅。分享会过后，我跟秋雨互加了微信，并简单地交流了几句，随后我们也互成了对方微信通信录中再也没亮起过的名字。

随后的大二暑假，我如愿踏上雪域高原，完成了计划中的56小时火车硬座、拉萨幼儿园义工志愿者工作，以及当雄牧区支教记录与采访，最后成功安全地徒搭完川藏与滇藏线。2014年7月，赶在了通麦天险大桥完工的前一刻，我亲身感受到了在雅鲁藏布江悬崖边飙车的命悬一线的快感。至此，我打开了"行万里路"的第一扇门。因为有记录日常生活与分享照片故事的习惯，所以我的整个朋友圈"目睹"了我的暑期西藏之行。回来之后，一切回归正常，虽然生活没有明显的变化，可是冒险精神与探索世界的渴望已经在我心中悄然成长。

2014年12月中旬的某一天，我突然收到一条微信消息，是秋雨。当时，我知道他刚结束了为期近半年的远离网络的闭关学习，然后去了厦门内观禅修。那段坚持半年彻底远离网络的生活，以及为寻求精神平静的禅修事迹，无疑加深了我对他的敬佩。没想到，寒暄几句后，他就直接跟我说："看了你在今年暑假的西藏行，挺有意思的，是这样的，我想邀请你跟我一块完成一件疯狂的事。"随即，我俩约了时间进一步交流。

站在学校的露天电影场，秋雨和我进行了简单交流。虽然很直接，但我很明显地感觉到了他的决心及诚意。

"从俄罗斯海参崴到葡萄牙罗卡角,搭车横跨欧亚大陆?"我打开手机地图,连续点了多次缩小按钮才把欧亚大陆完全缩放在屏幕上。我深吸了口气,"这……这……这远不是318川藏线能比拟的啊!"

"这是我的一个大学梦想,在接下来的一年半时间里,我会全力地把它完成!"每个字都掷地有声,他的话里透着一股"不成功不罢休"的执着。

收到心中敬佩的"大神"的邀请,我虽然非常开心、激动,但我深知约定不能随便订下。简单地向他了解了时间安排等情况后,我回道:"给我点时间,让我认认真真地考虑一下吧,这事不能儿戏。"

徒搭经历

寒风呼呼,身躯越发冰冷,可我那颗探索远方的心却在秋雨的邀请下越来越炙热。收回了对远方的思索及心中的忐忑,我焐热了冻僵的手指,继续往前骑行,似有目的却又漫无方向地前进。

自从那天收到邀请之后,我平静的学习生活一下子迸发了新的旋律。从俄罗斯海参崴到葡萄牙罗卡角,听着好像没什么感觉,可是看着地图,不得不说,还是略为吓人。到底是否要继续疯一把?还有一年半的时间。

张绎有言:"作事必谋始,出言必顾行。"基于不兑现承诺就心底不安的强迫症原则,我必须认真、严肃且谨慎地对待每个决定。特别是对于这场看起来几乎难以实现的远征,我一旦接受邀请,就意味着未来的一年半要全力准备。想到日后可能要跟唐僧取经一样历经众多磨难,我有些犹豫,担心自己不能承受得住。

得益于暑假西藏行建立起来的自信心,我已经很了解自己的身体素质以及生存适应能力。路途遥远且艰辛，在我心里，这并不是不能克服的问题，相反，我可能会更加享受这种折腾以及煎熬，这样的旅途会因此更加有趣与深刻。但缠绕在我心中的最大问题，莫过于年轻人的核心硬伤：时间和金钱。

西藏之行

一年半之后是大四，秋雨讲到的旅行耗时大概是70～80天，也就是说大四上学期我要把论文、课程、求职等工作全部完成。在时间方面，我要考虑自己是否有足够的把握顺利踩着节点完成各项工作。毕竟，作为一个学生，我的核心任务还是学业，考虑到未来的发展，我不能盲目地放弃一切去旅行，这样是对自己不负责，也是对其他人不负责。计划70～80天的时间，这么遥远的路途，而且有一半的路途在欧洲，全程的费用想必不是一笔小数目。对于还是个普通学生的我来说，如何在一年半里攒够这笔旅费，是个头等问题。而且，这是自己的事，决不能把压力转移到父母身上。

时间和金钱，困惑着无数人。大部分人都是心有余而力不足，而随着时间推移，心中想完成的事也慢慢变成了口中的"哎呀，我一直很想很想干什么干什么的"的遗憾和后悔。对比社会人，我现在还有的一点优势就是，拥有还算强健的体魄、自由控制的时间，以及相对没那么沉重的家庭负担。毕业后参加工作，生活是不是会大不相同？一切的一切是否再也没有机会去实现？之后的我，会不会因为当年的胆怯而后悔？未来会不会责怪自己当初的懦弱和拘谨？

　　两种不同的声音在我脑海里激烈地打起了架。疯狂的理想以及保守稳妥的现实，我实在难以取舍。经过了几天的挣扎，恰逢元旦，纠结难耐的我想找个地方静静地思考并做出决定，也想尽快给秋雨一个明确的回复。于是，我跑到了离武汉比较近的婺源，拥抱我最爱的大自然，进而好好地思索一番。

　　婺源，以其春季烂漫的油菜花、秋季醉人的枫叶林而闻名全国，而我偏偏选择了在寒冬出行。寒冬里，光秃秃的田地和山林，清凉之余多了几分落寞，游客自然也少了很多。有方向地前进，似乎更让人放心。我规划好当天的骑行路线：篁岭—江湾—汪口—李坑，来回约80公里。

　　我住的青年旅社（简称"青旅"）离第一站目的地篁岭大概有15公里，一大早我就出发了。温度随着时间推移而慢慢上升，骑行越来越顺畅，一天下来，我很快就骑完了规划的路线。

　　踩着日落，我最后骑到了婺源桥头（应该是这么叫吧）。"多美的落日啊！每天都伴着这样美的日落结束，那该会是怎样的一种幸福！"我静静地望着落日，这句话从心里不由自主地冒了出来。落日从徽式建筑中洒出，世间的一切仿佛都静止了，只留下这刹那的霞光。一个人，一辆自行车，此时此刻，没有烦恼，没有负担，没有压力，一切都是那么的美好。

　　"人一生能有多少天做自己想做的事？"我不停地反问自己。三五年之后，肩上的责任越来越重，我还有机会完成如此疯狂的事吗？望着此刻的落日，我心中突然有了答案。

　　光想不做，梦，永远只是梦。钱，以后有的是时间赚，可是机会和青春，若把握不住，就真的流走了。推自己一把，再疯一回，给大学留下一个完美的结局吧！就像眼前的美景一样，不抓紧的话就真的转瞬而逝了。

桥头落日

既然决定了，那就开始吧。

"我想清楚了，我决定，再疯一把！"

"好，就等你这句话！"

2015年1月1日，我们结成联盟，就此开始了逐梦之旅。

第二章
远行的黎明

- 一年的准备
- 武汉会师与行前准备
- 行前的犹豫和颓然
- 奏响在路上的毕业典礼之歌
- 险些被扼杀在摇篮里的出发

一

一年的准备

猪隆

"有志者事竟成，破釜沉舟，百二秦关终属楚；苦心人天不负，卧薪尝胆，三千越甲可吞吴。"要实现远征的约定，我们必须先全力完成学业，不给大学留下遗憾，之后才能彻底放下心去冒险。

结成联盟之后，我们正式将这次远征排上了计划日程表。整个2015年，秋雨都在英国进行最后一年的交换学习，他将在2016年年初结束学业，然后回来全力做好远征前的物资准备。而我在2015年全年里，要把自己所有的事情准备好，包括修完所有学分、完成毕业论文、找到工作。换句话说，我要在大四上学期安排好所有事情，下学期整个学期全力实现欧亚大陆穿越远征。而关于金钱，我们初步的计划是：自己想办法存一部分，然后借此机会与各大旅游网站等平台合作，并通过网上众筹等方式凑集另外一部分。

一年多的时间，既不能耽误学业，又要有序地推进这件事情，对我和秋雨而言，都是挑战，同时，也是对我们信念的一次考验。

结成联盟的那一天，我们双双发了条朋友圈，基本等同于宣誓，并且将这一看似痴人说梦的计划告知天下。

"牛都吹出去了，这回不完成都不行了。"我们一同感叹道。

"疯了吧你们两个！""玩这么大，行不行啊？""敬佩！敢想敢做的人"……朋友圈中有人拿我们打趣，有人对我们表示怀疑，有人给予我们肯定。不管如何，我们这回如果不努力完成的话，就真的成了别人眼中的吹牛大王。而我们也隐约感受到，这次远征应该是我们青春中颇为关键的一个节点。

既然决定了，就全力以赴。

接下来，秋雨的事情进行得有条不紊，顺利抵达英国之后，他在英国北部的一座安静的小镇上过上了规律十足的读书生活：早起上课，中午简单午休之后去图书馆写论文，晚上去健身房锻炼。

当时我们的大学本科生活都已经接近尾声，远行的号角在不远处吹响，考虑到他面对着很大的学业压力和残酷的淘汰制度，学业变成了他最棘手的事情。他曾经和我说："如果不取得优异的成绩毕业，我肯定没法安心地去旅行。"于是，他带着学业任务，每天起早贪黑，默默耕耘，没有娱乐，没有旅行，就只是老老实实地学习。

对我而言，终极目标已经定下，剩下的就是如何去执行以及怎么做好的问题了。首先，我跟秋雨进行了结构化的问题剖析。对他而言，明年年初他已经毕业，所以时间相对自由；而我，为了腾出明年的时间，我仔细地算了一下已修的学分，并根据剩余应修学分仔细地挑选了大三下学期的课，争取在大三修完所有课程，大四上学期的时间全部用于找工作以及加速写论文。同时，在课余时间，我们要尽量把握住一切能赚钱与攒钱的机会，能存多少是多少。针对寻求合作的计划，我们设想，必须结合当前互联网发展浪潮与网络传播优势，让我们的行动给合作方带来流量，以此换取我们所需的资金。对我们而言，这次远征，有着更多比远方还深远的意义。

对未来有了期待，有了想象，生活自然而然充满了动力。虽然之后生活回归平静，但是，心中的激情仍在持续燃烧。我们按部就班地进行着，同时，为了适应明年路途艰辛的远征，作为健身教练的秋雨还给了我很多锻炼体魄的建议。特别是经历了2014年的"西藏敢死行"，本来已经很瘦的我更是暴瘦10斤，一米八多的个子只剩下120来斤的体重。为了保证身体能够支撑明年那吓人的路途，我听从了秋雨的专业化指导，开始了健身与精神方面的修炼。

强健的体魄，是远征的前提基础，时间可以挤，钱可以攒，但是如果身体垮了或者支撑不下去了，那这趟远征就没有任何可行性。因此，在一年的时间里，我一周坚持健身两三次，只做无氧运动。秋雨这么跟我讲："你这么瘦，赶紧囤点脂肪，这个星球上最冷的地方之一——西伯利亚，冬天的平均气温在-20℃，最冷达-40~-50℃，估计这将会是我们人生中最冷的一次经历。我们要加油，把身体锻炼好，免得冻死在西伯利亚。" 每回只要想起秋雨讲

折腾的过往

的话，我健起身来就倍儿有劲。作为一个地道的南方人，我实在没办法想象-20℃是什么样的感觉，尤其当我摸着身上不多的脂肪时。

至于意志的修炼，就没有那么顺利了。18岁到22岁，大学的四年，是青春最容易迷茫的时间，价值观、人生观、职业观等都有可能在这四年里面完完全全地被重新塑造。当时的我们，也就是两个普通得不能再普通的大学生，既没有雄厚的家庭背景，也没有超越常人的天赋，在充满诱惑与各种刺激的大学生活面前，我们更容易摇摆不定，在挫折面前，我们显得尤为脆弱。

2015年5月，学习生活上迎来一波新高压，再加上一连串课外的压力，我整个人一下子陷入了压抑、抑郁之中。萎靡不振的状态使我无法很好地继续为未来奋进，无奈之下，秋雨跟我说：

"你还记得我去年参加的内观禅修吗？10天禁欲禁言，好好观察自己，好好禅修。"

"嗯，我记得，去年我也在一本《西藏生死书》上看到过，还蛮感兴趣的。"

"你有时间的话，建议你去试试，你这样的状态，会影响后面的事情的。"

我拿出日历，然后在网上查询了一下最近的课程时间，秋雨还向我推荐了时间更短以及更具弹性的梅州千佛塔寺内观课程。根据课程时间安排，再加上来回时间，我起码要空出大概两周的时间，这是否值得我去尝试呢？

5月的武汉，气温才刚刚回暖，就立刻从冰冻中过渡到炎热，春天仿佛从来没有逗留过。望着窗外初露的绿芽，一切都那么美好，对比之下，我的心情却增添了几分压抑。

粗略地估算时间，提前两周把作业、课程与项目全部完成，再跑去寺庙进行禅修的可行性还是蛮大。相对而言，这或许是这几年间最容易、成本最低地能抽出整整10来天空闲时间的机会了。如果现在都不能完成几乎没有挑战的事，那么后面的远征岂不是更加难以实现？于是乎，为了能尽快恢复状态，我咬咬牙，毅然买了南下的车票，并提前跟室友们打好招呼，把需要帮忙递交与处理的事交代清楚。

战斗吧，少年！出发吧，少年！

历经快20个小时的普快硬座，随着阳光的洒入，我慢慢地睁开眼，车厢内的嘈杂与窗外的宁静形成了鲜明对比。下车时，刚好早上10点，我吃了点东西，然后打了个"摩的"，不一会就到了寺庙。

寺庙谈不上气派，呈现出经典的静谧的佛家氛围。刚进去登记的时候，几位师父就被吓呆了。

"你是过来参加内观的吗？"

"呃……是的。"我有点尴尬。

"哇，你这么小啊，你怎么知道禅修的？"一位小师父惊叹道。

"呃……我一个朋友推荐我来的。"气氛仍然有点尴尬。

"有佛缘啊，有佛缘！"几位师父相互点了点头，略微感叹。

"年纪轻轻，能有此机会参加内观，真是有福气啊你，有佛缘，有佛缘。"师父继续说道。

"谢谢师父，我也觉得是啊。感谢你们。"我回道。

说完，我便将身上带的所有东西放到了一个小箱子里锁着，只留下几件衣服。待到集合时间，大伙儿便正式开始这段内观禅修的日子。千佛塔寺的内观课程相对短一些，从国际上流行的10天制改成了7天。7天的时间内，学员禁言禁欲，一天吃两顿，早上4点起床，晚上9点休息，只做一件事情——安静地坐着观察自己，观察一切情绪。

打坐的7天里，吃着全素的饭菜，按照规律且极健康的作息安排，我的身体感到前所未有的舒畅，仿佛能感受到能量在身体内流动，之前厌恶与压抑的情绪都在安静的打坐中逐渐舒缓。在打坐之余，我也花了不少时间思考自己，回忆总结过往。

7天的时间里，我把21年的人生全部回忆了一遍，酸甜苦辣，五味杂陈。对父母的愧疚，过去失败的不堪，还有小时候塑造性格的种种经历，爱过的、伤心过的、兴奋过的、遗憾过的，一切的一切都在这几天像电影般全部播放了一遍。当然，还有年初定下的未来的远征计划。

受到师父的指示与小故事的启迪，我的压力逐渐释放，迷雾也慢慢地消散。虽然追求平静的路还很远，但7天的体验总算给了我一个良好的启蒙。很快，内观就结束了，经历了前两天的挣扎、不耐烦，再到后面的慢慢适应，最后到顺畅的身体感受，这7天仿佛很久，又仿佛转瞬即逝。

课程结束后，师父邀请大家一起进行功德分享，也就是请每个人分享一些心得体会。这回我才知道，为什么刚来的时候师父会那么惊讶，因为在这里边，我是年龄最小的一个，也算是烦恼相对较少的一个。

这里边有一对夫妇，带着多次违法的儿子一同参加寺庙内观，祈求能通过内观给予孽根深重的儿子一点净化；有一个中年妈妈，因年轻时多次堕胎，常年被阴影缠绕，承受着巨大精神压力；同时也有佛道兼修，希望提高看风水准确率的算命先生；更有已经是第七次参加，从性格非常暴躁与冰冷的问题妇女变成现在温顺宁静的阿姨……似乎在人群里面，我的烦恼都是庸人自扰。

大千世界，人们光鲜的外表底下，藏着各家的烦恼。回忆起刚见面时他们疲惫与烦恼的面容，我莫名地生出一种愧疚感：对比他人，自己不过是矫情，"玻璃心"作祟，如果再这样下去，那么在往后的生活，我还怎么能够承受更大的挫折与困难呢。内观结束的晚上，看到大家呈现出颇为轻松与安静的状态，我心里也莫名地感到放松。我想到了我的爸妈，只想衷心对他们说一句"谢谢"，进而日后努力活好自己的人生，更好地回报他们。

分享会结束后，我们住在同层寝室楼的男士继续在私底下开着分享会。印象很深的是一位退休的老干部大叔，他语重心长、感情浓厚地给我们解析中国历史。此外，还有一个比我大十来岁的大哥。

"大哥，你为什么来参加内观？"我好奇地问道。

"我之前在印度接触过类似冥想的东西，比较感兴趣，比较好奇，所以过来看看。"

"那你怎么抽出时间的，这么长时间不上班不太好吧？"我把心中的疑惑说了出来。

"嗯，确实是这样的，是蛮难抽时间的。"大哥委婉地回答了我。

"你还在上学吧，真好，年轻时有机会接触这么多东西，很不错。"大哥笑着，似在感慨，似在回忆。"年轻时可以多做一些不一样的事，你有一辈子的时间干活、工作，却不一定能有很多时间与机会做自己想要做的事。"大哥边说边哈哈大笑，看似随意，却直击我心。

我呆住了，虽然不能逃避责任，但是，自己的人生终归自己做主。有钱、有权、有成就不代表内心就能获得宁静与快乐，我不想日后成为众多走不出烦恼中的一个，也不想日后在各方面压力下日益丧失掉年少时一个个想要实现的梦。

在新加坡交换学习

"远征，不疯狂不成魔，不完成不罢休！"打开手机，我第一时间给秋雨发了这么一条消息。我想，不能辜负年少的青春，尽全力地去冲吧！

经过这回，信念在心中刻画得更为刚健。

在一年时间里，我前往新加坡进行暑期交换学习，为背景增加筹码，之后经历了血洗般的秋招，最后以"智商巅峰"水平超高效率地完成了毕业项目和论文。一切的一切，终于完成，而2015年也终于跌跌撞撞地走到了尽头。

年末的时候，我和秋雨通话，彼此汇报了这一年的成果。也是功夫不负有心人，专注学习的他以专业排名第一的成绩，顺利地获得了一等学位，这是英国本科毕业的最高荣誉，我由衷地为他开心。而我在这一年中经历了身体与精神的洗礼，整个人蜕变成长了。在资金方面，我利用暑期在新加坡交换学习节省了一部分奖学金，再加上之前攒的一点钱，勉强凑了一部分。其他的还得等秋雨回来，我们再一起商量、构思如何按照之前的设想进一步筹集资金。

钢铁般的意志，健康的体魄，我们已经消除了主要的担忧，余下的时间、精力将全部投入到远征。一切都按部就班地进行着，黎明就在前方。

二

武汉会师与行前准备

猪隆

一年的准备时间很快就结束了，紧绷了一年的神经，仍没有任何时间放松。2016年2月，秋雨如期结束英国的课程，没来得及回家休整，也没顾得上和家人团聚，便直接从英国飞到武汉与我会师。我们的首要任务是把行程安排、资金与签证等提前办妥。考虑到我即将迎来毕业季，我还得算好回去的时间，不能耽误后续毕业答辩和办理毕业手续。考虑到签证期限与毕业答辩日期，原定的3个月旅行时间和穿越路线必须做适当调整与修改。原定的前半段路线——西伯利亚铁路结束后到北欧，被修改成从圣彼得堡直接南下捷克布拉格，相当于取消了北欧段，虽有遗憾，不过考虑到时间以及北欧的开销，也算是无奈之举。

上一次也是第一次见到秋雨是在2014年5月，算下来，我们也快两年没见面了。虽然在这期间我们经常讨论、分享，但对彼此的印象还大多停留在两年前，我们既熟悉又陌生。

2016年2月，我顺利完成毕业论文初稿，打算边走边修改，也在大三下学期修完了全部相关课程，就等着与秋雨会面后，开足马力准备旅行。从2014年12月到2016年2月，我们总算到了最后紧张爆发的节点。

大学三年多，我从来没在武汉天河机场坐过飞机。当时的机场交通也不便捷，从市区去机场，只能跑到汽车站坐机场大巴。吃完午饭，我来到汽车站，准备出发迎接秋雨。2月的武汉依旧寒冷，窗外的空调水不争气地冻结在铁架上，不愿离去。寒冷的天气里，我的心却烧得旺盛。经历了这一年多的准备，我们的远征终于要开始了。

在英国期间的学习生活

"大概十几天后,我们也要从这里出发,踏上远征的第一步!"在候车室,我扫了一下周围,感叹道。到机场后,我按着信息屏提示来到出机口,望着秋雨的航班号,既紧张又兴奋。"终于要开始了,终于要开始了!"我不停地转圈。

　　飞机晚点了。刚回国的秋雨没有手机卡,我无法联系上他,只能老实地守候在出机口,并仔细留意每一个出站的人。2时10分,2时20分……2时50分,等待的时间总是如此地煎熬,时间一分一秒地过去,我仍然没看到秋雨。"他不会已经走了吧?航班明明已经到了,他是出了什么问题被扣留在里面了吗?我该怎么办呢,万一走出去问人的话,他刚好出站看不到我怎么办?"我又开始了处女座的日常纠结。就在这时,一个既熟悉又陌生的面孔出现了。

　　是秋雨!我们仿佛心有灵犀,目光瞬间交汇,同时认出了对方!

　　"嗨,哥们儿!"秋雨扛着肥大笨重的行李箱边吼着边向我走来。

　　短短的几步路,却等了一年多,我们紧紧地拥抱在一起。终于胜利会师了!这一刻,标志着我们的冒险开始步入正轨。

　　由于秋雨刚回国,没有国内手机卡,所以那几天我们只能集体行动。在机场快餐店吃了个饭并简单地寒暄之后,我们随即开始远征的准备,首先讨论的是路线安排与签证申请。签证申请、审核需要一段不短的时间,由于时间紧急,所以准备签证,特别是难度颇大的申根签证成了我们准备工作的重点。

　　傍晚时分,坐在回市区的大巴上,望着渐渐降临的夜幕,我们陷入了沉思。"再过几天,我们将从这里出发,开始我们的第一站。我们的远征终于要来了!"我们不禁感叹。对秋雨而言,这次远征是大学期间的梦想,在这即将踏上征程的前夕,他肯定是思绪万千;对我而言,这次远征是我坚持了一年多且一直在努力实现的事,在此刻,我紧绷的神经总算要全面放开了。

　　从机场回到学校后,秋雨住在我寝室附近的一个小旅馆,晚上我在他房间的落地窗旁打地铺。那晚我印象特别深刻,睡在落地窗旁,皎洁的月亮高高地挂在夜空,没有隔膜,没有阻挡,梦里的那头,仿佛触手可及。虽然现在远征尚未真正开始,但不敢梦,何有青春?躺在地上,我静静地凝视夜空,秋雨则因为白天路程的疲惫而很早入眠。我一个人静静地与月亮对望，梦的那边即将启航。

在秋雨回来之前，考虑到即将毕业，我用尽全力提前把相关事宜全部处理好了。再考虑到5月中旬的毕业答辩，我必须结束远征返回武汉，因此满打满算我们只有不到3个月的时间。时间真的很紧迫，当务之急就是要把远征必需品（机票、签证、银行卡、装备等）全部准备好。

装备方面，在2015年"双十一"时，我已经简单地淘了一波。背包、急救药，还有一些日用品都已囤在我的寝室。简单清点所缺的装备后，我就一次性地在淘宝上下了单。针对俄罗斯段与欧洲段的通信，我买了相应的电话卡，确保到达每个地方后都能立刻连接上网络，保持通信正常。

而银行卡方面，考虑到这次境外的旅程，经过咨询与查找资料，我办理了某银行的青春信用卡，无额度，还是Visa信用卡，能保证远征期间的取款以及消费。

签证，是我们最大的困难——俄罗斯段的旅程与欧洲段的旅程签证互不通用。作为学生的我们，要保证后面几点的工作：

1. 预计好回程时间，确保在这之前我们能到达目的地，且签证还在有效期。

2. 俄罗斯段与欧洲段签证互不通用，要做好这两段的路途时间规划，预估取得签证的时间，并且做好Plan B（备用方案）。

3. 为了尽可能地多争取申根签证有效时间，我们必须特别注意相关准备文件。

当签证部分确定之后，秋雨回家处理了一些后续事宜，而我则留在学校，等待签证的到来，并对毕业论文发起最后的冲刺，同时了解毕业答辩的相关安排。一个星期后，赶在出发的前一天下午，我终于收到了签证快递。我小心翼翼地撕开快递包装，屏住呼吸，打开了护照。

"太好了，时间和申请上写的一样。"我赶紧发消息给秋雨。踩着时间的尾巴，与时间赛跑的过程中，真是容不得任何一个环节出现失误。事后回忆起来，每个节点我们都是刚好踩着完成，真的是感谢上天，感谢上天对我们的眷顾！

装备、银行卡、签证等全部到位，距离出发时间，还剩不到24小时。在即将出发前的那一刻，我们内心少了几分澎湃激昂，反倒多了几分"终于等到你"的释然。紧绷在脑海里将近两年的一根弦，终于可以松开了。

经过反复思考和权衡，我们将最后的旅途时间定在2016年3月19日—5月6日，前后横跨三个月。这注定是我们这辈子中最刻骨铭心的46天。

我们初定俄罗斯段的路线是：从海参崴开始，也就是以西伯利亚大铁路东部终点站作为远征的启航地；然后以西伯利亚大铁路为主线路，中途抵达伊尔库茨克前往贝加尔湖，接着沿西伯利亚大铁路直达终点站莫斯科；再从莫斯科前往圣彼得堡，结束俄罗斯段的所有路程；最后从圣彼得堡南下。欧洲部分主要在中欧（选择捷克或者奥地利）、南欧（主体是意大利）和伊比利亚半岛（西班牙和葡萄牙）停留游玩。具体的出发日期以及每个地点的游玩时长根据实际情况做出相应的规划和调整。

为了迎接世界上最长的铁路以及漫长的车上生活（前后一共8夜7天），如何在车上度过成了我们苦恼的第一个问题。考虑到资金不多，在距离出发仅剩一天的时间里，我们跑去超市，成捆成捆地购买方便面。为了保证营养均衡，我们还补充了维生素片和冲剂。考虑到水的重量，我们放弃了从国内带水的念头，计划到达俄罗斯后再买。按照攻略上所说，俄罗斯的果汁价格跟白菜价一样，把果汁当作主要饮用水完全没问题。这么算下来，不到几百元，车上的食物供给就得到了保障。

回到寝室后，我们仔细整理行李。两个大背包，一堆杂七杂八的食物，将原本小小的寝室堵得水泄不通，人更是几乎无立锥之地。我掏出去年年底买回来的恒源祥被子，被子上套着的袋子刚刚好能够装下所有吃的、用的。于是，除了我们两个大活人之外，这次前半段俄罗斯之行，

沉重的行李

我们又多了一名伙伴，即最辛苦的负重者——恒源祥袋子。在寝室，我们正儿八经地开始了远征倒计时第一天的DV记录，奏响了启航的号角。

回想起出发前的那一天，我们心里满满的都是即将与阔别已久的老友重逢的欣慰。能在最好的年华，坚持不懈地为梦想奋斗，竭尽所能地释放仅有的青春，真是一件幸福的事情。这或许就是我们大学期间最精彩、最无悔的一刻，是全面绽放青春的一刻。

三

行前的犹豫和煎熬
秋雨

几年前，一位中学老师的辞职信在网上掀起了一阵热潮，上面仅写着一句话："世界这么大，我想去看看。"一时间，来一场"说走就走的旅行"成了大众的热议话题，很多人都想去效仿。这个世界上，有着环游世界梦想的人一定不少，但是，会有多少人去认真思考：需要付出多少努力才能撑得起这样的梦想？具体到行动上，要完成环游世界，需要多少积蓄？需要做怎样旅游计划？需要用多长时间来完成？有多少签证需要申请？途中遇到的不确定因素又有哪些？为此需要牺牲自己的哪些东西？……

尤其是签证，我们拿着免签国家十分有限的中国护照，想要去欧美发达国家自驾游，想去拉丁美洲体验异国风情，如果没把签证这一关搞定，那么一切都是痴人说梦、天方夜谭。所以我们在武汉集合之后，第一件事就是根据实际情况准备签证申请。

虽然行程要经过很多国家，但是主要分为两段：一是俄罗斯段，二是欧洲段，前者需要俄罗斯旅游签证，后者一张申根签证就可以搞定。

我们开始讨论时间安排，刚开始确定计划时，我们打算用3个月左右的时间完成旅程，但是两方面情况让我们不得不做出调整：一方面是两份签证之间的申请顺序安排。虽然我们的第一站是俄罗斯，但是其签证办理相对容易，材料也很简单，网上有代办机构，出签率可以保证，难题是申根签证。该签证除了不保证出签之外，需要准备的材料更是异常烦琐，如需要打印银行流水作为资产证明、开在读证明、提供住宿预订单等。虽然签证中心提供办理加急出签的服务，但那样的话会增加一笔不小的开支。考虑到经济条件，我们只能老老实实地按照正常流程申请，加上时间上的担忧，我们决定先申请申根签证，确认出签之后再申请俄罗斯签证。另一方面是具体的行程时间安排。俄罗斯的个人旅行签证时间为30天，签证的起始时间为我们的出行预期时间。那么，我们就需要提前确定出行的具体日期，而这个时间必须在申根签证出签之后。申根签证出签的时间无法确定，所以需要定一个保险日期，加上申根签证需要提供一份详细的行程单，所以我们必须列出一份十分具体的行程计划，如具体列明去哪些国家的哪些城市。我们开始查阅资料和网络上的旅游日记，询问身边的朋友，最后经过一番讨论，列出了大概的行程计划表：

俄罗斯段：海参崴（起点）—伊尔库茨克—奥尔洪岛—贝加尔湖—莫斯科—圣彼得堡

欧洲段：

爱沙尼亚—拉脱维亚—立陶宛

波兰：华沙

捷克：布拉格

意大利：威尼斯—罗马—佛罗伦萨—五渔村—热那亚

奥地利—法国

西班牙：巴塞罗那—马德里

葡萄牙：里斯本（终点）

我们把两段计划表按照出行日期排列，每个城市预留两三天的时间，再把出行所用到的交通、所到的景点、住宿和当天的开支预算列出来，最后汇总成表格，分别打印两份。一份用来申请俄罗斯签证，另一份用来申请申根签证。接着我们买了国际通用的旅行保险，为了省钱，保险只覆盖了行程三分之二的时间。最后我们从网上预定了欧盟几个大城市的住宿，共计两周时间，都没有付钱，仅是为了在网上生成电子版材料用于申请签证。

我们坐在学校图书馆里忙活了一整天，总算把需要准备的材料全部准备完毕。休整一晚后，我们开始着手预约申根签证。根据网上查阅到的经验帖，申根签证虽然是一签多用，但申请欧盟大国的签证更有稳妥的出签率。欧盟大国其实就是法国和德国，我们选择了向法国的武汉签证中心递交申请。

准备签证材料

到了预约的递签日期，我们兴致勃勃地带着材料，坐一个多小时的地铁到了签证中心。然而在材料审核的时候，我俩都被查出了问题：我由于刚回国，没有在国内待满三个月，所以必须自拟一份归国声明，说明自己的学业和居住地情况，而且必须用中英或者中法双语写；猪隆则是因为在读证明是打印版，学校的公章也是打印的，这不符合签证的材料要求；另外是我们所买的保险必须覆盖全部行程。

工作人员告诉我们，这样的材料提交上去也没有关系，不保证出签，如果拒签的话，材料和申请费都不会退还。我们一听，果断决定当天不递签，回去完善材料。

又是折腾了一天，除了不得不加量购买保险以延长覆盖日期外，我又待在图书馆里，花了一上午时间写好中英双语的归国声明，然后陪着猪隆一起去找他的学院领导加盖公章。为保险起见我又把银行流水多复印了一份，其实后来才发现这是多此一举。

第二次预约时间到了，是早上8点的第一批递签时间。我们不到6点就在学校门口汇合，睡眼蒙眬地随便吃了点早饭就坐地铁赶去那又远又偏僻的签证中心。这次颇为顺利，早上也没有多少人在排队办理签证，整个流程十分顺畅。我们按照工作人员的安排，在文件核实之后递交材料，采集指纹，拍证件照，最后付款。

虽然多跑了一次签证中心，不过功夫不负有心人，我们在递签之后的第二周便顺利拿到了签证。拿到签证的那一刻，我们异常兴奋，因为这代表着我们离出发越来越近了。

收到签证时，离预定的出发日期只剩9天，而俄罗斯签证即使加急办理也需要一周出签。我们并没有什么闲暇沉浸在喜悦之中，收到签证的当天下午就快马加鞭地去找了代办机构申请俄罗斯签证。我们在网上付了一倍价钱的加急费，然后把材料复印件和护照全部第一时间寄了出去。

材料寄出去之后，等了一周还没有消息，我们急得像热锅上的蚂蚁。我给代办机构连续打了三个电话质问情况，得到的回复是：俄罗斯因为有一个"司部刑罚制度日"要放一天假，所以会晚一天出签证，出签后他们那边一拿到就发特快快递，包裹一天之内可以到达武汉。结果非常惊险，我们直到离出发前一天才踩点收到俄罗斯签证。

拿到签证，真的让人松了口气，我们紧绷的神经总算是放下来了。不过后来才知道，签证上的小波折比起日后旅途中的艰辛而言，仅仅是小巫见大巫而已。

收到签证的当天晚上，我们在寝室一起激动地收拾行李。根据之前列出的详细采购清单，我们提前买了急救包、防晒服、抗风雨伞、组装式餐具、多功能转换插头等远行必备物品，将其塞进那又大又笨重的行李包内。猪隆还特意准备了两个可折叠的小板凳，以备在路上的不时之需。不管怎样，事到如今，我们已经做好充足的准备去完成冒险。曾经天马行空的白日梦，曾经被别人否定的梦想，曾经被低估的我们，如今要开始上路了！

四

启航！奏响在路上的毕业典礼之歌
猪隆

2016年3月19日，丙申年辛卯月庚子日，远征第一天。时隔一年半，我与队友秋雨的欧亚大陆远征正式开始。

3月19日晚上前往天河机场,在机场过夜之后,20日清晨起飞,途经青岛转机,大概下午抵达长春;等到晚上10点,从长春飞往海参崴,预计当地时间11点到达,然后在机场打地铺过一夜,第二天一大早出发海参崴火车站,梦回西伯利亚大铁路起点!第一天的计划大概如此。

临出发前,我们跑去寝室旁边的理发店,剃了个清爽的头,以此迎接后面接近50天在路上的折腾。而我的3个室友,其中两个跑到外面找女朋友去了,还剩一个单身的学霸室友,他戴着耳机,边读着英语边简单地跟我讲:"一路平安啊!"没有轰轰烈烈的送行,没有引人注目的围观,只有两个人简简单单地整装待发,彼此只为心中想要完成的目标和梦想而默默地努力着。

发了条出发的朋友圈后,我们扛着加起来超过150斤的行李,跌跌撞撞地走出校园。不知就里的路人盯着我们,还以为是两个不知哪来的民工返乡。我们顾不上旁人的目光,使劲提着恒源祥袋子,朝着梦中的地方,一步一步前行。

由于行李过重,跟跟跄跄的我们无法扛着它去坐地铁,因此只能打的去傅家坡汽车站。到达汽车站后,我们松了口气,环顾四周,夜幕降临,偌大的车站只有我们两个人在候车。我们拿着DV使劲记录,压抑在心中许久的热血正在翻涌奔腾。到达机场后,我们来到机场门口对面的小旅店,打算找个双人间好好地休息一晚,养好精神,以最好的状态迎接远征第一天。但无奈的是,双人间已被预订完了。前台的小姐姐踮起脚,小声地凑到我们耳边说,如果不介意环境没那么好的话,还有一间双人间,而且价格还便宜点,要不要跟她去看一看。我们疑惑地相互看了看,"啥玩意?看一下呗"。

穿过旅店里面的走廊,小姐姐"Duang"地一下打开了通往后院的门。原来,空旷的后院搭建了两个移动板房。"麻雀虽小,五脏俱全",房门后面是两张简单朴实的床,我们忍不住惊叹道:"厉害了,我的天!"但比较麻烦的是,洗澡房与厕所都在外面,而且比较简陋,考虑到我们当时几乎没有选择的余地(飞机早上8点起飞,6点左右就得去办理登机手续),只能住了进去。交付房间钥匙的前一刻,小姐姐还特意提醒,"如果有警察过来检查,你们千万记得要说你们是员工,不是旅客,不然被逮到就很麻烦了"。

武汉机场合影

　　我们不以为然，就一个晚上，运气应该不会那么差吧。我们带着相机去外边进行摆拍，与机场"武汉"二字进行合影，算是对第一天远征的记录。机场外边，冷风飕飕，荒无人烟，也不适宜进行太多的活动。时间伴随兴奋流逝，不知不觉地，到了11点。拍摄完毕后，我们回到板房，简单洗漱后就躺上了床，调好闹钟，平复一下心情后就闭眼入睡了。

　　"砰砰砰，砰砰砰"，房外有人敲门，在板房的铁皮墙下，声音显得尤大。我们很快起身，然后大眼瞪小眼地不知道该不该回复，毕竟，我们睡的地方不算是严格意义上的"旅店"。想起刚才小姐姐的叮嘱，我们没敢吱声，打算假装没人。空气凝固了几秒，世界又恢复了平静，我们松了一口气。

　　"砰砰砰，砰砰砰"，敲门声仍在继续，看来，我们"沉默是金"的策略并不管用。

　　"有人吗？请问有人在吗？"一句温柔、清澈、动人的女声钻进了我们的心房。原来敲门的是个妹子，那应该不是警察检查吧，我放下了心理负担，小声说道："嗯，怎么了？有事吗？"

"请问需要保健吗?"妹子娇滴滴地问道。

我们顿时愣住了,从小到大,就没碰到过这种情况,这……这主动得实在吓住了我们。

来不及思考,我赶紧回应道:"不,不,不,不用了,谢谢。"我紧张得讲话都有点结巴了。我们从刚刚提心吊胆的紧张一下子变为哭笑不得的无奈。

"不需要保健吗?"

"不不不,不需要了,谢谢,我们已经休息了。"没有丝毫犹豫,我们赶紧继续拒绝,心里只想快点结束这场对话。

"真的不需要吗?"妹子显然还不死心。我们赶紧说道:"不用了,不用了,谢谢,我们已经睡着了。"妹子看着没戏,只好打道回府。

这回真的静了下来,我们哭笑不得。见过发小卡片的,可这样直接敲上门来的,我们还是头一回遇到,而且还是在一个板房里,真是有意思。出发前一天晚上就让我们碰上了这么逗的事,后面还会发生些什么事呢?我们展开了无限遐想。

3月20日清晨,我艰难地睁开蒙眬的双眼。不知道是床不干净还是其他原因,昨天晚上我浑身发痒,一整夜在床上滚来滚去,光荣地失眠了。就在我迷迷糊糊地起床穿好衣服后,秋雨快步跑回了房间,并紧张地关上了门。

"我也是醉了!"

头一回见秋雨这么紧张,"啥?"没睡醒的我,还没反应过来,"发生了什么事情?"

"外面不是公共浴室和厕所吗。"

"嗯,对,怎么了?"

"一大早没睡醒,没确认里面有没有人就直接推门进去了,结果碰上了清洁阿姨在里面方便。"

"啊?没发生什么吧?"我昏昏沉沉的脑袋一下子精神了。

"嗯,没,我们眼神交汇了一下,我赶紧道歉,跑出去关上了门。"

"哈哈……"我忍不住笑了。秋雨尴尬的样子颇具喜感,昨夜的疲惫也消散了不少。回想起来，在这个旅店中发生的事情实在是太逗了。

不管怎样，远征第一天总算到来了。我们即将踏上远征第一站——俄罗斯远东最大的城市符拉迪沃斯托克！

旅店就在机场入口对面，步行不到15分钟，我们很快就来到了机场。虽然仅有几百米，但我们已大汗淋漓，拖着巨沉无比的大袋子实在是非常痛苦。看着值机显示屏，我们更是懵了：原本8点的航班延误到了10点。

"还好是晚上10点钟的飞机到海参崴，不然早上这么一耽误，后面的航班坐不上，就完蛋了。"我们暗自庆幸。

机场外阳光明媚，寒冷里透露着一丝丝的暖意。忙碌的机场里人来人往，不同的人有着不同的目的地，有着不同的事情。而我们两个普通得不能再普通的大学生，手握着当下仅剩的青春，一步一个脚印，将从这里出发。

在机场等候了几个小时，航班顺利起飞，没多久我们就抵达烟台转机。转机时，我肚子痛上了个厕所，结果跑出来就看到秋雨着急地在登机口徘徊。

"快点，准备关闸了！"秋雨看到我从厕所出来，慌忙地叫道。

"啊！一眨眼人都跑光了！"我不敢急慢，赶紧冲上去提起包，压着哨登上了飞机。

在飞机上吃了午餐之后，我迷迷糊糊地打起了盹。很快，我们抵达长春。

作为一个地道的南方人，对大东北的印象还停留在媒体上的介绍——寒冷广阔，还有标准的东北口音。拿了行李之后，我赶紧冲出机场，想第一时间体验一下在大东北是一种什么样的感觉。

"呼呼……"一阵寒风刮过，我被吹得眼睛都睁不开。寒风穿过层层衣服，直吹进身体，我整个身子瞬间被冻僵。我忍着寒冷，跑到了机场门口马路对面，艰难地回过头，清澈的蓝天下映入的是"长春"二字，再环顾四周，稀疏的马路与人流，甚至连空气都是带点夕阳的感觉，而晚上，我们即将飞往海参崴。

在机场外简单地用DV记录当前的心情后，我们火速跑回机场，手指冻得都快没有知觉了。跟跟跄跄的我们走去咨询台，确保航班没有取消且没有什么其他特殊情况。

"请问飞往符拉迪沃斯托克的航班是几点？"秋雨问起了机场航空信息服务处的前台妹子。

"那是哪里啊？"妹子头也没抬，直接回了我们。听完了秋雨的询问，她皱紧了眉头，眼睛转到了2点钟的斜角方向，显得十分困惑。

只见秋雨拿出手机，找到了地图，指了指上面对应的标示点，她才恍然大悟。

"哦！海参崴（她读作"wēi"）啊！"她大声感叹地说。我们也是听得一脸尬汗。

其实那字念崴（wǎi），我们蛮想去纠正她的发音，但这样显得很不礼貌，于是作罢。我们强忍住笑意，"妹子，你怎么那么可爱呢"。回想起一年多前，我还把海参（shēn）崴（wǎi）硬生生地念成海参（cān）威（wēi），更是让人哭笑不得。

"飞海参崴（wǎi）的航班是晚上20时20分，你们提前一个半小时去办理登机就可以，现在时间还早。"妹子终于给了我们一个确切的回复。

晚上航班按照计划没有太大的变动，我们赶紧找了两个行李车。我们想找点吃的，但在机场溜达一圈后发现，机场的东西太贵，不划算，还是决定乖乖等飞机餐。于是，我们就近找了张椅子坐下，一边休息，一边记录着此刻的心情。

"……"旁边响起激烈的俄语对话。我们瞥了旁边一眼，原来是个大哥和一个俄罗斯大叔在聊天，他们有说有笑的。可是，我们硬是一个字都没听懂，气氛有点尴尬。

"你们也是去海参崴吗？"大哥带着浓浓的东北腔问我们。

"是是是，大哥你也是吗？"我们有点吃惊，没想到，大哥居然主动跟我们搭讪。

简单交流后，我们了解到，大哥早年留学莫斯科学医，学到一半发现并不适合自己，于是离校做起了翻译和外贸，一路摸爬滚打，总算赚到点钱。但比较悲剧的是，在2015年，俄罗斯不太老实，打了叙利亚，加上之前的国际制裁，卢布发生断崖式贬值，导致很多中国商人的财富大缩水，不少人还濒临破产，大哥就是受害者之一，真是让人心酸不已。

还处于象牙塔的我们，乖巧地听着大哥叙述他的故事。大哥脸上波澜不惊，仿佛讲的不是他自己，而是一个过去的朋友。

"其实，很多俄罗斯人还是很友好的。还记得一个冬天，那时我还在上学，由于坐错巴士，在莫斯科的郊区迷路了，大雪纷飞，冻得我快没知觉了。"大哥回忆起了过往的一件事。

"于是我求助于路边的一户人家，结果那位俄罗斯大妈二话不说把我拉进房子，然后嘘寒问暖，还给我尝了一下她家珍藏多年的伏特加。那个晚上，我们在火炉旁，喝着伏特加，一起高歌，仿佛认识了很久一样，而事实上我只是一个傻傻的迷路的陌生人。"大哥边笑边说，引人入胜的故事让我们忘了饥饿。

"虽然他们看着很高冷，每个人都板着脸，走在街上谁也不搭理谁，但其实他们内心深处还是很友善的，一瓶伏特加就能让大家成为好朋友。"大哥道出了他多年来往俄罗斯的体验。

当时，我们还没亲身踏足过俄罗斯，也分不清楚他说的到底是小说里的故事，还是亲身经历。我们拿出队服，指着背后的欧亚大陆地图，激情澎湃地向大哥以及那个俄罗斯大叔讲述我们接下来的路途与穿越计划。

"海参崴是我们的第一站，之后我们将随着西伯利亚大铁路，先后前往伊尔库茨克、贝加尔湖、莫斯科、圣彼得堡。进入欧洲后，我们将通过徒步搭车、大巴等陆路交通方式，先后途经波罗的海三国、捷克、奥地利、意大利、法国、西班牙、葡萄牙，最后到达欧亚大陆的最西端罗卡角（葡萄牙语Cabo da Roca）——我们的远征终点。"虽然当时不知道后面会发生什么事，但我们一直以来的决心丝毫不会动摇。远征的一刻真正来临，我们骄傲地讲出了我们的计划，不夸大，不做作。此时此刻，我们的计划正在进行。

久经历练的大哥显得蛮欣慰，"年轻人，挺好的，有想法，有干劲，看起来这不太容易啊，祝你们成功啊！"

"今日听君歌一曲，如听仙乐耳暂明。"听完了大哥的故事，我们又收获了一份满满的祝福。我们更坚信此次远征的意义。夜幕降临，离出发的时间越来越近，我们扛着沉重的行李前往值机处办理登机手续。

五

险些被扼杀在摇篮里的出发
猪隆

"先生您好,这是您的机票和登机牌,请往左侧走,前往安检口。"值机处的小姐姐温柔地向秋雨说道。秋雨的登机手续一气呵成,而我前面还排着大叔大妈组成的旅行团。快到起飞时间了,我看看表,很紧张,很担心误了时间。

"您好,这是我的护照",我小心地把护照递给了值机处的小姐姐。小姐姐礼貌一笑,开始了出票工作,噼里啪啦的敲字声此起彼伏。但是,对比前面秋雨的出票手续,我的出票手续显得尤为漫长。

"不好意思,先生,没有您的机票记录。"小姐姐微笑着跟我说。

"What(什么)?"我内心闪过一道闪电,然后五官扭成了问号脸。

"不是吧?!我跟我朋友一块买的票,怎么会没有记录呢?"我心里敲起了问号,"能不能麻烦您再检查一下,或者我把身份证号报给您,您再查一下。"我有点懵,并感到巨大的压力,毕竟离起飞时间已经很近了,而且后面还有一条长长的队伍,要是出了什么问题的话,可就麻烦了。万一赶不上飞机怎么办?后面的所有行程可就被全盘打乱了,所有事情还得重新安排!小姐姐慢条斯理地查,而我在漫长的等待时间里想了一大堆东西。

"不好意思,先生,真的没有您的信息。"我傻眼了,秋雨在一旁看着我这么久还没好,也赶紧过来。

"秋雨,那个机票单的电子文档找找看,我的出不了票。"被吓得失了魂的我们,开始各种充电、联网、翻文件。

"先生,时间有点紧,你们两位可以先让后面的乘客办理值机手续吗?"慌手慌脚的我们被嫌弃了一番。我们退到一旁,卸下重重的行李,各种倒腾,生怕这次远征会被扼杀在摇篮里。

秋雨望着平板电脑上的行程单,百思不得其解,"不对啊,这行程单上写得很清楚啊，怎么会出不了票呢？奇怪了！"秋雨疑惑，而我懵在一旁，脑海里想起了过往在西藏和东南亚，还有在其他地方各种乱七八糟的哭笑不得的奇遇。作为一个自带旅途奇遇的人，我总是会遇到各种不按常理出牌的情况，已经习以为常。我相信，总会有办法的。

望着长长的旅游团排队登机队伍，再看了看表，我们越来越着急。最后一位旅游团的老奶奶总算值机完毕，我们赶紧冲上去。"您好，这是我们的预定单，您看看，再帮忙查查是什么问题。"此时离登机时间还剩不到30分钟，而后面还有过安检、走向登机口等一系列流程，时间显得非常紧迫。随后，噼里啪啦的键盘敲击声再次响起，此时，我们的心悬到了嗓子眼。

"哦，先生，情况是这样子的，你们购票的时候，名字和姓氏填反了，所以导致机器无法识别，出不了票。"小姐姐面带笑容地回答我们。

"啊？"秋雨仔细看了一下预订单，果然，我的名字填反了。

"我的错，我的错，买的时候没仔细看。那么请问，有没有办法帮忙出票？这趟旅程对我们很重要，我们后面的火车票、飞机票全部已经预定好了，这回走不了的话后面的麻烦可就大了，请问有什么办法吗？"秋雨使劲地向小姐姐询问，而我还懵在一旁。

"嗯，先生不用急，我帮您看看。"小姐姐又露出职业微笑，不得不感叹航空公司的培训与要求真是到位。然而，此时此刻，我们只想赶紧把问题解决，要是第一步都踏不出去，那么一年多的梦就白做了，而且这种失败的理由让我们哭笑不得，难以接受。然后，噼里啪啦的键盘敲击声再次响起，这种声音已经慢慢成了我们无形的精神压力曲。

"嗯，还好你们只买了单程票，这种情况比较好处理。这样吧，这边还是单独给您出票，不过需要您签一个情况说明书。"小姐姐轻声说道，而我们俩心里悬着的大石头也终于放了下来。

"没问题，没问题，只要能出票，签啥都可以。"我的脸已经不要我了。为了这趟远征，我们不知道费了多少时间、青春、金钱与泪水，决不能让它被扼杀在出发线上啊。

"好的，请您稍等。"小姐姐说完，又开始了洗脑般的键盘敲击声。那两分钟的等待，真是无比漫长，令人无比煎熬。小姐姐递上了两份情况说明书，我简单地浏览了一下，火速签上大名，然后把大背包进行托运。随后，我们扛起恒源祥袋子（美食百宝袋），直接向安检处飞奔。此时，值机处空旷无人，刚刚还热闹喜庆的旅行团仿佛从不存在一样。

"还剩十几分钟，快啊！快啊！"我们边飞奔边吼道。虽然很折腾，但我们还是很享受这一刻。为梦想追逐，为梦想拼搏，对比按部就班、没有起伏的生活，显然有意思多了。我们使出了吃奶的力气，一起把恒源祥袋子放上飞机座位上的行李箱内，然后倒在飞机座位上。

"真是开挂了，整个人精神紧绷。"我缓了一口气。"还好如愿登上了飞机，要是刚刚死活不给我们出票，那我们的远征、我们的梦想，还没出发就凉了，那真是死得太冤枉了。"由于恒源祥食物袋中有饮料，不能托运，所以我们托着五六十斤的食物袋狂奔到登机口，可谓生死时速，简直不能再累了。折腾这么久，总算出发了。我们"躺尸"在座椅上，不禁感叹道。

从昨晚在武汉天河机场前面小宾馆的"被保健"事件，到今天的值机事故，远征还没开始，就这么紧张了。我们摩了摩拳头，准备迎接之后更大的挑战。属于我们的青春，属于我们的梦想，此时此刻，正式起航！

起飞虽然晚，但有良心的航空公司还是提供了晚饭，虽然只是一个三明治，但总比没有好。第一次到东北，虽然没尝到啥，但是莫名其妙地很嘴馋，我边啃着三明治边发出了"好想吃榨菜"的感慨。远征结束后，我们每次回忆起这段日子，秋雨总会提及："我印象很深刻，你当时吵着说想吃榨菜，很奇怪。"而我都快记不得当时说过这样的话了。

就这样，我们结束了晚餐，简短地录了段DV记录此刻在飞机上的心情，然后开始闭目养神。

两个小时的飞行很快就过去了，当地时间晚上11点，我们顺利抵达海参崴，总算顺利踏出了第一步。而接下来的日子里，除了返程，我们不会再有任何飞行，从海参崴到罗卡角，长达约15 000公里，我们即将用双腿一步一步地践行、征服。

下了飞机没走几步，就到了入境处，我们放下恒源祥食物袋，从包里翻出护照，小心翼翼地翻到俄罗斯签证页，摸着签证上的照片，五味杂陈。

"还好当时如期拿到加急签证，虽然多花了一倍的钱。签证有效期也正好符合我们的行程安排，时间卡得真好！还有刚刚的机票事件，真的感谢上天，运气稍差点，其中随便一个问题没有踩点解决，那么这次远征不是完成不了，就是还没开始就结束了。如果这回错过了，考虑到后面各自的时间与工作，也许真的就没有下一次机会了。"我们边排着队，边感叹道。

秋雨在我前面，一小会儿工夫就顺利出关了。我急迫地快步向前，递上护照。入境处的海关工作人员是一名很经典的"战斗民族"妹子。高挑的鼻梁，立体的五官，深邃的眼睛，还有那白皙的皮肤，都与她戴着的警帽形成了强烈对比，这或许是我看过的最好看的海关工作人员。

她翻着我的签证页，若有所思，而我，一个人呆呆地站着，场面有一点点尴尬。所幸我身后已经没有排队入境的人了，之前跟我们在长春机场聊天的东北大哥，也很早就出境离开了。秋雨在前面等着我，看着我又是不同寻常的办理时间，也是有点懵。

海关姐姐指着签证页，艰难地憋出了几个英语单词，而且带着极重的口音："No photo, No photo！（不能贴照片！不能贴照片！）"

"啥？"我还是一脸问号。

原来如此！我瞬间明白了。

时间回到我们刚拿到签证的那一刻，虽然及时收到了签证，可是拿着俄罗斯的签证，我们左看右看都觉得有点不太对劲。办理签证时，我们明明寄了两张1寸证件照作为材料之一，可是收到的签证上面该有的信息也有了，如生效期、姓名、护照号等，唯独没有证件照。但是签证的左方有一个刚好贴1寸照的方框，方框里面是俄语，我们看不懂，因此顺理成章地以为，是要我们自己贴照片上去。我们还心想，战斗民族怎么这么奇怪啊，大使馆经常放假就算了，现在连签证都懒得给我们贴照片，真是拿他们没办法。于是，我们很自以为是地把证件照贴了上去，嵌入框里大小尺寸刚刚好，一切都看着那么顺眼，我们也就没再放心上。

这回就搞笑了，只见海关姐姐指着我的签证页，表情略凶，使劲地重复"No photo! No photo！"随后，她无奈地叹了一声气，接着就要把我的照片扯下来。结果，结果，结果扯到一半发现——我的天！我的照片胶水黏力过大，她直接硬生生地把签证页也撕下来一部分！然后，照片方框里面的几句俄语信息，也顺带被她扯了下来，最关键的在于扯下来时签证页上有一点点小白纸被扯了下来，粘在了照片的背面，弄不下来。

海关姐姐傻眼了，她捏着我的签证页，望了我一眼，我也礼貌地给她回了一个眼神。"别有幽愁暗恨生，此时无声胜有声。"空气仿佛被此刻的尴尬凝固了，我们大眼瞪小眼，不知所措。秋雨在前面，不知我在搞什么，今天第三回了，我又是一脸蒙。

扯掉的签证

由于情况非常好笑，而且很尴尬，所以为了缓和气氛、增加出境的可能性，我使出了人类无敌的必杀技——阳光微笑！

海关姐姐无奈地又叹了口气，拿起了电话，然后开始一系列的俄语轰炸。不知道是海关姐姐很生气，还是俄语本来就自带这种唬人的气势，她在电话里好像在吵架一样，而我一个字都听不懂，只能继续露出我礼貌而不失尴尬的微笑，心里祈求上天别再耍我了，赶紧让我出去吧，已经很晚了。

"啪"的一声，海关姐姐挂掉了电话，我吓得咽了下口水，但还是继续保持着礼貌而不失尴尬的微笑。突然，我身后出现了好多个海关姐姐，她们一下子把我围住，一副要打架的样子，然后互相讲了一通俄语……我的天啊！那浩大的场面，令我一时半刻都没反应过来。那个场景大概就是，玄奘西行取经时的"各位施主，贫僧自东土大唐而来，往西天而去。路过此处，求放一条生路"。

没想到刚到俄罗斯，就被一群貌美的海关姐姐包围。回想起来，我还是很幸福的。

由于语言高度不通，因此我们几乎没法沟通。我唯一能做的，就是待在原地不动，保持着礼貌而不失尴尬的微笑。

只见她们相互讨论、交流，没有什么秩序，就这样你讲一句我讲一句，最后，一个看似职位最大的大姐姐回到房间里打了一通电话，然后噼里啪啦地又是一通键盘敲击。我还没回过神来，大姐姐就走到我面前，拿着我的护照，指着还吊在空中的照片，艰难地憋出两个单词，还是"No photo! No photo! （不能贴照片！不能贴照片！）"我不知道该说什么，只能礼貌地回应："I'm so sorry, I didn't know that!（对不起，我真的不知道不能这样！）"大姐姐依旧叹息与无奈，看着我坚持了5分钟僵硬的微笑与快要抽筋的面部，递给我一张说明书（果然又是要签东西）。

"Sign your name here, in Russian（签下你的名字，要用俄语）。"海关大姐姐很严肃地带着浓厚的俄语味讲道。

啊？要我在上面签名，而且得用俄语？我的天哪！我哪知道我的俄语名字怎么写？！果然美人玫瑰都是有毒的啊！我皱起了眉头，尴尬地保持着微笑，露着问号脸，拿着笔思考着怎么写我的俄语名字。算了，豁出去了，正当我打算拿笔随便比画比画写点东西的时候，大姐姐扑哧一声大笑起来，"No, No, No! In Engilish, just kidding!（别别别，用英文，我跟你开玩笑的！）"

天啊，我被可爱的海关姐姐"撩"到了！前一秒还是冰山冷艳，后一刻就是可爱调皮，这反差加上那俄罗斯妹子天生的标准五官，哎哟，俄罗斯妹子真是让人又爱又恨啊！

"Wow, haha, haha!（哇，哈哈，哈哈！）"我松了口气，按捺着心中的荡漾，签下了自己的名字。而海关姐姐也给我盖了章，示意我可以入境了，并提醒我下回不要再犯傻贴照片上去了。我鞠了一个躬，说了声："Thank you very much（非常感谢）！"然后赶紧出闸，与秋雨会合。

秋雨在外面等了很久，因为隔得很远，听不到我们在讨论什么，就只看到一群妹子围着我转，吓得他以为我要被遣返什么的。我缓了缓神，把刚刚的遭遇一五一十地给他复述了一遍。"哈哈哈，你也是命大，我虽然也贴了照片，不过我的照片很轻松就撕了下来，所以没影响办理后面的入境手续。在外面看着你被围住，我又以为你出什么事情了，真是被你吓死了。"我们都没想到，旅途刚开始就充满了波折。

我望着前面的机场大厅，外边一片漆黑，但依稀能感受到俄罗斯远东的寒冷。紧绷的神经，总算得到了放松。"Anyway（无论如何），不容易啊！我们总算到达了第一站，远征终于开始了！"

此时，2016年3月21日，海参崴当地时间接近凌晨2点，远征第一天总算结束了。

第三章 俄罗斯段

- 东方之城海参崴
- 梦圆贝加尔湖（上）
- 梦圆贝加尔湖（下）
- 爱恨交加的莫斯科之旅
- 沙皇旧梦：圣彼得堡

一

东方之城海参崴

秋雨

到达海参崴，经历一番出关风波后已是深夜，我们拖着沉重的行李在候机大厅坐下。机场虽然不大，但有充分的供暖设备，加上夜间没什么旅客，很适合休息。外面天寒地冻，我们仅仅套了一件卫衣，所以决定当晚就在机场大厅睡一觉。

初到国外，当务之急是赶快激活俄罗斯电话卡，保证和国内朋友及家人的通信畅通。我们拿出手机，凭感觉艰难地填完了俄语提示后，换上了出行前提前购买的电话卡，并且连接上了机场的无线网络。

虽然买的是第二天傍晚的西伯利亚大铁路车票，但在睡觉前我还是

夜宿海参崴机场

想先确认明天去火车站的路线，多做些准备心里踏实些。于是我让猪隆在原地休息，自己跑去问机场的工作人员。特别让人无语的是，我问到的机场工作人员，无论是安检的兵哥哥还是服务台的咨询人员，没有一个人会说英语。虽然早就听闻俄罗斯人的英语很差，但是没想到第一次就碰见根本不会说的。我拿起翻译器，把英文翻译成俄文给安检的兵哥哥看。他看了半天，才"呼"的一声感叹，指了指机场外的一个斜角方向，我理解成是往那个方向走，但是我要问的是在哪里坐车去火车站。我把手机递给他，示意让他对麦克风说俄语，然

后语音翻译成英文，这样我就看得懂了。他对着麦克风喊了几句，我随后看到了翻译结果——"从这出去你就看到了"。

我一脸迷茫，"这是什么意思，看到什么？从这出去是指从这个位置吗？"我不解地看着这个兵哥哥，他也一脸迷茫地看着我，好像在说："我已经说明白了，你还没搞懂吗？"然后，我没经过大脑思考，做了件特别蠢的事——我按照他指的方向，过了安检，出了机场。然而，外面是一片漆黑，气温至少-15℃，而我只套了一件单薄的卫衣，冻得瑟瑟发抖。转身后，我才愕然发现，出口是仅限机场旅客出机场的出口通道，而入口在机场的另一边，我还要绕好大圈子才能再次进入机场。被呼啸的寒风冻成智商归零一样，我只能绕个大圈子，再过安检进入机场，真是傻气。

进入机场之后，我遇到了另一个兵哥哥。他体型粗壮厚实，全副武装，我还没开口问，他就指着大厅入口的一个方向，说了个英文单词"Map（地

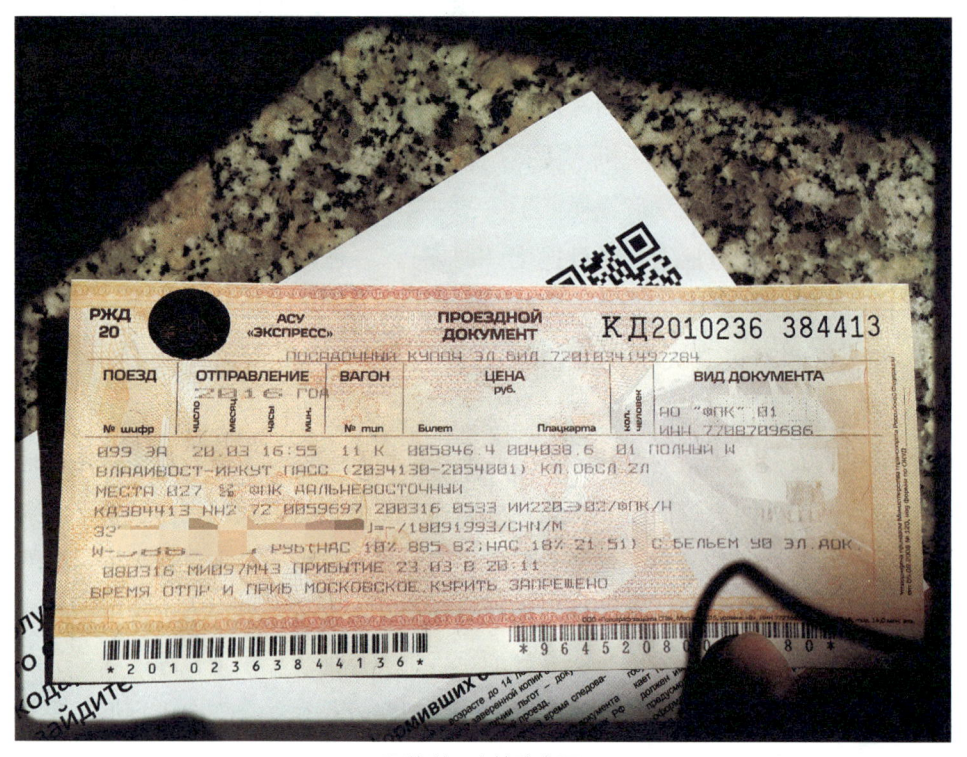

西伯利亚大铁路车票

图)"。我带着惊喜回应道："Is there a map for train station?（这里有火车站的地图吗？）"他不知听懂了没有，只是点了点头，我大声说了句："Thank you!"随后，我按照他指的方向跑了过去，果不其然，真的是一张火车站的地图。更令我惊喜的是地图上用俄、英双语标注，上面还有机场到火车站的轻轨运营时间，而地图旁边就是一个出口，上面写着一句俄文。我用翻译器扫描了一下标语，英文显示为"City Train Entrance（城市轻轨入口）"，着实让我放心了。

之后，我回到候机厅，猪隆还没有睡，正说着粤语和家人通电话，说了好大一会儿才结束，我见状也连忙向家人报平安。我突然想起，刚刚上高中的时候，有次和母亲聊天，我血气方刚，全身朝气满满，表示要在高中"大干一场"。虽然这里的"大干一场"仅是指学习上取得好成绩，并不涉及看到家乡小城之外的大世界，但是那时我就开始畅想，未来我要成就大业，要做一个了不起的人物。但是母亲告诉我："以后你会遇到很多很多事情，但终究要承认自己是个普通人。"

时间已过去了七八年，这话我依旧记得。这些年我虽谈不上饱经风霜，但是也经历了一些像模像样的挫折和打击，收敛了一些棱角和锋芒。但是，让我承认"自己就是普通人"，这一点我依然无法接受。我希望做更多的事情，在大千世界中找到属于我的可能性，也许一生都成不了什么了不起的人物，但是，我至少要做一个"不普通的自己"，将自己的独特贡献和影响力带给这个世界。如今，我正站在旅程的起点，开始自己梦寐以求的远行，期盼着这不仅仅是自己实现"环游世界"梦想的第一步，而且能鼓励更多的人拥抱自己的梦想，在人生的岁月中给那些天马行空的事情一些时间，完成它，做到它，实现它。现在，就是我开始的时刻。

感慨了一番，我拿出U形枕，吹足了气套在脖子上，没有什么衣物可以披盖，就躺在大厅的椅子上睡了过去。这是一个又激动又平静的夜晚。

第二天一大早，我被机场外升起的太阳照醒，阳光非常璀璨夺目，相当耀眼。我略带睡意起了身，看了下时间，才六点一刻，不过候机厅已经陆续有乘客往来。我看了看猪隆，他正在对着行李摆拍，显然昨晚很亢奋没有休息好。

说到行李，不得不提那个装着我们旅行干粮的恒源祥大袋子。它原本是猪隆用来装被子的大布袋，被用来装了食物和其他杂七杂八的旅行必备品。

出行前，我们曾求助过很多家旅游公司，表示可以沿途帮助它们做国外市场宣传，还特意做了申请赞助的PPT和文稿，投给几家国内专注旅游的互联网公司，试图拿到赞助。苦苦求助一番之后，收到的都是"你们的计划很有创意"这一类潦草且不回答关键问题的答复，没有一家公司愿意赞助我们。此时看到这个印有"恒源祥"大字的红布袋，俨然恒源祥是这次出行的唯一赞助商，有种悲凉，也有种感动。

这一天是到达俄罗斯的第一天，我们不求多么精彩，只希望一切顺利，有一个稳妥的开篇。为了防寒，我们套上了提前准备好的棉衣。我带着猪隆一起前往昨天晚上找到的城市动车入口，在那里刷卡买了两张车票。售票处有一个站台的工作人员，我用翻译器翻译好了俄语，和她确认了火车站的站名，她示意是这个方向，我们这才放心地乘车。

走到候车区域已经是到了室外，这时我们才发现机场周边异常荒凉，甚至水泥地上都有很多裂缝，不知道是年久失修还是极寒天气造成的。没有等待很久，我们就坐上了6时40分的第一班车，往火车站所在的市区前进。值得一提的是，动车外观看来非常新，内部设施也非常干净，应该是刚投入运营不久。

透过车窗，我们沿途看到无数个结冰的小湖，上面有人溜冰，甚至还有人垂钓。头顶上是一望无垠的蓝天，目光所及有一层层如涂料粉刷轨迹般的云片，那种空旷的美真是让人感到非常新奇和向往。

临近终点，我还在看着蓝天发呆，猪隆突然吼了起来，用力拍着我的肩说："朝这看！天啊，9288界碑！"

我立刻转身朝车窗的另一边看去，还真是那块令人神往的界碑！所谓的9288界碑，是俄罗斯帝国末期修建西伯利亚大铁路留下来的历史遗迹，是贯穿俄罗斯的大铁路东端终点标志，表示此地到莫斯科的距离是9288公里。

"天啊，我兴奋得要失禁了！"猪隆吼了一句，我也异常兴奋。这是一个标志性的开始。这块界碑之所以特殊，是因为它标志着我们要从这里出发，到达最后的目的地，而那里也有块界碑，标志的是欧亚大陆最西端，两块界碑遥相呼应。界碑所在的海参崴火车站，是西伯利亚大铁路的终点。西伯利亚大铁路起自莫斯科，横贯俄罗斯东西，途经广袤的西伯利亚，抵达终点海参崴，总长9288公里，是目前世界上最长的铁路。

下了车之后，我们才发现火车站站台上有一台蒸汽机车，查阅资料之后才知道这是"二战"时期由苏联工程师设计、在美国制造的蒸汽机车。1963年之前，这种蒸汽机车一直奔驰在西伯利亚大铁路上。为纪念战争年代的铁路工人，1995年"二战"胜利50周年之际，当地政府设立了这座实物纪念碑。不过，对于我们意义最为深刻的还是9288界碑。

我们异常兴奋地在界碑前摆拍。摸着这块钢筋混凝土，真真切切有种朝圣的神圣感，而我们带的一大堆行李就像献给神灵的贡品一样。在欣喜之中，我们遇到一个国内东北地区来的旅游团，团员主要是大叔大妈。他们也在进行各种摆拍，看到我们两个小伙子，其中的一些人就来搭话。在得知我们"从此出发横跨欧亚大陆"的旅行计划之后，他们不约而同地赞赏我们的勇气，还叮嘱我们路上注意安全。

与9288界碑合影

一阵兴奋之后，我们提着行李去了车站的候车厅，又在语言不通的情况下，到了售票处艰难地换了打印版的车票。我拿着车票到候车厅和看行李的猪隆会合，没想到他早就酣睡过去。这是我第一次遇见睡眠比我还差的人，这几天连续在飞机上、机场大厅过夜，也是该休息休息了。

我看离开车时间还早，想到之后四五天在火车上没法洗澡，加上出行的这两天也没有洗澡，浑身臭汗，简直让人无法忍受，所以决定先去找个地方洗澡。之前在网上看到别人的游记里提过，俄罗斯大部分火车站内有单独的洗澡间，便决定去找找。晃了一圈之后，我还是没瞅见任何有关洗澡间的信息，很是头疼，加之饿意突然袭来，心想不如先去吃点东西。

在我刚想要出火车站大门的时候，一个长着亚洲面孔的年轻人向我打招呼，我也惯性地回以微笑。等他张口说出那一阵响亮的俄语之后，我才意识到他是俄罗斯人。俄罗斯有上百个少数民族，其中一些源自中亚和东北亚的历史古国。经过几百年历史演变，如今他们也全都俄罗斯化了。

青年用俄语向我打招呼，我自然是听不懂，便拿出手机翻译。他问的竟然是："有什么能帮到你的？"这真是出人意料。素不相识的外国人居然主动帮助我，我第一反应是：他可能是火车站里的搬运工人，不过应该也要不了几个钱，我就花点钱让他帮帮忙吧。于是，我用翻译器翻译："请问哪里有洗澡房？"他"哦"的一声，随后带我朝着车站的二楼走。上到楼梯中央，居然有一个小通道，走进去一看，是一家小旅店，前台还标有单独洗澡的价格。青年示意就是这里，我非常开心，真是帮了大忙。我想问他要多少小费，没想到他伸出手，不是要钱，而是主动和我握手，我差点没反应过来。握了手之后，他就主动离开了，还向我说了句俄语，挥手再见。在异国他乡第一次得到别人的帮助，有点小惊喜，也有点措手不及。

洗澡的费用不算贵，一个人只需15元，而且没有时间限制。想到之后好几天都洗不了澡，我反复洗了两三次，光是牙齿就刷了3次。其实洗多了对皮肤反而没什么好处，我心知肚明，无奈心理作祟，还是反复地洗了几遍。

我洗过之后回到大厅，看到猪隆还在睡觉。放好洗漱用品之后，我决定先出去采购些食物。在国内我们只采购了干粮，即三大包泡面、十块压缩饼干、一包维生素C冲剂和一大包麦片，没有水果、肉类和水，所以要在当地采购。

出了车站大门，我看到了海参崴的市容：车站前一片空旷，可以看到大海，一眼望去都是低矮的房屋，没有高大耸立的建筑；路面好像多年失修，到处是裂缝。出了车站没多久，我来到海参崴火车站前广场。广场正中央有一座铜像，铜像的模样和姿态，除了列宁没有别人。"列宁"抬起右手，遥遥地指向西南方向的欧洲。

边走边找的过程中，我发现了一家小型超市，进去一看，蔬菜水果和肉类等应有尽有，只是除了水和各种饮品之外，价格异常昂贵。比如，一包小小的大概250克的腌鸡胸肉，或者一包大约500克的圣女果，折算成人民币要30~40元。不过到了这里已经没得挑了，我就采购了一包肉，一包圣女果，两个苹果，一提5升的水，共花费100元。这里不得不说，在俄罗斯远东地区的极寒天气下，人们食用的主要肉类都是腌制而成，这样比较容易保存，所以在超市会发现一大堆腌制的肉类，且"年代久远"，大多数是一两年前生产加工的。

提着食物回到车站，猪隆总算是醒了过来，我和他交接后，轮到他去洗澡和采购。我简单吃了点水果，补充了水分，一阵睡意袭来，就靠在椅子上睡了过去。我还做了个梦：梦见大学同学J嘲笑我无法完成自己的旅行计划；也梦见第一次独自出行去北极村时，那个刚刚鼓起勇气却还有些

列宁铜像

青涩的自己。

醒来时已是晚上，猪隆也采购了果汁回来，加上先前在国内采购的主食，我们已经有信心搞定火车上的伙食。午夜12点，发往下一站的火车总算快到了，我们提着又增加了重量的笨重行李来到候车站台。这期间，我们一直盯着一个站在旁边的俄罗斯大兵，他人高马大，感觉身高至少有2米，声音雄厚无比，手臂非常粗壮。我和猪隆，一个身高1米78，一个身高1米82，在国内都不算小个子，且我健身多年，但是面对这样一个俄罗斯大汉时，就变得像兔子一样娇小，感觉他一只手就能把我们给提起来，稍稍用力就可以把我们捏扁。

一阵轰鸣声中，火车驶入车站，我们提着明显比别人大好几倍的行李上了车。临上车前，负责检票的俄罗斯大妈微笑着向我们说了一通俄语，我们自然是没听懂，大概是"祝你们旅途愉快"之类的话吧。上了火车，穿过和战斗民族身型完全不匹配的狭窄通道，我们找到了自己的卧铺。卧铺的长度和宽度都不够，小得似乎只能睡下俄罗斯人一半的身子，甚至连我们径直睡下都勉勉强强。在感慨一番这卧铺居然如此小巧之后，我们放置好行李，带着沉沉的睡意，进入梦乡。

下一站，伊尔库茨克！

二

梦圆贝加尔湖（上）
秋雨

伊尔库茨克（市）位于俄罗斯西伯利亚地区，是该地区最大的工业城市、重要的交通和商贸枢纽，也是伊尔库茨克州的首府。其主城区位于贝加尔湖南端，是离贝加尔湖最近的城市，也是去贝加尔湖的必经之地。伊尔库茨克刚好处于莫斯科到海参崴的中心轴位置，坐火车到这里等于跨过了大半个俄罗斯。

火车上网络信号极差，无法上网，除了吃干粮和睡觉以外，我们只能忍受煎熬。卧铺隔壁是一个俄罗斯妈妈和她的一群孩子，几个孩子连夜哭闹，非常影响我们休息。有天早上，我用翻译器将英语翻译成俄语，请她让孩子们安静一会儿，她居然"呵"地一下，对我不屑一顾，弄得我非常尴尬和恼火。下车时已是伊尔库茨克当地时间凌晨1点钟，而我们整整4天3夜没有洗澡，加上火车上的各种噪音影响，折腾得够呛，急需找一个旅店好好休整。

我出门找到了一家快捷宾馆，看了看门口标注的房间价格，换算成人民币感觉还算经济实惠，考虑到只是在这里留宿一晚（之后打算在市区住青旅），便决定入住。宾馆的前台接待员是一个可见之处全部文着文身的"光头党"一样的小哥，他甚至还打了鼻环，说话的口气也十分凶狠，感觉要和我打一架一样。我小心翼翼地拿出翻译器，问他有没有双人间。但是没想到，他看着翻译器半天都在猛摇头，我这才反应过来，原来此人不识字！没办法，强大的困意逼着我想出用图标语言来和他交流。我打了一个酒店的表情、一个睡觉的表情和一个淋浴的表情，他看了好半天，才用一种奇怪的肢体语言——两手握拳，反复捶桌子向我示意。这是告诉我有房吗？！费了九牛二虎之力，我们终于入住宾馆，也终于可以洗澡了。我们在浴室里尽情地洗漱一番之后，躺在床上，包裹在舒适的暖气中，很快就睡着了。我们这一觉睡得特别沉，醒来时已经是第二天中午时分。

第二天最主要的事情就两件：一是找到晚上要住的青旅，二是到超市采购下一段行程需要的干粮（在车上，我们吃了4天的泡面和压缩饼干，已经吃吐了）。

为什么青旅的事情被我们摆到头条？一切还要从火车上的情况说起。我们一般是在旅途中才决定下一站的住宿，因此在火车上我用Booking（缤客网）定了一家伊尔库茨克的青旅，预计住两天。下了订单之后，我又预料在到达伊尔库茨克火车站时，室外一定异常冷，加上已是深夜，出行不安全，打车又不舍得花钱，就打算先在车站附近住下来，青旅改住一天。做出决定后，我就发了邮件给青旅的老板（好在老板会英文），但是车上信号太差，他的回复在手机上根本加载不出来。下车之后，更搞笑的事情发生了：我们的手机突然都没网络了，打电话给客服，结果全是俄语提示，根本无法操作，加之入住的酒店又没有无线网络，导致我们无法得知老板的回复，更无法确定是否可以在第二天入住青旅。

第二天,虽然手机恢复了网络,但是那封邮件却还是着了魔似的加载不出来。为了做一个守信用的旅行者,我们就扛着两个大行李箱和那个笨重的"恒源祥"布袋(累积重量约90公斤),在伊尔库茨克按着地图徒步寻找青旅。我们虽然是两个大汉子,但是扛着90公斤的行李在这天寒地冻之中也只能缓步慢行,且有些地面是结冰的,一不留神就会摔得四脚朝天。

然后,如同见鬼一样的怪事发生了:根据地图导航,宾馆离青旅只有900米,可是当我们艰难地提着行李来到了地图提示的区域,却只有一个居民区广场,看不出任何有青旅标志的地方。我打开Booking,想查看预订青旅的图片,无奈全部是房间的内景,没有一个外景。居民区的广场上被一层厚雪覆盖,有一群孩子在玩跷跷板,我上前询问他们是否知道青旅的地点,并把Booking上的图片拿给他们看。其中一个小孩说"yes",我喜出望外,问该怎么走,结果他把手指向天上。我愣住了,上天?在天上?在我还傻乎乎地向天上望的时候,没想到这群小鬼一起哈哈大笑,我这才意识到自己被耍了。

无奈之下,我让猪隆在广场上看着行李,自己则跑去周边询问、查找。我绕道小区外面,找到一家类似美容院的门店,向一个50岁左右的女营业员问路。她看了翻译之后表示知道,用手指了指地面,我理解成"就在附近"。我麻烦她对着翻译器说俄语,然后我可以看英文翻译,谁想到她说得异常快,翻译器根本没办法识别。当我再请求她来用手动输入的方式来翻译时,她把手机还给了我,让我走到门外,指给我一个方向,示意让我朝这个方向走。然后,我顺着她指的方向,来到了猪隆等我的广场……我简直要崩溃了!

我突然想到,地图是按照英文地名来导航的,如果输入当地文字,会更加精确。那么同理,Booking上面的地址原先也是用俄语标注的,我试着把Booking上的语言显示换成了俄语,然后将俄语地址输入地图中,果不其然,这回真的找到了!青旅确实是在这个小区,我们也确实已经到了门口,没找到的原因只是这个青旅实在太不起眼了,门口连个门牌和灯都没有,乍一看以为就是小区里某个居民楼的入口。我去敲了门,同时也按了门铃,但没有人回应。

Booking切换成俄语版本之后,青旅老板的手机号码也显示出来了,这给我们提了个醒：下次出行，手机应用软件一定要在目的地国家切换成当地语言，以便掌握更精准的出行信息。我连忙拨通老板的号码，接通后，他居然在睡觉，我请他务必来给我们开门。他飙了一堆俄语，我记得之前他会说英文，我说："English，please！（请讲英语！）"老板这才反应过来："Wait！Wait！（稍等！稍等！）"

等了大概20分钟，老板才过来开门。他身宽体胖，脸上有微微的络腮胡，个子在俄罗斯人当中有些矮小，和我们差不多。他讲的英文我勉强听得懂，我向他解释了昨天没有按时入住的原因，他欣然接受，表示只收我们入住当天的钱，而且还告诉我们，昨天可是等我们到半夜才回去，因此才会起晚。我们连忙道歉，没想到可以遇见一个这么有责任心的老板。

经历了找房风波，总算是有地方可以安心住下。若不去吐槽这隐蔽性极强的地理位置，这个青旅的性价比则是非常高：地上铺着非常干净的红色地毯，墙上贴满了各种圣诞祝福海报，感觉是在庆祝节日一样，显得非常温馨；而且带有免费的早餐，住一晚的费用等同于人均50元，既经济又划算。此时，我们也没有什么力气，只能瘫在床上，啃了几口剩下的压缩饼干和水果。稍作休整后，我们便出门采购。

我们一路上用各种肢体语言问路，张牙舞爪的样子可能会被看作是街头艺人。加上极差的网络翻译和导航，我们绕了好多弯路，总算到了一家大型超市。这家超市要比海参崴的强得多，简直就是一个大型仓库：所有的货架都非常高，商品琳琅满目、种类齐全，高层的货架可以借助专用的移动扶梯来取货。在这里我们又一次感慨，俄罗斯人真的好高。

青旅内部

一个推着婴儿车的妈妈从我们身旁走过,那身高目测有1米90以上。男性更是人高马大,膀大腰圆,我们在国内算是高于平均身高,而在这里真的像两只可怜的老鼠。

我们开始为买东西而发愁,因为商品全是用俄语标注,除了价格以外都看不懂。在熟食区,我们分别看中了几种炒饭和蛋糕,想去问一问口味如何,但是购买的人实在太多,况且俄罗斯人在公共场合的牛脾气是出了名的差,显然不适合拿着翻译器让人慢慢作答。所以,我们很苦恼该如何选些熟食。

"请问你们是从中国来的吗?"一个陌生的声音从身旁传来。我一看,是个貌似亚欧混血的中等身高的俄罗斯小哥。

"你会说中文?!"我惊奇地问道。

"是啊,有什么可以帮助到你们的?我看你们站在这里等了很久。"

我心想,这真是天赐贵人啊!"麻烦您帮忙问一下,这几种菜的口味如何,有没有加辣椒?"(猪隆只能吃一点辣,我是完全吃不了辣)

经过他的帮助,我们买到了绝不吃亏的可口熟食。我们很好奇一个俄罗斯人为什么可以说一口流利的中文,一问才知道,小哥名叫杰尼斯,曾经在东北的锦州学习、生活了4年,在求学期间学会了中文。仔细一听他的中文口音,还真的是有点东北味儿。

杰尼斯是伊尔库茨克本地人,比我们大7岁,在一家IT公司上班,还是一名兼职中文老师。虽是本地人,但他从没有去过贝加尔湖,即使这里是离贝加尔湖最近的城市。正如在国内,我们去某个地方最有名的景点,但是一问当地人,大部分人往往是没有去过的。在杰尼斯的帮助下,我们很顺利地买到了想要的食物,没有花冤枉钱,而且他给我们推荐了很多当地特有的食物。

我们和杰尼斯分享了旅行的计划路线,他听后也是热血沸腾,对

与杰尼斯的合影

我们的勇气赞不绝口。但是他也表达了一些顾虑："这可不是一般人能做到的啊，之后你们肯定还会遇到各种各样的问题。"

"如果没有什么挑战，谁都做得到，那岂不是太容易了点？"

杰尼斯若有所思，点了点头。

出了超市，在杰尼斯的指引下我们找到一间自助银行取了钱。我想，这回算是麻烦别人了，给他一点小费吧。但是还没等我从银行门口出来，杰尼斯就主动和我们握手道别，他说要提前回去陪女友，遗憾不能给我们提供更多帮助，并祝我们旅途愉快。

这真是太客气了，我们自然非常感谢他的帮助，也很有幸认识这个俄罗斯友人。临走前，我们互相留了联系方式。他居然用微信，那以后联系可是方便多了。虽然我们相处短暂，但是在异国他乡遇到别人的帮助，总是有些难以忘怀的感动。

次日一早，我们就到汽车站乘坐开往奥尔洪岛（Olkhon Island）的小巴车，那里是游览贝加尔湖的最佳地点。奥尔洪岛是贝加尔湖中的最大岛屿，面积约730平方公里，比上海的崇明岛要小500平方公里左右，岛上居民非常少，但是由于这里的游览位置极佳，因此也算是俄罗斯热门的旅行目的地。

在小巴车上，我们遇到了一次特别尴尬的风波。由于这里和蒙古国接壤，旁边又是布里亚特共和国，所以会在市区的大街上看到很多布里亚特人。第一次听到布里亚特人这个名词是通过曾经火遍大江南北的《舌尖上的中国》，里面曾经提到聚居在我国北方的布里亚特人的饮食。布里亚特人为蒙古族的一支，也是分布最北的蒙古族人，主要聚居在西伯利亚地区的贝加尔湖以东、以北以及色楞格河一带，人口有43万左右，是东北亚较大的少数民族，在俄罗斯境内有自己的自治共和国。

这回在车上，我们就遇见了一个莫名其妙的布里亚特大叔。刚上车的时候我们并没有注意到他，只是简单地和身边其他乘客聊天。车上的人很少说英文，在习惯了俄罗斯这种现实情况之后，我们就试着通过各种肢体语言和翻译器来进行日常交流。有个会说简单英语的阿姨反复地向我们做自我介绍；还有

"奇怪"的大叔

一个消防员，努力用肢体语言比画着他的工作。而这个布里亚特大叔就在我们和其他乘客交谈期间突然冒了出来，接下来发生的事情简直是噩梦。

大叔是标准蒙古人的长相，脸颊被室外的低温和冷风冻得通红，且膀大腰圆，说着我们既听不懂又跟不上节奏的俄语。他对我们两个提着大包来旅行的中国人有极大的兴趣，一到车上就主动和我们攀谈，但我们根本听不懂他在说什么，只能苦笑。

我们礼貌地和他对话，当问到他在做什么工作时，他好像没有听懂，指着自己的胸口反复说着"Buryats！（布里亚特人）"。我这才明白他是布里亚特人，怪不得看起来那么像蒙古族人。他拿出一个证件给我们看，上面有个消防车的图案，我们猜测他很可能是在消防队上班。之后他继续对我们飙着俄语，而且声音极大，口水四溅，还带有夹杂着伏特加酒味的口臭，让人超级反感。

我听着听着就懒得理他了，猪隆也把脸扭到一边。谁知道，过了一会儿，他居然一屁股狠狠地猛坐在我的大腿上。

天啊，作为一个健身"直男"，这个瞬间绝对是我最不想回顾的，这让我觉得异常恶心，简直要当场吐出来！我用力把他推开，结果他居然又用力坐了回来，把我膝盖都压得颤抖了几下。

天啊，这个人是神经病吗？坐在我腿上还不够，他还回头对着我狂飙俄语，喷了我一脸吐沫。而我根本听不懂他在说什么，好想挖个洞钻进去躲起来。

这时候猪隆早已经笑哭了，但是他也没有逃过大叔的魔爪，只见大叔牵住了他的手，然后深情地亲吻了他的手……我看到他的密集又凌乱的胡茬在猪隆的手背上紧贴着拂过……那场景，我不忍直视。我们俩虽然不晕车，但是在发车前就已经要被恶心吐了。

在被大叔的奇葩行为惊住的间隙，我们的车出发了。

三

梦圆贝加尔湖（下）
猪隆

> 多少年以后
> 往事随云走
> 那纷飞的冰雪容不下那温柔
> 这一生一世
> 这时间太少
> 不够证明融化冰雪的深情
> 就在某一天
> 你忽然出现
> 你清澈又神秘
> 在贝加尔湖畔
> ……
>
> ——李健《贝加尔湖畔》

贝加尔湖，古称"北海"，是历史上著名的"苏武牧羊"的故事所在地。一望无际的湖面，阳光折射出如仙境般的冰世界，散发着浓厚的浪漫气息。而作为我们这趟远征俄罗斯段中最最重要的一个地点，我们早已对它展开过无数次想象。

穷游攻略上的那幅绝美的冰柱照片给了我们对贝加尔湖的第一印象：阳光直穿冰柱，散色成五彩，美得让人窒息。戴上耳机，听着李健的歌，看着照片，细细地品味，我们仿佛置身于一片纯白的世界。身旁连绵的冰川，远处若隐若现的高山，比浪漫本身更浪漫的气氛涌上心头。虽然身旁是健身教练——

硬汉秋雨，可他也抵挡不住即将到达浪漫之地的兴奋。

回想起火车经过贝加尔湖的那个黄昏夜，白茫茫的窗外突然渗入一阵暖意，夕阳下阳光从冰缝里穿过，投入车窗，只见面前的景色分成了两部分，上半部分呈暖黄色，下半部分呈蔚蓝色，冷暖交错下，画面如同仙境般美丽。我们就这样缓缓地坐着火车，从贝加尔湖旁驶过，就像两个相爱的恋人，平行交错，隔着纱，贴着脸，却无奈渐行渐远。但幸好我们仍有机会能与贝加尔湖相遇。

结束了在伊尔库茨克那段哭笑不得的日子，我们一路高歌，向贝加尔湖出发。一路上我还沉浸在出发前在车上被那蒙古族大叔调戏的欢乐中。我们十几个人挤在一辆小面包车里，其中有刚才在一旁看着我们被蒙古大叔调戏的俄罗斯阿姨，有从头到尾没出过声的俄罗斯大妈，也有跟我们一样背着大背包过来贝加尔湖游玩的大哥哥……各有各的交流，各有各的目的地。拥挤的空间，嘈杂的谈话，车里面又是一个别样的世界。而窗外是那一排又一排的白桦林，一望无际的公路，相互间隔好几百米的一排排的房子，再加上夹杂着尘埃并带有一点点黑色的空气，展现着一片经典的俄罗斯风景。而此时，我们的脑海里只有那神秘又深邃的"西伯利亚明眸"——贝加尔湖。

早上太兴奋了，再加上车内舒适的暖气，我坐了几个小时之后，整个人迅速地陷入疲惫，于是掏出护颈小枕头准备进入打盹模式。秋雨正激动地望着窗外，隔壁的大妈一直跟大叔聊天，前面的司机与副驾驶的蒙古族大叔依旧在激动地讲着话。最吓人的是，司机大哥每隔一段时间就会拿起雨刷旁放着的小酒瓶（一般来说，应该就是烈酒伏特加）小酌两口，看着他跟蒙古族大叔那略红的脸，我跟秋雨咽了口口水，"毕竟是战斗民族，伏特加是日常饮用品"，我们冷静地安慰自己：没事的，没事的，冷静点，虽然是酒驾，但应该是靠谱的，应该是靠谱的。他们说的都是我们无法听懂的俄语，再加上这略微压迫的语言感觉，我们都不太敢讲话了。

面包车就像一头熊一样凶猛地往前跑，司机那直爽粗暴的开车风格与窗外静谧萧条的景色形成了极为鲜明的对比。慢慢地，我也适应了，然后就迷迷糊糊地睡着了。

西伯利亚大平原

"喂喂喂,起来起来。"我被秋雨摇醒了。

"下车,下车。"秋雨边收拾边说道。

"到了?"我的意识仍然很模糊。

"没有吧,我也不知道,车停了,他们都下车了。"秋雨回道。

我揉揉迷糊的双眼,然后跟秋雨一块下了车,只见其他人都走进了前面的一座小木屋,想着应该是中途休息。我转过头来,仍旧是那深厚的一望无际的大平原,荒凉、寂寥,带点静谧。

贝加尔湖之行,我们没有选择常规的从伊尔库茨克市区出发的一天游路线,而是选择贝加尔湖东部的一个岛——奥尔洪岛作为主要的目的地。这里是穷游攻略上那惊艳的冰柱图的拍摄地。奥尔洪岛距离伊尔库茨克市区大概有6~8个小时的车程,居民不超1500人,是一个相对小众但又蕴藏着贝加尔湖精华之美的地方。我们计划在今天,也就是3月26日出发,傍晚抵达奥尔洪岛,27

萌萌的狗狗

日游玩一天，28日早上离开，傍晚返回伊尔库茨克市区，然后继续沿着西伯利亚大铁路下半段前行。行程很紧凑，也很充实。

走进小木屋，我买了杯咖啡，秋雨买了点吃的。我们小憩了一下，其间还有一只萌萌的狗狗使劲地盯着我不放，可爱极了！

休息结束后，我们接着朝奥尔洪岛行进。面包车暴走般跑了一个小时后，突然进入了一个全新的世界。我很纳闷，怎么会有种坐船的感觉，因为四周的陆地离我们好像有好几百米远的样子。啊！原来车直接开上了湖面，正在冰面上跑！3月份仍是西伯利亚地区的寒季与贝加尔湖的冰期，在这段时间里，贝加尔湖湖面全部冰封。此时此刻的蓝冰湖面，仿佛仙境般不真实。作为一个生长在亚热带地区的地道南方人，看到雪和摸到雪都已经兴奋得不得了，我更是从来没有想象过，还能亲身在冰面上行走，而且还是在冰面上飞驰！我紧抓着身旁的扶手，然后把头凑近车窗往外瞧，车子如履平地，在冰面上飞驰，简直毫无违和感！车上其他的人波澜不惊，而我们两个使劲儿往车外看，颇有一番刘姥姥进大观园的感觉。我们不仅来到了贝加尔湖，更是踏上了贝加尔湖，激动的心情实在是难以言表！

困意顿时消失，我们激动地掏出手机和DV记录，生怕错过最美的瞬间。此时，耳边再次响起李健的《贝加尔湖畔》，贝加尔湖仿佛化身为一名女子，与我们在冰上翩翩起舞，甜蜜又深邃。车缓缓地离开湖面，即将进入奥尔洪岛。正当我们有些意犹未尽的时候，车子出现了状况，在断断续续地前进不久后便停了下来，司机随即大喊。我们又是一脸懵，而车上的人纷纷下车，不明所以的我们也跟着下车。只见，车子后轮陷进了一个大坑，由于底盘不够高，因此车轮出不来。副驾驶蒙古族大叔激昂地喊，然后全车男人像洪水猛兽一样冲向车尾，听着司机的指令推车。我们都看傻了：这，这，这，是战斗民族的常态？我们来不及吃惊，也赶紧加入推车队伍。

"1，2，3，go! 1，2，3，go!"莫名其妙地，我们"燃"了起来，然后使出全身劲儿推车。此时，天色慢慢暗了下来，晚上的贝加尔湖可是带刺的玫瑰，不容轻视，得赶紧落脚。

在战斗民族气势加持下，车子被缓缓推动，成功逃出大坑。全车男人"哇"地吼出了胜利的欢呼。我们歇了口气，回头一望，只见夕阳西下，温暖的阳光透过远处的雪山，与眼前的冰面形成一体，仿佛置身于油画之中，美丽得浓郁而不真实。那一刻，我的脑袋一片空白，呆呆地望着近在眼前的贝加尔湖。"你清澈又神秘，在贝加尔湖畔……"旋律又在耳边回响，那一刻，我感觉，过往经历的所有困难、所有挫折，换来眼前幸福的一刻，实在是太值了。

迎着黄昏，我们顺利登陆奥尔洪岛，并继续朝前开去。出发之前，我们已经在Booking上预定好了岛上的民宿，而具体位置，我们也摸不着头脑，所以

推车出坑

出发前就把预定单给了司机大哥看，并用尽了一切办法，如手机翻译、肢体语言等，表达了要去这个地方的意思。司机拍拍心口，也没多看几眼就"OK，OK"地回应我们。就这样，一句俄语都不会的我们，在黑夜里被司机丢下了车。迎着微弱的月光和手机手电筒光，我们仔细打量了一番，终于确定无误，就是我们订的民宿。

"真是疯狂的战斗民族啊，一路胆战心惊，总算到了。贝加尔湖，我们来了！"我们感叹道，终于踏上了这个让我们魂牵梦萦的地方！我们的远征之路也一步一步地往前走着，虽然跌跌撞撞，不过总算一路平安。呼呼的寒风把我们刮得直打哆嗦。"1，2，3，走起"，我们扛起恒源祥食物袋，按响了门铃。

门开了，迎接我们的居然是一个金发碧眼的"小萝莉"。小萝莉看到我们两个东方面孔，仿佛受到了惊吓，二话不说扭头就跑，躲到了妈妈的身后。而她妈妈，正是我们的房东，一个地地道道的俄罗斯妇女。

"Welcome! You are Qiuyu and Chaolong, right? You two had booked two beds tonight, yeah?（欢迎，你们是秋雨和超隆，是吧？你们预定了今晚的双人间，没错吧？）"房东姐姐很友好地迎接我们。我们脱了鞋子，放下大背包，总算松了一口气。

我们住的双人间是房东家的一间客房。750平方公里的大岛上只生活着不到1500人，稀稀疏疏的房子，一望无际的远方，虽然与美丽动人的贝加尔湖相伴，但真的在这人烟稀少的地方生活，到底会是一种什么样的体验呢？我们思索着。

房东姐姐看起来很年轻，而刚刚的小萝莉，也就是她的女儿，已经六岁了。所幸房东姐姐还能说一点点英语，虽然不流利，口音也蛮重，不过总算能够交流，我们缓了一口气。这么多天，跟俄罗斯人打

与房东姐姐合影

交道，真的是太心累了。在俄罗斯，英语基本上毫无用处，还不如直接讲中文，反正他们都听不懂。

室内的暖气很舒服，我们脱下巨沉的外套，放好背包与恒源祥食物袋，把护照给了房东姐姐登记复印，并签了一份不知道是什么的单子（应该是类似住宿收据之类的东西）。这回总算顺利落脚了，而外面已经从微醺的日落变成了完全的黑夜。

虽然整天都耗在了路上，但仔细回味，还是发生了各种好玩的事。无论是早上出发跟司机闹的乌龙，还是出发前在车上被蒙古族大叔调戏，抑或在贝加尔湖冰面飞驰后集体下去推车……这些都让这8个小时的路途充满了色彩。夜幕降临，我们接下来需要的就是好好休息，迎接明天垂涎已久的奥尔洪岛环线游！

初来贝加尔湖，自然而然，我们还是按捺不住心中的探索欲望，特别是对酒有点喜好的我，趁着这个难得的空闲时间，想一尝俄罗斯经典饮品伏特加。于是乎，我向房东姐姐问了附近超市的大致位置，裹上冲锋衣，打着手电筒，准备出发。

推开门后，我整个人都傻了：前面的电线杆与路灯大约离房子有两百米，而旁边邻居的房子，起码也隔着好几百米。习惯了城市拥挤与密集生活的我，突然感觉像是回到了几十年前。荒无人烟的小岛，与世隔绝的生活，寒风吹来，本准备踏出第一步的我，突然有点犹豫。"这大晚上的，周围一个人都没有，这边又没有路灯，也没有网络信号，有点危险。"我一下子有点怂了，"豁出去了，既然都来了，打起精神，为我的伏特加而战！"我裹紧衣服，快步向前走去。

我谨慎、快速地按照房东给的路线前行，除了远处那弱得不能再弱的灯光，周围几乎是伸手不见五指，岛上安静得连风声都清晰可闻，心头涌上一丝恐惧。沿着微弱的灯光，我找到了超市。超市却出乎意料地崭新、正规，面积宽阔，商品种类丰富，特别是那一排排五颜六色的酒，实在让人无法想象：这是一个千里之外、荒无人烟的岛上的小超市。

踏进超市门，好像触发了什么感应器一样，突然冒出一串俄语，把我吓了一跳，我猜应该是欢迎光临的意思。我简单快速地浏览了一遍整个超市的东西，跟伊尔库茨克超市的商品类别相差不大，我挑了一个蛮吸引人的方便面，然后转身来到了服务员所在的酒柜台。

"Excuse me…"望着品种繁多的酒，我有点傻了眼。店里只有一个工作人员——一个大腹便便的俄罗斯大叔，大晚上却异常地有精神，跟早上在伊尔库茨克市区碰到的俄罗斯大叔大妈不同，他望着我异样的东亚面孔，显得尤为淡定，边擦着酒杯边对我笑道："Welcome, what do you want？（欢迎光临，请问你需要什么东西？）"

我一下子不知所措，原以为伏特加是一种特定的酒，像茅台这样的，还真不知道伏特加可以细分成这么多种类。整整一面墙，井井有条地放满了一排排的酒，从大到小，黑的白的，应有尽有，我更难选择了。

虽然伏特加的种类丰富，但我筛选的第一个条件，还是价钱。我左右横扫了几遍，很快锁定了符合心里价位的小瓶酒：100卢布（大概人民币10元），100毫升左右的迷你小瓶，适合尝鲜。

"That one, please.（请帮我拿一瓶那个。）"我指着那心仪的小瓶酒说道。店员大叔利索地拿下了酒，然后给我结了账。我如获至宝，终于可以在伏特加之国一尝当地的特色酒了，传说中战斗民族的饮料，到底会是什么样的味道呢，我非常好奇。

离开超市后，我打开手电筒，捂着冲锋衣，快步按原路返回。或许是走过一遍的原因，也或许是伏特加暗地里给我力量的原因，回去的路走得异常踏实。很快，我回到屋子里，向秋雨展示我的"战利品"。

"要不要尝一口，经典地道的伏特加。"我边说边扭开了瓶盖。

"不不不，我滴酒不沾，你慢慢尝，待会儿告诉我味道。"长期自律、对营养摄入有很高要求的健身教练秋雨拒绝了我。

我搅了一下泡了几分钟的泡面，水蒸气冒出扑到脸上，多了几分暖意。我鼓起勇气，先是提着鼻子在瓶口嗅了一嗅，有一股意料之中非常浓烈的酒味，酒香倒没几分，反倒是酒精味充斥着鼻子。我屏住呼吸，咕咚一声，倒了一口。一股浓烈的酒精味像巨浪一样掀翻在我嘴里，没有任何的香味、醇味，反倒是让我想起在医院看病时，空气中弥漫着的消毒酒精味，只不过在医院的时候是闻，而现在是充斥在嘴里。我五官扭曲了起来，"算了，豁出去了！"我愣了几秒，然后用力地咽了下去。

一股势如破竹直捣黄龙的高热流直冲胃里，我人生第一次完整地感觉到了酒是怎么从喉咙流向胃里的：一股热流从喉咙，流向食道，再到胃。当酒到达胃的一瞬间，我感觉肚子里有一颗炸弹爆炸了，火花四射，碎片横飞，一句话概括就是折腾。我眼角都冒出眼泪

初尝海贝加尔湖伏特加

来了，失声吼道："啊！这哪里是酒？！明明就是酒精兑水，而且还是酒精占大头，我是喝了医用酒精吗？好难喝……"

秋雨看着我扭曲的表情，不知道是笑还是愁，"不然怎么叫战斗民族，这么冷的天，俄罗斯人就是靠壁炉加伏特加熬过来的。"

我瞪着剩下的酒，没有丝毫想要继续喝下去的冲动，实在是太难喝了。或许我买的是太过便宜的低档酒，或许是这酒不正宗，总而言之，"初尝伏特加"就这么结束了。

嘴里还充斥着酒精的烈味，我赶紧端起泡面，二话不说喝了口汤，巨冲的酒精味总算消散两分，被酒精灼得发热的胃顿时感到一股暖意。突然饿意来袭，味道异常清新的俄罗斯杯面吃起来根本停不下，没几口，我的晚饭就告一段落。接下来，就是要准备明天的奥尔洪岛一日游的路线了。

奥尔洪岛一日游的路线一般有两条：南线与北线，相较于南线，北线更加

成熟、更加经典。地标性的大石头与形态各异的冰川就在北线，对于时间不多的我们而言，北线显然更划算、更适合。我们向房东姐姐咨询关于一日行的问题，她很直接地说可以在她这里订，价钱也不贵，1000卢布一个人（按照当时汇率，大概是100元人民币），早上8点就在门口出发，晚上5点回来，北线包午餐，后天早上还可以提前帮我们预订好回伊尔库茨克的车。

价格合理，而且省事，我们没多考虑就向房东预订了明天的行程。之后，我拿起换洗衣服，走向了洗澡房。果然，还是经典的俄罗斯洗澡房：玻璃展台柜般的房间，淡淡的暖气，散落在地上的木头，还有那个超级可爱又有意思的水龙头（漏斗状，手动往上抬会出水，接完之后要手动将水倒进漏斗中）。我突然有种回到了小学语文课本上俄罗斯大文豪描写的各种场景，仿佛穿越回到了那经典的俄罗斯冬天。

简单洗漱后，我们关灯入睡，准备迎接明天最关键最美妙的奥尔洪岛之行。俄罗斯段最关键的一站，终于要来了。

"喂……喂……喂……"迷迷糊糊之中耳边传来了一丝很微弱的话语，我扭过头睁开了模糊的双眼。"啥？"我还没反应过来，只见面前一双超大的眼睛瞪着我，前后间隔不过10厘米。一只狗在我面前瞪着我，鼻子灵敏地嗅着，好像我就是它的食物。

我吓了一大跳，"Duang"的一声弹了起来，"哇！"还没完全醒过来的我受到了严重的惊吓，往后直缩。结果狗狗却一直往前蹭我，对我简直比它的主人还要亲密，毫无防备的我被吓得连连后退。秋雨在一旁笑着并拍照，狗狗非同一般的温柔与亲切很快使我平静下来，我赶紧爬起来，先是试探性地摸了它一下。狗狗很温驯，不怕生，被我摸了一阵子之后突然掉头冲向秋雨，秋雨在一旁拿着

惊吓

平板电脑受到了惊吓。只见狗狗直接冲到秋雨面前抬头就是要抱抱举高高的姿势，秋雨这么大的块头被吓得整个人往后摔了下去。"俄罗斯的狗狗都这么不怕生，这么热情吗？"我们一大早就受到一点点惊吓。

简单收拾后，我们整装待发。距离出发时间8点还有半个小时，我们打算先到屋外好好感受一下奥尔洪岛上的环境。一推开门，我们瞬间就怂了，寒风呼呼地刮着，仿佛一下子从暖炉掉进了冰窖，咬着牙跑到了屋子后面。房子建在半山坡，从后面可以俯瞰岛上一半稀疏的房屋。从半山上看，偌大的岛上零散地分布着五颜六色的小房子，就好像饼干上一粒粒的芝麻，有点可爱。不过，这也让我们从侧面感受到了这个岛的荒凉：寒冷的冬天里，几乎看不到植被，除了雪山之外，就是迷人的贝加尔湖冰面了。

在屋外前后待了不到5分钟，只披着一件外套的我们被冻得瑟瑟发抖，拍了几张照片之后，就赶紧回了屋子。关上门的那一刻，我们切身感到，在俄罗斯冬天生活的人，真的是半条命都是暖气、壁炉给的。

8点，我们准时出发。在门口迎接我们的是一辆和装甲车有几分相像的车，方方正正的外形，绿铁皮的外壳，大大的轮子，上面还裹有防滑铁链，一股浓厚的战斗气息扑面而来。第一眼看上去，我们受到了惊吓，不过考虑到天寒地

冰面专用越野车

冻的俄罗斯、彪悍勇猛的俄罗斯人，这装备也很正常。我们快步上了车，车上有一对情侣、一个全身裹得严严实实且一声不吭的妹子，还有几个结队而行的韩国朋友（一直用韩语交谈），司机大哥自然是经典的俄罗斯大汉，边喝着伏特加边哼着小曲儿。

我们按捺不住心中的兴奋，使劲把头往外蹭：阳光明媚，远处的贝加尔湖越发迷人，飞驰在光秃秃的土路上，一排排枯萎的树木从旁边掠过。看着快到的贝加尔湖，我们的肾上腺素急剧上升，终于能在今天实现一直以来希望定格的一瞬间。突然，车绕了个道，开始爬坡，然后在一个山头停了下来。司机对着我们叽里咕噜说了一通俄语，我们一个字都没听得懂，不过大概能猜到说这里是个景点，让我们下车拍照感受。车大概停在了奥尔洪岛的海拔最高点，我们兴奋地蹦下了车。贝加尔湖一望无垠，在远处雪山的衬托下，反倒没有地球上最大淡水湖的那种澎湃，而是有一种月牙状羞涩美人的感觉。我们赶紧掏出手机拍照，只见身旁全身裹得严严实实的妹子不屑地讲了一句："其实这也还好，没有南线好看。"

"妹子讲的居然是中文，难道是中国人？"我们有些疑问。

"中国人？你去过南线了吗？"我们开始搭讪。

"是啊，我前几天去的，虽然路没北线好走，不过可美了。"妹子脱下了口罩，是个典型的东方美人。旁边的韩国团使劲地欢呼、吵闹，这么大个山头，回荡的都是她们的吵闹声。飕飕的寒风仍然在刮着，我们跟妹子赶紧回到车内，然后开始了简单地交流。

妹子是个微博旅行网红大V，从北京飞到伊尔库茨克，然后马不停蹄地来到了贝加尔湖，作为一次新的长途旅行的起点。她计划在贝加尔湖待几天后，沿着西伯利亚大铁路前往莫斯科，然后再走中东路线。我们也简单地说了一下欧亚大陆穿越计划，相互交流了经验，然后继续向前出发。

从山头下来之后，车好像刹车坏掉了一样，油门全开，一路高歌，很快就到了山脚，并歪歪扭扭地登上了湖面。我们又激动地把脸往车窗上蹭，对比昨天傍晚夕阳下湖面的飞驰，现在烈日下在冰面行走，少了几分沧桑感，反倒多了点初遇般的美好。无奈贝加尔湖没有网络,无法将此时的美好与美景通过互联网分享给朋友,不过,与外界相对的隔离,让我们更投入、更安静、更纯粹地享受此刻贝加尔湖的一切,感受这美丽得不真实的景色。

  结束第一个景点之后,我们的"装甲车"继续前进。阳光越来越猛烈,不知不觉到了中午,司机大哥把车驶到一块大石头后面停下。下车后,俄罗斯大叔们拿着铁架架起了桌子,随后把茶及一箱东西放在了上面,开始派发午餐。我们每人领到了一份被锡纸裹得严严实实的大鸡块,还有一杯热气腾腾的茶,这比想象中的好太多了。我跟秋雨找了一块小石头,然后坐在上面开始用餐,回想起在俄罗斯的这么多天,每餐基本都是泡面加大香肠,此时此刻的大块鸡肉,实在是如久旱逢甘露般美味。鸡肉烤得外焦内嫩,恰到好处的盐分,久违的肉味,每口咬下去,都是满满的幸福感。吃到一半我们还发现,肉里面还藏着米饭,米饭在烤制的过程中吸收了鸡肉的精华,因此口感更加鲜美。鸡块里

贝加尔湖美景

面包米饭，跟糯米鸡的做法完全相反，令我们感到诧异，打破了我们对战斗民族烹饪方式简单粗暴的固化印象。我们实在没想到，在贝加尔湖还能吃到如此鲜嫩多汁而且夹带惊喜的鸡块！眼前广阔无垠的冰世界与口中温热的肉香交错，幸福感唰唰地往上升。幸福真的很简单！

  饭后，我们开始跟周围同行的小伙伴搭讪，了解到，除了那个微博网红大V妹子之外，那对情侣也是中国人，是一对在北京大学念书的香港情侣。看着小两口恩爱地在贝加尔湖嬉戏，我们两个大老爷们也是由衷地感受到了他们的甜蜜与幸福。剩下的韩国团，则是凑出假期结队来俄罗斯游玩的上班一族。非常碰巧的是，她们居然跟我们买的是同一班到莫斯科的火车，真是难得的缘分！韩国团姐姐们的英语都不太好，其中就只有一个大姐姐能进行完全无障碍的交流，剩下的跟来贝加尔湖车上的情况一样，只能艰难地用肢体语言加各种精神意会交流，又是一个让人哭笑不得的情景。司机大哥完全不理会我们，他们喝着伏特加，大口大口地吃着鸡块，然后大声地聊着天，还时不时哈哈大笑。

贝加尔湖冰面

渐渐地，我们也适应了在贝加尔湖的感觉。明媚阳光下，贝加尔湖少了几分昨日的冷艳，多了几分亲切与妩媚。短暂休息之后，我们继续出发，前往奥尔洪岛，那里有最经典、迷人的地标——冰柱覆盖的大石头山！这里将会是行程中的重点，也将会是贝加尔湖之梦的一个高潮。

在冰面驰骋一阵子后，车缓缓地停了下来，司机又喷了一嘴俄语，之后我们陆续下了车。映入眼帘的不再是镜面般清透与反射着阳光的湖面，而是零散的碎成一地的冰块，在阳光照射下，折射出沁人心脾的冰蓝，清澈中带点浓郁，浓郁中蕴含裂纹，裂纹中又透露出一丝丝的浪漫。我们被眼前的冰世界震住了，一下子没反应过来。大伙儿已经开始四处活动，自由探索，看来，在这里应该可以自由活动一段时间。

我马上从包里掏出单反相机和三脚架，开始组装。冒着严寒，我赶紧架好三脚架，设置好遥控、AV档参数等，一切准备完毕。我们计划已久的一刻——在-30℃的极寒贝加尔湖上脱下衣服，拍一张铁血男儿冰天雪地的半裸照片，终于要爆发了。

我跟秋雨，裹紧身上的小外套，两眼互望，沉默了一会儿。

"弄不弄，终于来了。"

"弄，可是好冷。"

"是啊，我全身冷得不行了。"

"豁出去了！"

"豁出去了，3，2，1，脱！"

我们给自己打鸡血，在一丝尖叫嘶吼中以迅雷不及掩耳之势把上半身所有的衣服，如打底T恤、保暖内衣、毛衣、冲锋衣内胆、防风外套等，一件一件地脱了下来。最煎熬的是衣服与衣服间黏得还超紧，不好脱，而且带着无比强劲的静电。寒风恰恰在此时刮过，在这种严寒条件下，拍一张疯狂的照片，真是要拼出半条命啊！

我们把全部衣服丢在了三脚架下，确定取景没有问题后，撒腿跑到大概离三脚架5米的位置，然后用尽了仅剩的力气，使劲儿把身上所有的肌肉憋了

-30℃半裸挑战

出来。

"3，2，1！"我按下遥控快门，"再来一张，3，2，1！"我连续按了好几回，连拍了好多张，以确保出片的成功率。

第一个姿势拍摄结束后，我跑回相机那里查看。确定刚刚拍摄的照片没有太大问题之后，我们又换了两个姿势，继续拍了几组。这时，我们已经快成雪人了。

"啊，救命！拍完了！"我们赶紧冲向三脚架，并以求生般的速度把衣服重新穿上。不得不说，这真是太疯狂了。我看着相机里的照片：两个大老爷们，在浪漫的贝加尔湖上裸体出镜，一个是精瘦的我，还有一个是肌肉猛汉秋雨。20多岁的青春，在这一刻完美定格，梦想正在一步一步实现。

穿上衣服后，我们赶紧暖了暖手，然后使劲地活动双手双脚，加速血液的流通。主要的任务完成了，接下来，真的是要好好地与贝加尔湖"谈恋爱"了。作为一个业余摄影师，我不得不说，这次机会实在是太难得太美好了，随手一拍，都是梦幻，随手一按，就是永恒的美。韩国团失心疯般地在狂吼、奔跑撒野，小情侣也在进行各种甜蜜的自拍，大家似乎都被眼前的风光深深地吸引住了，除了司机大哥依然悠闲地在一旁靠着装甲车和朋友聊天。

走着走着，突然一个不小心，左脚打滑，整个人往前倒，还好我反应快，手及时扶住了冰面，才没有倒下去。"玫瑰果然都是带刺的，还是得处处多加小心。"有点小情绪的我，起来后踢了一下前头的小冰块，说道："气死我了，差点摔倒，好危险。"结果，那冰块纹丝不动，气氛有点尴尬。

秋雨在一旁看着我，有点想笑，"不是这样子踢的，让哥来教你。"莫名其妙的我们像个小孩子一样较起劲来。

我盯着秋雨，想好好地观摩一下。只见他右脚往后一抬，然后用力往前一蹬，这时候，戏剧性的一幕来了，原本应该作为支点的左脚突然也受了力一样往前飞起，而右脚失控般完美地勾勒出一道"圆月弯刀"。用力太猛导致强烈的惯性，加上打滑，秋雨整个身子飞了起来，距离地面起码有半米以上的高度，画出一道美丽的弧线。而此刻，周围的一切都是那么地安静，空气仿佛凝

失足摔在冰面上

固,这个动作仿佛被瞬间定格:一盏聚光灯,打在秋雨身上,随后"亢龙有悔",飞到顶点后,他笔直下坠。

"Duang"的一声,秋雨重重地摔在湖面。一个接近170斤的壮汉重重地从空中摔在湖面,我感到湖面有一丝震动。我还没缓过神来,只见秋雨摸着屁股,一动不动,五官扭成了一团,然后依稀发出"呃,啊……"的呻吟声,我忍住爆发的笑容。这场面实在是太逗了。我伸出手,想一把拉他起来,只见他纹丝不动,摸着屁股痛苦地说道:"别,别,先让我痛一会儿。"此时,我再也忍不住心中的喜感,赶紧拿起相机记录下这一刻。"耍酷不成反被摔",这个时刻,已被秋雨列为"人生至暗时刻"之一。

我蹲了下来,笑个不停,秋雨摸着屁股硬是"痛"了几分钟后才缓缓地爬起来。爬起来后,他的屁股印上了两坨大大的水印,这是千载难逢的机会,我赶紧又按下手中的快门,记录下这个欢乐的时刻。

之后,我又接连摔了两次,秋雨也小摔了两次,真是摔跤摔到我们都有心理阴影了。这次也让我们长了经验:下回去冰面,真的要提前准备好冰爪,不然很容易因为打滑而遭受"重摔"。

虽然身体上遭罪,但是此刻的眼睛与心灵,真的如临仙境。我把相机给了网红大V姐姐,然后坐在大冰块上,留下了我很钟爱的一张照片。

"如果有来生,我希望与你在贝加尔湖相遇。"贝加尔湖畔,这个浪漫梦幻的地方,清澈又神秘。

蓝得透心,白得纯洁,蓝白交错的寒冰在阳光下隐隐约约在叙说着故事,或许从前的某个时刻,在这个遥远的西伯利亚明珠,真的有一对男女在此相遇、相爱,然后相伴到老。

梦幻冰柱

经历了惨绝人寰的三连摔，我们每步都走得小心翼翼。贝加尔湖此时已不再是只存在于纸上的色彩，而是可以抚摸的有血有肉的美人。很快，我们便走出了"扑街"的伤痛，又开始使劲玩耍。秋雨开心地抱起一大块冰，使劲喊我摆拍，然后很逗地往前一抛，"Duang"地摔在了地上，毫无意义的动作，我们却莫名感到很爽。

作为俄罗斯段中最重要的地点之一，我拍了一连串的照片，希望尽可能地把这一刻的美好保存下来：那梦幻的冰柱，别具特色的大石头，遥远的雪山，

肌肉合影

还有两个践行着心中梦想的青年。

突然，前面传来了人群的起哄声，周围很多其他旅行团的游客也好奇地往前凑，大家都不约而同地拿起了相机使劲拍，场面跟电影节明星走红地毯有得一比。我们纳闷，前面到底发生了什么事情？凑近之后，我们发现，原来是隔壁团的几个俄罗斯大爷也跟我们一样，裸着上身秀肌肉。不一样的是，此刻贝加尔湖呼呼的风已经停止，渗入骨子里的寒冷也减去了不少。我赶紧抓拍了几张，随后跟秋雨不约而同地把相机交给一同围观的韩国团大姐姐们，果断地脱了上身衣服，冲了上去，跟那几个大爷一块合照。大爷们非常灵动，大腹便便的肚子好像果冻一样，他们一挺胸深呼吸，大肚子便瞬间消失得无影无踪。不少原本在一旁看着我们的哥们，也在雄性激素的刺激下，纷纷脱下上衣，加入大合照之中。就这么一下子，整个湖面沸腾了。这一刻，大家都成了极地中的勇士，而一旁的妹子们也纷纷兴奋起来，不停地涌上来拉着我们合照，欢笑声、欢呼声充斥着整个湖面，给贝加尔湖这个冰山美人，增添了几分温暖的色彩。

3月份，已是贝加尔湖冰期的尾声，冰面下依稀可以看到流动的鱼与水。迟一分，冰面融消殆尽，早一分，苛刻的环境让人止步，而此时此刻的相遇显得尤为珍贵、合适。恰当的时间，恰当的缘分，我们相遇在贝加尔湖，留下了这辈子不可替代的珍贵回忆。

山洞里，冰缝里，装甲车上，冰面上，石头上，各个地方都留下了我们的足迹。拥抱在此时的冰封世界，幸福感充斥在我们身上的每一个角落，一年多以来的苦，换来此时此刻与贝加尔湖的相遇，太值了！如果非得说这回有什么遗憾的话，我想，那应该就是相遇的时间过短，匆匆而来，匆匆而去。这初次的邂

费力搬起冰柱

逅，相信是我们以后相约相守的伏笔。

我们在冰上肆意地玩耍、感受，真希望这一刻能够定格，然后永远地留在心里。

美景虽迷人，可欢乐的一刻终究会有尽头，终究敌不过时间。傍晚我们结束了奥尔洪岛的全部行程，然后返回房东姐姐家。大家的脸上看不到一丝疲惫，反倒是满脸的不舍与意犹未尽。我们看着身后渐行渐远的贝加尔湖，思绪万千，恋恋不舍。

很快，我们回到了房东姐姐家，此时，天色也暗了下来。我们跟网红姐姐告了别，加了微信，以便保持后续的联系；然后跟韩国姐姐团也友好地告了别，期待能在后面的西伯利亚大铁路上再次相遇；最后也祝福了那对小情侣，希望他们在贝加尔湖的见证和祝福下，能够一直幸福、勇敢地走下去。

回到房间后，真正的工作开始了：失联了一天，到家之后总算连上了网络，我马不停蹄地赶紧处理单反拍的照片，尽可能地把看到的所有景色与经历通过照片一一分享给远方的朋友。

"砰砰砰"，门外突然响起了敲门声。"秋雨才刚出去洗澡，谁敲的门，奇怪了"，我停下手中的工作，打开了门。

原来是房东的女儿，可爱的是，她一个人全身裹着被子，只露出一双大大的眼睛。她站在门口，好像一个小玩偶一样，一动不动，我被萌到了。"她在干吗呢？"我正准备发问，她"哇"的一声就往外溜，可爱极了。我赶紧跟上去，只见她跑回她的桌子上，裹着被子，探出了头，继续看儿童动画片。我很好奇，便向前窥看，她二话不说把电脑和身子一转，背对我，不让我看

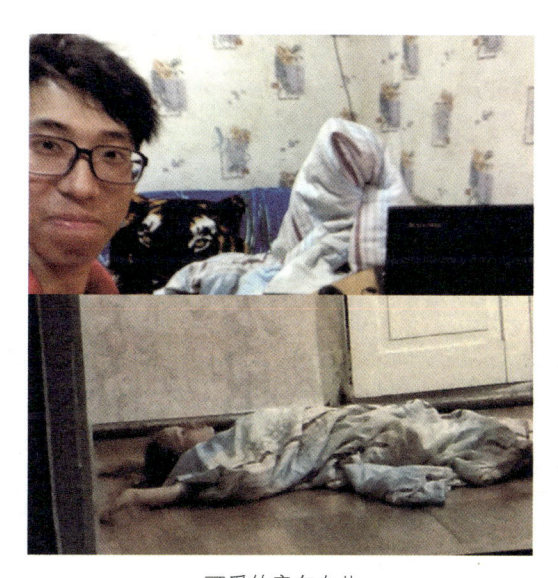

可爱的房东女儿

到任何一点内容。我往这边转，她就往反方向扭，我的天，可爱极了！看着她这么嫌弃我，我掏出了手机，想要跟她一块拍个合影，记录这萌萌的一刻，但小萝莉又是各种逃窜不合作，真是拿她没办法。我从来没有被撩得这么开心，贝加尔湖真是个神奇的地方。我回到房间，打算继续干活，结果小萝莉再次敲门。一开门，小萝莉"哇"的一声"碰瓷"般倒地，我还没从懵懵的状态清醒过来，她就像根春卷一样在地上滚来滚去，然后说着我听不懂的俄语。我哭笑不得，心想她真是太可爱、太活泼了。或许在这种常年冰天雪地的环境里，真的要学会自我娱乐，学会乐观、积极地生活吧。

跟小萝莉闹了一会儿后，我继续工作。对于今天的拍摄成果，我还是很满意的，得天独厚的绝美环境，前期良好的构思，再加上我们的暖色调穿着，跟贝加尔湖冷色调形成了很好的冷暖对比、色彩冲击，画面的表现力也更加好。

再见了，贝加尔湖

特别是肌肉裸照与冰柱上的文艺摆拍，在朋友圈收获了各种好评与点赞。实现心中的目标，分享当前的快乐，朋友圈见证着我们的成长。一路走来，周围的好友见证着这一切，青春真是美好！

  第二天一大早，我们收拾完毕后，就准备返回伊尔库茨克。我们跟房东以及萌萌的小萝莉告别，乘上原来的那辆装甲车，开始返程。在贝加尔湖的湖边，车子又停了下来，我们赶紧掏出手机，记录下了离别的一刻。

  贝加尔湖依旧是那样清澈、神秘，并没有因为我们来过而改变什么，但是我们的内心却因为踏足过贝加尔湖而变得丰富、幸福。我们相信，这种幸福将伴随着这段美好的记忆永恒地在心中留存。初遇时在冰面飞驰的惊悚与新鲜感，在岛上集体推车时回眸落日的一刻，岛上独特的超市与伏特加，加上很友好的房东与超级萌的小萝莉，更重要的是湖上永生难忘的裸身狂奔，以及各个充满故事、个性的同行朋友，都让在贝加尔湖的这短短两天充满了色彩。

  我们挥手告别贝加尔湖，踏上越野车，慢慢地驶出。我戴上耳机，依旧是那熟悉的旋律："多想某一天，往日又重现，我们流连忘返，在贝加尔湖畔……"

  下次再见了，我们最爱的贝加尔湖！

  如果有来生，我希望与你在贝加尔湖相遇。

四

爱恨交加的莫斯科之旅

猪隆

  结束贝加尔湖的所有行程，我们回到伊尔库茨克，当天晚上就乘坐火车沿着西伯利亚大铁路开始下半段的行程，前往目的地——莫斯科。

  到莫斯科还有3天2夜的车程，我们又回归火车上枯燥的日子。车厢里没有垃圾桶，秋雨手动把喝过的水桶剪开，将塑料袋套在有底座的那一部分，自

伊尔库茨克火车站的火车头陈列纪念

制了一个迷你版垃圾桶。食物方面，我们带着从伊尔库茨克买来的干粮补充体力，但未曾想不到两天就给吃完了，剩下的一天半还是将之前买的泡面、压缩饼干、果汁和大香肠作为主食。在火车上，我们又是连续3天没有洗澡，秋雨因为肠胃不适，加上吃了太多饼干还承受了2天的便血，真是够倒霉的。我们在车上继续看了3天的亚寒带针叶林和皑皑白雪，断网失联，无聊得在床上滚来滚去，为了插线板的事情还跟列车员俄罗斯大妈斗智斗勇。3天的时间里，望着恒源祥袋子从满满40公斤的重量到现在漏气般真空，一路走来，真是辛苦它了。由于袋子太沉的缘故，在伊尔库茨克走着走着它一边的提绳还断了，尽管如此，它依然那么耐磨、耐提。想到一开始找赞助商的各种碰壁，眼前的这位"朋友"，显得尤为珍贵，望着它疲惫的身躯，真是辛苦它了。

离开伊尔库茨克，火车很快经过叶卡捷琳娜堡——整座城市沿着乌拉尔山脉东侧一字排开，地处乌拉尔山脉东麓，这里有欧洲亚洲分界线碑，因此闻名于世。过了这里，在地理上意义上，我们就真正地从亚洲进入欧洲。

3天里，车上的乘客换了一拨又一拨，从伊尔库茨克一直坐到莫斯科的人寥寥无几，一直陪伴我们的，除了第三个队友"恒源祥"袋子之外，就只剩窗外一排又一排孤单寂寥的白桦树了。列车每停留一个地方，我们都会趁着短暂的机会下车走走，感受沿线城市的气氛。新西伯利亚、秋明、叶卡捷琳娜堡、喀山，一个又一个城市，有些寒冷、荒凉，车站里还不时出现各种稀奇古怪的东西。

抵达莫斯科

西伯利亚大铁路

2016年4月1日，沿着西伯利亚大铁路，从符拉迪沃斯托克到莫斯科，这段长达7天9夜的经典铁路之行，终于落下帷幕。8个时区、3个地区、14个省份、9288公里，几乎跨越了地球四分之一的周长，总算走完了。我们缓缓走出莫斯科站台，回头一望，硕大的"MOCKBA"地名牌映入眼前，这就是俄语莫斯科的意思。火车站周围人虽然很多，但是不拥挤，卫生环境也蛮好，还有很多颇具俄罗斯特色的建筑，不少房顶上还顶着一颗大大的红星，细节处仍然保留着当年苏联的气息。浓厚的地方特色，再加上晴朗的天气，这个城市给我们的第一感觉颇为深刻。在西伯利亚漂泊了那么多天，现在总算进城了，我们的远征也顺利到了下一个节点。

　　正值中午，疲惫不堪的我们实在是饿得不行，连续几天的方便面、罐头、黄瓜，对比一直在我大中华遍地美食的生活，实在煎熬。艰难地完成了这段世界上最长的铁路之旅，也该是时候吃顿好的犒劳自己并庆祝一下了。我们迫不及待地打开TripAdvisor（旅游网站"猫途鹰"），搜索到附近一家中餐馆，便浩浩荡荡地出发了。按着导航，我们来到一家评价还不错的中餐馆，虽然价格有点小贵，但是毕竟这么多天没吃过一顿正常的饭菜，偶尔奢侈一回也是可以被原谅的。虽说是中餐厅，但里面还是有很浓厚的俄罗斯味道。点菜的过程中，我们与服务员小哥的沟通依旧很困难，经过各种指指点点加谷歌翻译，最后总算完成了点菜。

　　扬州炒饭、咕噜肉、猪里脊……一道道经典的菜肴顿时给了我们生活的盼头。味道嘛，尚可接受，但对比本土简单粗暴的饭菜，久违的中餐味道，实在让人感动。我们点了两杯可乐，为完成远征的三分之一路程而干杯。同时，真

用翻译器艰难地交流

正的欧洲段即将开始。

之前因为在火车上没有网络，加之无法确定是否会晚点到达莫斯科，因此我们并没有提前为接下来的住宿、交通做好准备。午饭结束后，我们才开始准备落脚的事宜。在餐厅里，我们在Booking与Agoda（预订酒店网站"安可达"）上，还是一如既往地进行了简单搜索：选择城市——价格从低到高进行排序——选择又便宜位置又好的青旅床位——确认评论区没有太过负面的评价——预订！很快，我们锁定了距离红场直线距离仅几百米的一家青旅，其价格非常"良心"——一人一晚500卢布，按照当时1∶11的汇率，不到50元钱，真是相当良心！预订完成后，我们打开谷歌地图导航，向着青旅出发！

莫斯科是个非常成熟的发达城市，公共交通等基础设施建设相当完善。跟着导航，我们扛着大背包，来到了距离火车站出站口100米左右的市郊地铁站，在门口买了地铁票之后，就屁滚尿流地往红场方向出发。莫斯科地铁线路虽然看起来蛮有条理，但实际上乘坐起来非常考验耐心和眼力。首先，每个车站的英文名标得非常小，大大的俄语名下面密密麻麻挤着几个英文字母，加上每个车站名都很长，而且看起来长得都差不多，因此跟导航比对起来非常费力，要凑得很近才能完全看清楚英文名。我们根本没有过比对俄语名的念头，因为俄语看着根本没有字母之分，都是图像、图画，看起来更加云里雾里。其次，最头痛的就是，莫斯科地铁大部分是在苏联时期建造的，装修得富丽堂皇，轨道系统深入地下，使得手机的定位功能毫无用处。再加上只有播音系统播报地铁运行站点，此外没有其他方式告诉乘客所在位置，而且地铁路线图上的芝麻般小的英语看得非常吃力，看样子莫斯科真的很不喜欢英语，不过总比没有一点点英语的伊尔库茨克要好。

就这样，我们全神贯注地跟着导航，并随时确认着当前的地铁站位置。进入地铁后，气温就变得非常"俄罗斯风"。寒风从头顶呼呼刮过，吹得人直打哆嗦，车上的乘客紧紧地裹着衣服，不少人全身裹得只剩下双眼。我们扛着大背包，疲惫地站在车门口，每到一站都要小心翼翼地瞅着门外面的车站名，然后再跟导航上面的名字一一对应，生怕没下对车站，耽误时间。毕竟，我们的身体还处于大概两个时区前的状态，仍然很疲惫。再加上这么多天在车上的不规律生活，我们脑袋里充斥的，除了到达西伯利亚大铁路终点的喜悦之外，就是希望赶紧落脚，好好休整，然后一睹莫斯科地标红场以及那个五彩斑斓的"洋葱头教堂"（圣瓦西里大教堂），算是对今天的一个交代和记录。

按照提示转乘后，我们顺利出了站，来到了预订青旅所在的大街。非常奇怪的是，我们最后被导航指向了一条小路，半信半疑地跟着导航越走越偏离主干道，穿行在各种小巷之中。我们越走越觉得不对劲，越走越怀疑人生，要么是导航出了问题，要么就是这个房子过于神秘，最后果不其然，我们被导航指引到了一面墙前，被彻底堵住了。

这下就尴尬了，我们赶紧打给前台。秋雨很吃力地用英语跟前台小姐姐沟通，最后，青旅决定派人来带我们过去。于是，我们便相约在之前主干道上的一家苹果授权数码店中相遇。没多久，一小哥过来，简单友好地打了招呼之后，我们的对话便无法进行下去，因为那小哥的英语水平实在有限。似懂非懂的小哥带着我们前往青旅，很逗的是，我们完全是按照之前导航走的路线重走了一遍，正当我俩摸不着头脑的时候，小哥突然朝着一堵墙敲起了门。神奇的是，这墙居然打开了，我们都傻眼了，原来我们刚刚走的完全就是对的。可是这墙左看右看完全不像是一道门呀，战斗民族的脑回路真的是很难让人理解。

我们跟着小哥进去，这是一家由民房改造而成的小旅馆，破旧的痕迹中透露着苏联时代的社会主义气息：旧旧的红砖房，生锈的暖气管，还有社会主义式的大墙画……我们来到前台，放下包后便向小姐姐感叹：这里实在隐藏得太深。卸下沉重的行李，我们终于可以好好地歇一歇了。我们入住的是一个十人间，当时是工作日下午，室友们都已经外出。最有意思的是房间门口柱梁上倒挂着一个风扇，给人一种莫名其妙的萌感。此时整个青旅非常安静，我们赶紧收拾，并火速地解决另外一个大问题——我们已经快4天没洗澡洗头了。整理好床铺后，我们陆续去洗澡房狠狠地搓了一次澡，整个人终于渐渐恢复了状态。时间尚早，我们按捺不住心中的激动，随即前往红场与圣瓦西里大教堂（俄罗斯的象征）。

我们扛起相机，打开导航，向红场出发。青旅位置很好，步行大概1公里就能直达红场。此时，原本阳光明媚的天气开始转阴，感觉即将下雨。寒风刮

第三章　俄罗斯段 | 107

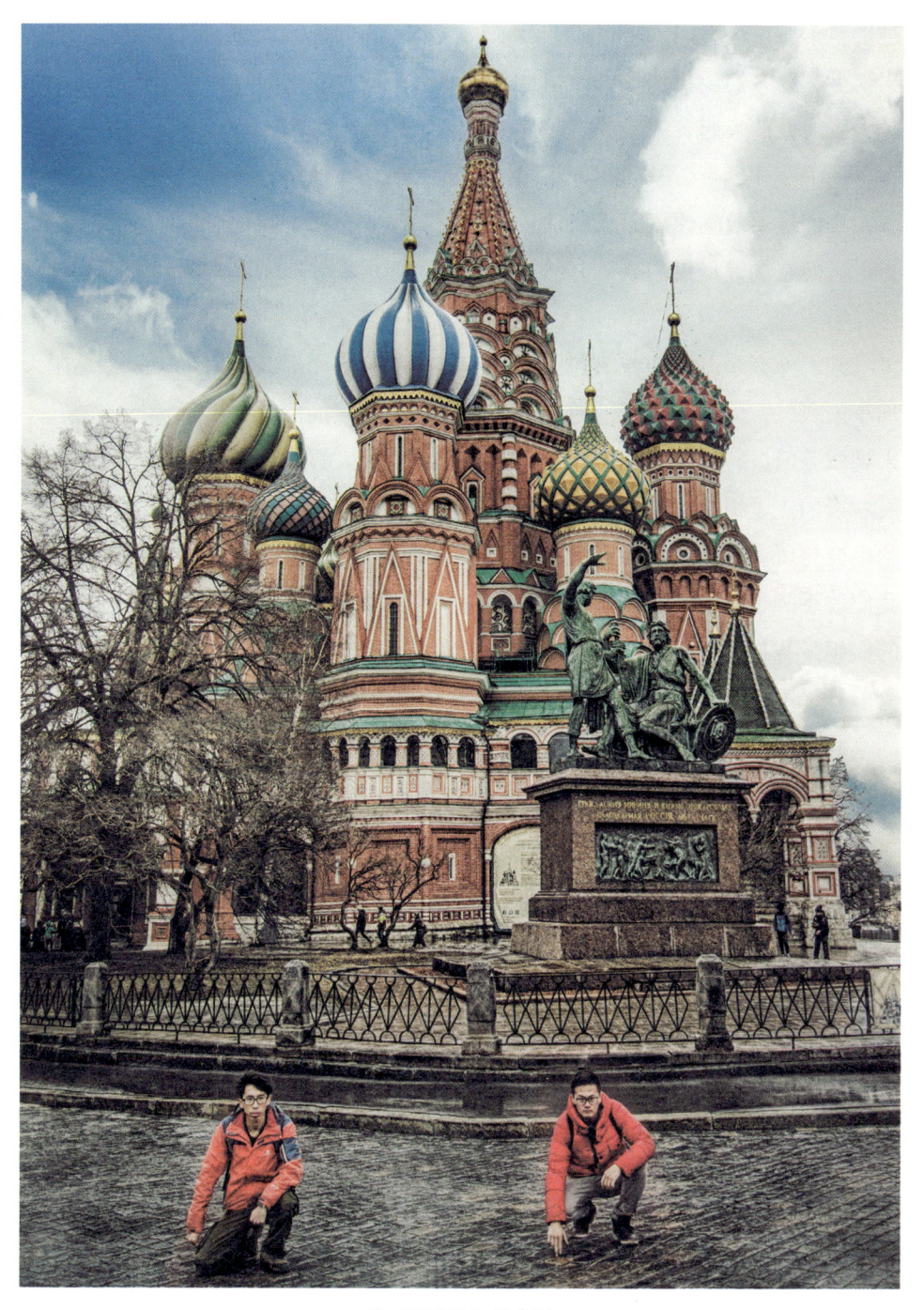

在"洋葱头"前合影

过，整个城市突然陷入了严肃、冷漠的气氛。我们裹紧衣服，快步向前走去。大街上，路人们步伐快速，神情严肃，立起来的大衣把脸挡得严严实实。不管是大腹便便的大妈，还是高挑冷艳的妹子，相互间都很少进行交流，仿佛受过军事训练一样，带着一股拒人千里之外的气场，高效率且很有目的性地往前走着。我们也不敢随便跟路人搭讪，先是找ATM（自动取款机）取了点钱（用于支付后面红场等景点门票），然后小步快跑地跟着导航走了大概15分钟，便到达红场。

红场外有很严密的城墙包围，大大小小的旅游团都在门口集中，虽然阴天加小雨寒风，但是来参观的游客仍然络绎不绝。我们穿过一堆又一堆的游客，来到城墙门口，远处的"洋葱头"和左侧世界十大百货商场之一的古姆商场以及右边的克里姆林宫映入眼帘。我马上拿起相机使劲拍照，这种亲眼所见产生的震撼是所有照片、视频都无法传达的。在阴冷天气里，红场显得更加沉重，我们放缓脚步，边走边构思着拍照的角度。突然，前面人群中有几位特别眼熟的姐姐，我们走近一看，这不是在贝加尔湖相遇的那个韩国团吗？！我们赶紧上前打了声招呼，感慨世界真的是太小了：原本打算在车上能碰个面，结果不同车厢隔得死死的，再加上没有联系方式，就想着后面应该碰不到了，没想到我们下车后不约而同地来到了红场，而且是同时从贝加尔湖到红场，真是缘分啊！寒暄几句之后，韩国团便准备离去，她们也是准备待半天左右，明天就飞回韩国。我们告了别，留下了邮箱，后来把之前在贝加尔湖拍的合影发给了她们，算是这次路上为数不多的朋友纪念吧。

我们逆时针把红场逛了一遍，并在圣瓦西里大教堂、古姆商场前留下了合影。这次提前踩点，让我们对明天的游玩更加期待。由于实在是受不了寒风、冰雨，因此我们赶紧逃进古姆商场。虽说两个大老爷们千里迢迢来到莫斯科逛商场是蛮奇怪的，但不得不说古姆商场确实蛮有意思：欧式建筑装修风格，华丽的灯饰，还有复杂漫长的步行街，古典与现代的结合，让人大开眼界。如果我是个妹子，我想我也会忍不住买买买。我们还"反人类"地买了两个杧果雪糕甜筒吃，且味道出奇地好。接着，我们在一家日料店里解决了晚餐，毕竟还是东亚菜更符合我们的胃口。晚餐之后，恰逢美国大片《蝙蝠侠大战超人》

古姆商场

正在热映，我们想着受了许久的煎熬，可以看个电影放松放松。商场内三楼就有一家电影院，电影票贵先不说（接近七八十元），俄语配音也还好，关键是连英语字幕都没有，完完全全俄罗斯化了。对于我们两个超级"俄语白痴"来说，理解电影中的角色对话，基本是很难的。我们果断放弃了看电影的念头，想着还是早点回去休息，明天再好好地逛逛莫斯科，同时，也要开始计划后面的行程。

回到青旅，气氛来了个180度的反转。原本冷清的房间顿时充满了各色人物，他们一反俄罗斯人的高冷形象，相互间有说有笑，还有的在追逐打闹。我们两个作为房间里"唯一"的外国人，显得非常突出。我们还没反应过来，室友们就不停微笑着向我们问好。这时，走廊外传来"嘭嘭嘭"的追逐声，只见一个头上只有几根毛，穿着个大棉背心、大裤衩和拖鞋的大叔，与一个留着杀马特发型、穿着略雷人与非主流的妹子在追逐打闹。他们边跑边哈哈大笑，不大的房子里充斥着他俩的声音。嘈杂的环境使我们不得不低下头靠着身子交流。不知不觉已到12点，也是时候准备入睡了，虽然精神上没有什么大的问题，可是身体还在倒时差，疲惫不堪的我倒在了床上。房间内外仍然嘈杂，可是强烈的疲惫与倦意席卷而来，不知道我的生物钟停留在哪个时区里……随着时间的推移，我不知不觉进入了梦乡。

"Duang！"突然我的床剧烈地震动了一下，伴随着一声巨响，我猛然醒来，"发生什么事了，是地震了吗？"我赶紧抬起头，原来全宿舍的人都被这声巨响吵醒了，而此时屋子又陷入了寂静。更让我吃惊的是，为什么我的床又抖动了一下？突然，"Duang"的一声，我的床再次"颤抖"，大家相互对望，心里都已经有了答案。

原来是我下铺的大叔——就是那个头上只有几根毛，穿着个大棉背心、大裤衩，和非主流妹子追逐打闹的中年油腻大叔，在蹬我的床。空气凝固了几秒，之后他的鼾声迎接而上。最让人头痛的是，这鼾声没有中低频，只有高频，就像切割金属时那刺耳的电钻声音，穿过皮肤，直抵心脏。规律启动的鼾声，如同有人拿着电钻一进一出地往心里打洞。如果刚刚的两次踢床是一击大招的话，那么现在的鼾声就是漫长持久的折磨性输出，伤害虽没有大招沉重（直接将人踢出梦境），但是持续的高频攻击足以让人饱受精神折磨，无法入眠。

我探出头瞧了瞧那大叔，微弱的灯光下，依稀能看到他的睡相：大字形四肢岔开，秃秃的头

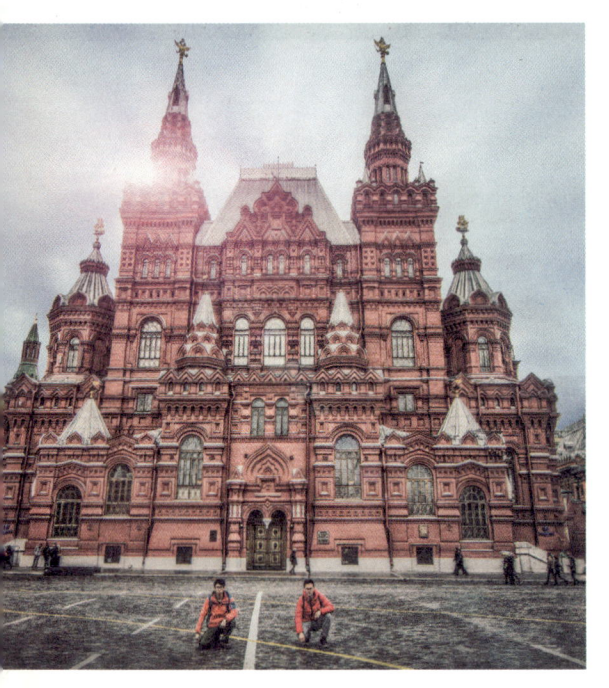

红场周围的教堂

还有些反光，嘴巴大开，嘴角还有些口水滴下。这大哥的睡相，也真是让人醉了，真的是我这辈子见过的最差的睡相，没有之一。伴随起伏的电钻声，我在想，这哥们睡得到底有多香，梦里到底发生了什么美好的事情，是他最爱的球队进球了吗，还是梦到了他喜欢已久的女神呢？实在让人很好奇。但是，也因为这样，全屋子的人都没法睡觉，作为他的上铺室友，我还要忍受他像上了发条一样地连续跺床和蹬床。今晚，铁定是不能睡了。我裹紧被子，透出一点点小缝隙，期待能有片刻安静让我赶紧入眠。就这样，在不规律的床震以及持续起伏的电钻鼾声中，我干瞪着眼，直到天亮。

起床之后，看着下铺大叔微笑着向我点头，我忍住心中的暴躁，还是回应了一个礼貌而不失尴尬的微笑，然后跟秋雨使劲地吐槽。平时睡眠质量就很差的我，再加上这几天的折腾以及昨晚的"战役"，整个身子更加疲惫了。

进入莫斯科，后面的欧洲段离我们就不远了，在有限的申根签日期内我们要按照计划路线穿越到达欧洲大陆最西端罗卡角，这意味着后面的行程现在就要有个大致的计划。因此，我们早上一直在讨论接下来的行程，并得出初步的计划：坐火车到圣彼得堡，然后乘大巴入境欧盟区，按照网上推荐的搭车线路，徒步搭车穿越到达目的地罗卡角。确定好后面的计划之后，我们就可以没

克林姆林宫外景

有负担地尽情享受剩下在莫斯科游玩的日子了！想起两年前，一样的徒搭318川藏线，一样的疯狂，一样的青春，不同的是，一个是自然地理之行，一个是人文历史之旅。

午饭之后，我们开始了垂涎已久的莫斯科之行。首站的朝圣地，那必然是克里姆林宫了！得益于昨天的踩点，我们很快来到红场，天依然阴着，布满雾霾，外加飕飕冷风，此时的莫斯科似乎不太欢迎我们。站在克林姆林宫里眺望红场外的护城河，在阴沉的天空下，浓厚的俄罗斯气息扑面而来，让人不禁想起当年那个严寒的冬天：苏联军民誓死保卫莫斯科，跟纳粹德国死拼到底，最终击退德军，打破了德军不可战胜的神话，为后面的斯大林格勒战役奠定基础。在这个压抑、严寒、广阔的土地上，多少件改变世界历史的事件在此发生，多少位改变世界历史的人物在这里诞生。这片神奇的土地，见证着各种历史革命性的一刻。

很快地，有限的克里姆林宫（精华的场馆都需要额外进行购票）参观结束了。在步行街旁边一家强拉着我们办卡打5折的日料店里，我们解决了午餐，然后出发去下一站——莫斯科大学。

在地铁上，我们仍然开启了头晕模式，对着门上的地铁线路图，讨论半天，仔细地数着坐了多少站，同时还要时刻盯着外边的车站名，以防坐过站。车厢里每个人都冷漠地裹着衣服静静地坐着，此时的我们，显得非常突出。

"还有5站，就要到了"，秋雨拉着地铁上的扶手环跟我讲。方向感一向很差的我在没有定位与网络的莫斯科地铁里，只得乖乖地听他的话。

"你们是要去莫斯科大学吗？"是英语！我们扭过头来，只见身后一位全身裹得只剩下眼睛的小哥在座位上与我们搭话。

"我是莫斯科大学的学生，待会儿也在那下车，你们可以跟着我。"小哥继续用英语补充道。我们有点懵，来莫斯科第一次被搭讪，心里竟然有点小温暖。随后，我们半信半疑地跟那小哥一块下了车。出站后，小哥快步向前，我们确定了一下路线，大概肯定小哥的方向是正确的，随后渐渐地放下了心里的防备，与之开始了更多的交流。

"我1992年（出生）的，现在在莫斯科大学读历史，正在读硕士一年级，主攻中东某两国的国际关系,是个蛮冷门的研究方向。"小哥一口流利的英语震惊了我们。目测1.85米的高个儿,摘下口罩的小哥正脸非常帅气,性感的胡子透露着一股超出这个年龄的成熟,我们在他面前顿时像个小孩子一样。

"你听说过×××这个地方(我们没有听清楚具体名字)吗?它在莫斯科北边,是在北极圈内一个很偏远的小城,我就来自那里。那里大概离莫斯科有2000公里吧,家里一年都很少看到太阳。我在高中的时候拿了全俄罗斯历史奥林匹克竞赛第四名,因此被保送到莫斯科大学。大学期间成绩也一向很好,所以硕士也继续留在了莫斯科大学。"小哥帅气地继续分享着自己的故事。我们都吓傻了,莫斯科已经这么冷了,还要再往北走2000公里——在北极圈,那地方得有多冷啊!那还是人待的地方吗?!

"我们来自Китай(之前从伊尔库茨克小哥处学会的俄语,是中国的意思),正在进行一个欧亚大陆穿越计划,之前刚完成9288铁路(西伯利亚大铁路)的旅程,从海参崴一路到伊尔库茨克、贝加尔湖,再到现在的莫斯科。"我们回应道。

莫斯科大学主教学楼前的合影

"你们很酷啊，支持你们。你们还蛮有意思的，我还有1个小时的空闲时间，你们不介意的话，我可以作为一个莫斯科大学的历史系学生带你们逛逛，也给你们介绍介绍莫斯科大学。"小哥热情好客，实在让我们感动。这趟莫斯科大学之行，我俩不但不需要问路，而且有个历史系的高才生做导游，实在是走运。

与小哥合影

就这样，小哥带着我们把莫斯科大学顺时针绕了一遍。从气派的大门、宏伟的行政大楼，再到很多细小角落中某个苏联大人物的一些纪念刻文，以及举办各种活动的场所，小哥像讲故事般地给我们一一叙述。苏联时期的辉煌仿佛呈现在眼前，而让我们敬佩的是，小哥对每个建筑及其上面的图案、所描绘的人物，以及它们的历史、形状、来源、象征、历史年份，甚至图案上所描绘的人物是何年诞生何年逝世，他都能张口就来，我们两个都傻眼了。再加上那口流利快速的英语，我们一下被眼前小哥的才华吸引住了。神奇的人，神奇的旅途，莫斯科这座城市，一下子不再是一张灰蒙蒙的名片，雾霾也逐渐开始消散。

走着走着，突然，天空下起了小雪，时间仿佛静止般美好。在雪中，我们3个拍了张自拍照，虽然冷得照片都模糊掉了，但是，我们永远都不会忘记莫斯科之行中这短暂而美好的友谊。

莫斯科大学大部分的经典景点，小哥都带我们一一游览并解说完了。在雪中，我们彼此交换了邮箱，然后告别，小哥继续忙他的事，而我们启程下一个景点。

计划的行程，出乎意料地早早结束了。参观完莫斯科大学后，我们顿时有点不知所措，打开TripAdvisor，搜索莫斯科的经典景点之后，一个景点——俄罗斯成人博物馆，一下子抓住了我们的眼球。

"哇，好劲爆，就这个了，我们走吧。"没有过多的思考，没有丝毫犹豫，我们瞬间达成一致，马上前往这个对爷们有着迷之吸引力的地方。

再一次凭借"精准"的谷歌地图导航，我们很快到达博物馆门口。原来成人博物馆只是博物馆连锁中的一家，只要花上1000卢布（按照当时汇率，大概是100元人民币），就能选择8家博物馆中的5家进行参观，而单独参观一家需要30元。综合考虑下来，我们选择可玩性更强的"8选5"，而成人博物馆当然是主角。

成人博物馆，顾名思义，就是陈列成人用品以及衍生艺术品的一个展览馆，里面包罗万象，从最传统的避孕套到各种成人玩具（各种能在淘宝上买的），再到以成人用品为原型进行艺术加工的衍生品，如俄罗斯特色的成人套娃套装、成人版国际象棋、避孕套成人画大全、各种非常隐晦的器官素描画。这些都无时无刻不在刺激着我们的神经。博物馆共分3个区，只有一层楼，空间有200～300平方米，参观的人不多，也许跟当天是工作日有关，只有寥寥七八个人：有跟我们一样的一对爷们，也有同样好奇过来瞄几眼的妹子，当然也有正常的情侣。

虽然说是博物馆，但其实给我们的感觉，更像是成人用具以及成人艺术加工品展览馆，其中还加入了不少俄罗斯特色的东西，如普京与奥巴马的恶搞画，俄罗斯宣传海报的变形情色图。除了这些轻松好玩的东西之外，当然还有很重

与在博物馆认识的俄罗斯朋友合影

口的，如外生物成人性情景模拟、大型器具倒模、偷拍合集、虐待性用具等。不得不说，亲眼看到实物跟只在屏幕上观看的感受相比，还是要震撼很多。我们不得不感叹"纸上得来终觉浅"啊，这百十元钱，一点儿也没白花。

剩下的四个博物馆，简单地概括一下：

俄罗斯鬼屋：这个鬼屋在成人博物馆的出口，可能主要是因为比较近，再加上对西方的鬼有着强烈的猎奇探索感，所以我们两个大老爷们都想见识见识国外的鬼屋。结果进去发现，这鬼屋一点都不"鬼屋"，太小清新、太随便了，相较而言，还是国内的游乐场鬼屋好玩多了。最坑的一点就是，从鬼屋出来之后，在门口一个装扮得非常不走心的"妖魔"硬拉着我们合影，然后还不问我们是否同意就把照片洗了出来并封装好找我们拿钱，我们果断"友好"地拒绝了他们，并快步离开。论办事和认真程度，还是国内的服务靠谱多了。

世界之窗景点博物馆：太坑了这个！加起来不到50平方米，随便放了几个国家地标建筑的小模型就算是凑成一个博物馆了，实在是太不走心了！不过很幸福的是，我们终于碰到了几个漂亮的俄罗斯妹子。对东亚人非常好奇的小姐姐们非常热情地答应与我们自拍合影，这感觉实在是太棒了！

镜子博物馆：由镜子组成的迷宫，不到10分钟就走出来了，除了拍照比较炫之外，真的也是非常不走心。

监狱逃生博物馆：进去之后才发现，原来就是个亲子游玩场所。所谓的"监狱逃生"，就是监狱风格的儿童小迷宫，我们两个大老爷们就在这个小屋子里面，和一堆小孩子，非常不走心地走完了。这实在是太随便、太能骗钱的地方了。虽然如此，但我们还是莫名其妙地开心。

结束了所谓的博物馆一条龙探索之后，已是傍晚时分，走在街头，每走一段距离都能看见俄罗斯名人的纪念塑像，它们记录着这个城市、这个国家历史上的辉煌。夜色降临，我们还是在那家打折的日料店中解决了晚饭。3天车上的生活外加昨晚战争般的睡眠，肉体的疲惫已经快达到极限了，我们快步回到青旅，整顿之后，开始准备明天的事宜。迫于时间的关系，莫斯科之行，大致结束了。

早在刚到莫斯科的那天，我们就已经买好了去圣彼得堡的火车票。在莫斯科的最后一个晚上，我们的主要任务是：收拾、记录并初步规划好后面的事，最重要的还是好好地休息。我看着下铺的那个大叔，他无忧无虑的，穿着一件快破成两半的背心，依旧在青旅里无拘无束地跟非主流小妹子玩耍，实在让人又生气又好笑。为了确保能赶在他发出"推土机"般的鼾声前入睡，我很早就躺下了，带着入耳式耳机，裹着头，仅露出鼻子，希望能隔绝大部分的噪声。

临睡前，我环顾周围，秋雨看起来仍然精神抖擞，不得不佩服他铁人般的意志。原本就很疲惫的身体，外加已经达到极限的精神，倒下之后，我很快就进入了梦乡。迷迷糊糊之中，我的床突然又剧烈地震了一下。经历过昨晚的战争，我早已熟悉，又是我下床的"人才大叔"在作怪，我把头埋进了被窝，真想逃离此时此刻的房间。

奇怪的是，这回床只震荡了一会儿。空气仿佛凝固了一般，正当我觉得一切都只是偶然的时候，突然，一阵排山倒海的震荡席卷而来。但这回不只是我的床板在动，而是整个上下铺床架莫名其妙地在持续震荡，一阵恐慌在心头涌起，这回真的是地震了？！我吓得坐了起来，此时肾上腺素急剧上升，倦意顿时全消，脑袋里响起的声音，满是："完蛋了，才走到一半就地震了；完蛋了，要不要逃？完蛋了，要不要喊秋雨起来？万一不是地震那不是很尴尬？"我还没纠结完，又被一波"余震"袭击。

"Duang……"激烈的震动声响起，昏暗的走廊灯光下，我在上铺已经看到宿舍里的所有人都已经被震醒了，而大家的目光都不约而同地望着我这边。伴随着激烈的震动声，随之而来的是一股模糊的呻吟声："嗯……哈……啊……"我低头往下铺一瞧，只见大叔如同被鬼附身一样，边睡着觉边军训小碎步一样持续用力跺床，还伴随着奇怪的呻吟声，反应比昨晚更厉害。"到底他今晚又梦到了什么？"我无力地躺下，无奈只能接受无规律的"震动"，今晚又注定是一个失眠的夜晚。在莫斯科的日子，过得真是憋屈啊！

第二天一早，我如同死尸般黏在床上，模糊的精神加超级疲倦的肉体，强烈的不适感席卷整个身体。我艰难地爬起床，身体好像灌了铅一样沉重，那一刻我意识到——我病了。

连续的失眠、缺少休息，外加莫斯科的阴雨冷风，我浑身疲惫乏力。熟悉的感觉，熟悉的套路，这回肯定又是老毛病——病毒性感冒。又碰上即将前往圣彼得堡，我没有时间看病、休整，真是波折的旅途啊。

我跟秋雨讲述了目前的状况：距离晚上9时40分的火车还有一段时间。我们达成一致，决定先到火车站，在火车站周围买点药，然后躺着休息，等待晚上出发。

我紧绷着神经，穿好衣服，整顿好行李，而下铺的大叔早已不知所踪。莫斯科的天气仍然是那样阴冷，所幸这次出发不像之前在西伯利亚大铁路上那样扛着一大堆食物，相对轻松，我勉强还能撑得下去。我们火速坐了地铁过去，约在中午时分抵达车站，找了位置坐下后，秋雨先去取票，而我在想办法：如何买到合适的药品，赶紧调整好状态，以应付后面更为折腾的路程。

车站一般都有应急小药店，最关键的问题就是如何正确无误地表达：我得了病毒性感冒，请给我相关的药。想起之前艰难的沟通经历，我们对于俄罗斯

告别莫斯科

人的英语实在不抱太大的希望。脑袋越发模糊，我捂着头坐在椅子上，感觉天旋地转的，神志有些迷失。秋雨取票后，我拜托他去药店帮我买病毒性感冒药。之后，撑不住的我裹紧了衣服躺在了座位上。

一会儿，秋雨艰难地买回了几盒药，我看了看，就觉得跟以前得病时啃的药片有较大差别。吃了几片之后，情况并没有太大的好转，于是乎，向秋雨咨询药房的位置后，我拿着谷歌翻译，再去跟药店老板讨药。

凭着谷歌翻译"病毒性感冒"，外加各种表情和肢体语言，药店大妈看着我垂死挣扎的情况，给了我一盒药，跟秋雨拿回来的药不同，是有些彩色的胶囊，总算跟以前啃的有些相同。尽管上面的文字一个都看不懂，但我咬了咬牙，把药吃了下去，然后使劲地给自己灌热水（万能的热水）。回到座位后，我继续躺着，而秋雨，正在计划后面从圣彼得堡正式进入欧洲段的交通以及对应的行程。

就这样，躺了一会儿后，我的神智恢复了不少。眼看着距离晚上还有一大段的时间，快散架的身躯也干不了什么事情，所幸车站有WiFi，对古姆商场里的电影《蝙蝠侠大战超人》念念不忘的我，还是心动地上网找到了"枪版"资源，半睁着眼半迷糊地把电影快进看完了，感叹还好没买票去看。

在莫斯科的最后时间，我居然是跟病魔作斗争。奇葩的室友，不友好的天气，以及高冷、无法交流的俄罗斯人，初次相遇的莫斯科实在是让人爱恨交加。个性鲜明的建筑与历史让人惊叹，阴冷多变的天气与囧事让人尴尬，所幸这一切我们都安全、踏实地经历完了。我们的远征，也迈进了下一个节点——俄罗斯另外一个特色城市，素有"北方威尼斯"之称的圣彼得堡。

晚上9时40分，我们扛着大背包踏上了火车。之后八个多小时的车程，我拖着疲倦的身体一路跟病魔作斗争。

莫斯科，后会有期了！

五

沙皇旧梦：圣彼得堡

秋雨

厌倦了莫斯科的阴天和大雪，我们俩起身离开这座红色之城，前往下一站圣彼得堡。

我们最初在制订行程时曾拟订由圣彼得堡北上前往北极圈内的摩尔曼斯克，但此时签证时间已过大半，考虑到返程进入欧洲段的时间，我们决定把圣彼得堡作为俄罗斯段的最后一站。

猪隆因为重感冒在莫斯科中央火车站晕睡了一下午，看着他睡眠不佳又摊上了病毒性感冒，我很是惊恐，于是跑到药店买药。俄罗斯人的英语真是差到了家，我拿出谷歌翻译，十分别扭地买到了"看似治疗流感"的药片和糖浆。我反复和药店里的卖药阿姨确认，才敢拿给他吃。没料到这药没有太大作用，猪隆喝过之后并没太大好转，后来猪隆自己去药店买了些胶囊，吃过之后好转了一些，总算没有大碍。赶在乘坐火车前，他已精神抖擞地再次扛起那些又笨又重的行李。

莫斯科去圣彼得堡的列车并不在西伯利亚大铁路沿线上，一天有多趟班次，正如国内北京到上海的列车一样。为了方便休息，也为了省钱，我们特意买了晚上的车票，时间在9个小时左右。我们提着行李好不容易挤上了列车，车厢里早已人满为患，车内的设备和装饰要优于西伯利亚大铁路上那又老又旧的苏联火车。但是卧铺还是像老式火车的一样，又小又窄，要知道又高又壮的俄罗斯大汉也是要挤着睡在这种小卧铺上啊！

很不巧的是，我们俩买了两个中铺，而且列车上不提供被子和枕头。我试着问列车员要这些基本用品，但是那膀大腰圆又一脸木讷的列车员只反复用俄语说："涅特，涅特！"无奈，我们只能披着外衣，套上U型枕，勉强睡一晚。好在车内也是供暖的，我们不至于冻得无法入眠。

那一晚我们都睡得很沉，任凭室外风雨交加、寒风凛冽。第二天早上，我们被从外而入的一股寒流给冻醒。我们摆脱了睡眼蒙眬的状态后才察觉，原来已经到了圣彼得堡火车站，车上的乘客开始陆续下车。下车之后，我们到了车站的出站休息厅，依旧睡意阵阵，同时饥肠辘辘。时间是早上7点左右，车站里大部分商店都没有开门，唯独有一家赛百味还在营业，我们去那里点了两份三明治充饥。

总算等到了公交车运营的时间，我们坐上了车，从车站驶往圣彼得堡市区。出了车站，外面确实是另一个世界：布局整齐且干净的街道，四周环绕着各种精致的欧式建筑，不同于莫斯科那种钢铁洪流般的巨大和压抑。一路上，我透过车窗看着圣彼得堡的街景，早已不在乎什么寒冷。

圣彼得堡可能是西方人眼中"最西化"的俄罗斯城市。沙皇俄国时期，彼得大帝于北方战争中从瑞典人手中夺得圣彼得堡，并于1703年建立城市，随后

圣彼得堡街景

开始了向西方学习的改革之路。圣彼得堡在1712年至1918年为俄罗斯帝国的首都，并在近代成为三次大革命（第一次俄国革命、俄国二月革命、十月革命）的中心，可谓有说不完的历史大事件在这里发生。让人意外的是，圣彼得堡并没有摩天大楼，天际线自然没法和国内的大城市相提并论，但是市中心的历史建筑大部分是18、19世纪保留下来的巴洛克和新古典主义建筑，这些建筑中的大多数已经被联合国教科文组织列入世界遗产。

到了下车地点，我们开始寻找前一天在莫斯科火车站订好的青旅。几经周折，在一排修建得十分隐蔽的小巷子里，我们找到了英文名为"Green Cat"的青旅。出乎意料，房东是一个俄罗斯女生，她扎着长长的马尾辫，五官轮廓分明。不同于其他我们在路上遇到的人高马大的俄罗斯人，她略微有种亚洲女生的娇小可爱。但是，她还是带有俄罗斯人的通病——英文不好。其实，她的情况连"勉强"都算不上，她只能单独"蹦"单词出来，但即便如此，她还是非

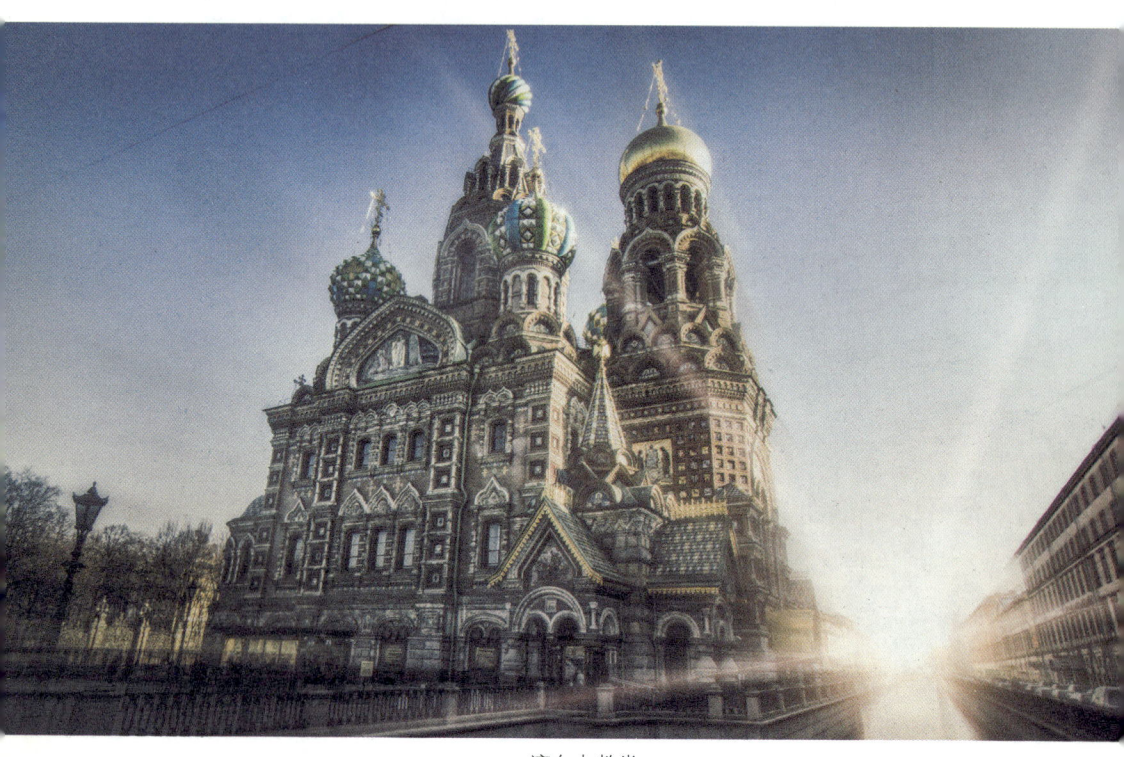

滴血大教堂

常热情地招待了我们。这里是个胶囊旅舍，比起一般的青旅，这里的私密性更强。每个床位都有独立的睡仓和窗帘，且布置得干净、整洁，加上睡仓是厚实的木质结构，所以隔音效果也很好。更为关键的是，这里一个床位一晚的价格折算成人民币只需要30元，我们感觉真是捡了个大便宜。

青旅床位

房间里的其他住客都是俄罗斯人，有个大叔睡在我的下铺，很友好地和我握手，然后飙了一阵俄语，我只能苦笑。这时候，斜对面床铺起来了一个小哥，他人高马大，一头长发，身穿着一个带着巨大笑脸的灰色T-shirt（T恤衫），带着厚厚的眼镜，一副IT男的模样。他说了一声："You guys are so noisy!（你们太吵了！）" 我连忙道歉，"咦？这伙计能说英文？"

我问他怎么会说英文，他回答说："I can speak, but not practice in general.（我只是会说，但是平时不练的。）"之后，我们简单聊了几句，发现他说长句时确实有些结巴。我们没那么多时间和青旅的其他住客混熟，洗漱安顿下来之后，就动身开始游览。

来到圣彼得堡，必然不能错过艾尔米塔什博物馆（Hermitage Museum）。它位于圣彼得堡涅瓦河边，面向大海。这个博物馆的名字可能会让人感到有些陌生，但是提到它的主建筑冬宫，不少人一定非常熟悉。在我们的中学历史课本上，"十月革命一声炮响"就是指1917年11月7日阿芙乐尔号巡洋舰炮击冬宫。在建成之初到1917年罗曼诺夫王朝结束，这里一直是俄国沙皇的皇宫。今天，艾尔米塔什博物馆收集了近300万件从石器时代至当代的世界文化艺术珍品，每年来访的游客更是近200万人，它与英国大英博物馆、美国大都会博物馆、法国卢浮宫和中国故宫并称为"世界五大博物馆"。

我们搭乘公交车顺利到达目的地。博物馆门口是一块名为"Palace Square（冬宫广场）"的半圆形开阔广场，我们刚好赶上一个大型乐队演出——100

艾尔米塔什博物馆

多号人排成了整齐的方阵在广场上演奏,感受到了沙皇俄国时期皇宫该有的气派。我们抓住了机会,半蹲在乐队的队列前面摆起了以往常用的拍照Pose(姿势),一起留下了非常气派的合影。

  从外表上看,博物馆正面的各种结构在整体对称的同时又别具韵律,经过无数次翻修和拓展,它外表的雕像装饰纷繁复杂,丰富多样。历史上各国的建筑师在这里大展手脚,别具匠心的门廊设计、豪华的科林斯柱式、复杂的飞檐曲线、造型各异的雕塑与花瓶、绚丽多样的色彩……使冬宫具有俄罗斯巴洛克建筑所特有的豪华风格。进入冬宫之后,里面的展馆之多、展出的收藏品类之丰富更令我们瞠目结舌。仅展馆就有西欧艺术区、古希腊艺术区、俄罗斯文化历史部、古钱币部、科学图书馆、埃尔米塔日剧院,外加一个独立的军械库。所有的展区加起来一共有三层,占据了整整一个街区的空间,建筑规模宏大,装饰非常豪华。即使我们花一整天时间来参观,也根本无法逛完。

乐队前合影

　　我们从俄罗斯历史区开始逛起，发现了一件有趣的展品。在1771年的一天，阿列克赛·奥尔洛夫伯爵（Prince Alexey Fyodorovich Orlov）带着随行人员，去找德国画家雅各布·菲利普·何克特（Jacob Philipp Hackert）。他们收到沙皇的命令来评定一件定制油画作品，这件作品是根据俄罗斯帝国在与奥斯曼土耳其帝国的切斯缅斯会战中的凯旋而作，会战中土耳其军舰的舰船被俄罗斯帝国的炮火全部炸毁。而奥尔洛夫伯爵显然对那幅油画并不满意，主要认为它缺乏真实感，且土耳其舰船也不是按照油画中的样子燃烧的。结果，他们把画家送到某个港口，直接在他面前炸毁了一艘船，然后说："看，炸完了就是这样烧的啊！"于是，画家很快就对

油画

油画进行了修改。这次在博物馆，我居然很快识别出这张名为 Destruction of the Turkish Fleet in the Bay of Chesme 的油画，其官方介绍赫然写着："In order that Hackert, who was not present at the battle, could imagine the scene, a Russian ship was exploded in the port of Livorno.（为了让不在场的画家何克特充分想象出画面作画，沙皇让人在里窝那港口特意炸了一艘船给画家看。）"看完这介绍，我感慨，某些时候贫穷和眼界确实会限制我们的想象力。

在第二次世界大战时期，圣彼得堡（当时名为"列宁格勒"）被德军围困长达872天。其间，博物馆的多处建筑受到德军炮火的攻击，遭受了很大破坏，但馆藏的艺术珍品得到了当地人民及时、妥善的保护。如今我们看到的博物馆是在"二战"结束后苏联政府重修的。

我是个喜爱历史的人，到了博物馆更是要感慨人类历史长河中的丰富沉淀。俄罗斯虽然远离西方文明的核心地带，但是博物馆内照样收藏了西欧在不同历史时期的文物，从中世纪、宗教改革、文艺复兴到近现代时期的不同珍藏，应有尽有。但是逛着逛着，我渐渐厌倦了各种有着丰富历史意义的油画和雕塑，因为这类藏品的数量实在是个天文数字。

根据博物馆在1998年的统计，当年某一天的展品有1 893 292件，如果参观每件展品的时间为30秒，那么参观完所有展品需要1.8年，而我们只是在博物馆待一天而已。终于，我忍不住了，拿起手机拍各种文物，并用软件加上各种文字，开始各种恶搞。若要是一路看着这么多藏品走下去，真是相当枯燥。

晚上走在圣彼得堡的瓦涅大街，迷人的夜景彻底抹平了我们一天的疲惫。对比莫斯科，圣彼得堡更加温柔，也更加亲切。

结束了第一天的博物馆之行，相比于丰富的历史知识，我们所收获的是各路雕塑制作而成的表情包……出博物馆之时已经是傍晚，精疲力竭的我们在邻近的一家日料店内吃了猪排饭。经过一番商讨，我们计划第二天凌晨去看涅瓦河上独特的开桥仪式。

涅瓦河的开合桥是圣彼得堡的一个标志，每年4—11月的通航期间，涅瓦河和主要运河上的22座桥就会在夜间打开，让船只进出波罗的海。当年在别人的

瓦涅大街夜景

  游记里读到这些内容，我就感慨那一定是非常壮观的景色。而冬宫边上的宫廷桥是个绝佳的看桥地点，据说这座桥在通航期间每晚会开放两次，所以我带着极大的兴致，准备半夜起床出门看桥。

  晚上不到10点，我们就睡下了，早上不到4点我就立马爬了起来。把猪隆喊醒后，我们裹着厚厚的外衣准备出发。我心想，起这么早一定可以看到开桥，真期待那独特的夜景。出门前看到房东和另外几个租客还没有休息，他们问我们起这么早去干什么，我回答去博物馆门口看开桥。没想到房东劝我们别去，说今天开桥时间已经过了。

  我傻眼了，追问是什么时间，房东说桥的开桥时间是凌晨1～3点，现在去肯定看不到开桥的。这个时候我才反应过来一件事情：开桥时间是之前在网上看别人在旅游攻略中记录的，具体时间也忘记了，而仅仅认为起早了就可以看到。凌晨4点多，门外是零下十多摄氏度，寒风阵阵，这时我做了一个特别蠢的决定：我对猪隆说，来都来了，去碰下运气吧，说不定能看到。于是，我们还是硬着头皮跑去看开桥。这里要注意的是，我们住的地方离宫廷桥足足有5公里。我们一路开启暴走模式，几乎是用匀速跑步的节奏在40分钟内就赶到了目的地。

瓦涅大街夜景

结果呢，我们啥也没看到，这里除了一片漆黑的河面、静悄悄的大桥之外，一个人都没有。我俩站在河边，在极寒的海风中瞪着大眼看夜景，除了冷以外，任何可以称得上诗意的东西都没有。最后，我们在博物馆的公交车站旁边找到了一家还在营业的比萨店吃了早餐，随后赶上了6点发车的第一班公交车回去休息。

相比于俄罗斯的其他城市，圣彼得堡整体上给我的感觉是，这里显得更为"欧洲"。如果在这里问路，当地的居民是可以用英文进行简单沟通的，甚至在大街上也经常可以看到各种英语培训班的广告。这比起我们去过的其他城市，如莫斯科、伊尔库茨克、奥尔洪岛和海参崴，显然要强得多。圣彼得堡市区的建筑也不同于苏联式的庞大，而是低矮但不失精致的巴洛克式建筑。历史上，这里一直是俄罗斯向西方学习的最前沿，也是向西方学习的窗口。我想，这也可以解释为什么历史上圣彼得堡爆发了那么多次起义，孕育了那么多时代

俄罗斯博物馆

领袖和文学、艺术巨匠。

  满打满算，我们在圣彼得堡停留了两天，第三天一大早，就赶去车站乘坐通往欧洲腹地的巴士。从圣彼得堡出发，进入欧洲内陆，爱沙尼亚是无法避免的通道。但奇怪的事情发生了，我们在车站折腾了半天，并没有找到大巴。我开始着急，问了在车站门口站岗的两个警察大哥，"呵，又是不会英语的！"这时已经快到巴士发车时间了，我打开谷歌翻译把英文翻译成俄文继续向他们问路。他们"哦"了一声，指了指脚底下。我心中一堆问号，这是要我到地下室去坐车吗？没过一会儿我就明白了，警察是让我们待在原地，因为我们所在的车站广场就是乘车地点，而大巴在开车前10分钟才会到，真是虚惊一场！

  坐上车后，猪隆很快就晕睡过去，我确认行程单后心想，下面就真的要进入欧洲了，新的旅程就在前方！

第四章

中欧段

一

立陶宛：一言不合就飙车
秋雨

  下一个目的地是捷克的布拉格，从圣彼得堡出发，需要两天路程。从圣彼得堡入境，我们必须选择走"波罗的海三国"才能深入欧洲腹地。这三个国家分别是：爱沙尼亚、拉脱维亚、立陶宛。

  这三个国家很奇特，地缘上与俄罗斯接壤，临近北欧，但是细看一番却各有不同。爱沙尼亚和芬兰很接近，有人认为，爱沙尼亚语可以看成是芬兰语的一种方言；而拉脱维亚、立陶宛则和德国有着千丝万缕的联系；立陶宛在历史上又和波兰组建过联合王国。波罗的海三国总面积加起来约17.4万平方公里，略小于我国贵州省的面积。历史上，它们受沙皇俄国统治200多年，在"一战"期间趁着俄国十月革命取得了独立，但是只获得了20多年的独立时间。1940年，苏联和德国签订《苏德互不侵犯条约》后，苏联的钢铁洪流就开进这三国，将其吸收为加盟共和国。在苏德战争期间，这三国又被纳粹德国占领。令人意想不到的是，为了摆脱苏联的控制，当时占领区的三国人民踊跃加入德军，去参加对苏作战……直到20世纪末，苏联解体前后，三国才先后取得独立，如今的波罗的海三国都已成为欧盟国家，紧紧地抱住了欧盟的大腿，热情地投入了欧盟的怀抱，彻底不跟俄罗斯混了。

  坐在大巴车上，我温习着历史，在休息的间隙看着窗外的风景：高速公路穿过乡间，经常看到成片的田野，并无新奇的事情，除了高速公路的路牌是异国语言之外，其他的和国内并无任何区别。我转头看了看车内：猪隆早斜着头，以略有些扭曲的姿势蜷着身子靠在座椅上睡得正酣；车内的乘客只坐了一半左右，且大多是中老年人，十分安静。我还是第一次乘坐这种"跨国大巴车"，也是第一次知道车里面居然装设有洗手间和无线网络以及充电设备。只用几十欧元就可以一口气从俄罗斯坐到捷克，这种大巴车的性价比真是没得说。

大巴车的路线是先从圣彼得堡到爱沙尼亚的首都塔林，完成这一步过境后，算是正式进入欧盟区；再从塔林转车，抵达立陶宛的首都维尔纽斯；然后从维尔纽斯再转车到波兰的华沙；最后从华沙转车才能到布拉格。这一路，车上时间加上等候转车的时间虽然只有两天，但是足足要转三次车，跨越六个国家。当我还在思索着路途中各种麻烦的转车时，身边有人与我搭话。

"Hi, Where are you from?（你好，你来自哪里？）" 一个男子的声音。

跨国大巴车

我把视线从窗外转向车内，只见一个坐在我前排的、和我年龄相仿的年轻人正用英文和我搭话。他长得眉清目秀，络腮胡修剪得十分整齐，正在喝着啤酒，精神上还是很清醒。

"China, and you?（中国，你呢？）"

"I born and live in Estonia, but I'm a Russian.（我出生并生活在爱沙尼亚，但我是个俄罗斯人。）"

我觉得他英语说得很流利，比在路上遇见的大多数俄罗斯人都要强。

"Are you travel alone?（你是独自旅行吗？）"

我指了指在一边以歪曲的姿势憨憨大睡的猪隆，他乐得笑了起来。

他边喝着啤酒边和我聊天，询问我出来旅行的目标。我把提前做好的文化衫拿出来亮给他看，他一脸惊讶，对我各种夸赞加鼓励。一路上，但凡遇见这种情况，我们已经学会保持冷静和谦虚：不因几句"勇气可嘉"之类的夸奖而自鸣得意，觉得自己在做一件多么了不起的事情，而是由衷地感谢别人的鼓励。

他向我推荐了很多爱沙尼亚的历史古迹，而我遗憾地告诉他，我们只在那里转车，没有游玩的计划。他貌似没听进去，又开了一瓶啤酒继续喝，不知道是喝多了还是聊得起了兴致，一直滔滔不绝。

不知不觉到了边检站，我把猪隆喊醒。在这里，乘客需要下车通过安检后才能继续坐车入境爱沙尼亚。所幸只有我们一辆通行的巴士，因此安检的队伍并没有很长，且安检的效率也非常高，不到10分钟时间就完成了。

但是刚刚和我聊天的那个小哥就有些自作孽了，下车后还在大口喝着啤酒，这是第几瓶了我真的已经分不清楚。要紧的是，他喝酒的样子被安检处的保安看到了。他不听保安多次警告、劝阻，继续喝，结果被两个保安板着脸"请"到了安检通道外的一个小黑屋里。"自求多福吧，伙计。"这是入境爱沙尼亚之前最后一个与我有过交流的俄罗斯人。

入境爱沙尼亚后的第一个夜晚，我们在塔林转车，一进车站就感受到欧洲物价之高，俄罗斯的物价和这里简直有一个断崖式的差距。这里的物价明显是欧美发达国家的水平，一杯水换成人民币都要6~7元。我们在车站买了瓶装水，换乘开往立陶宛首都维尔纽斯的车，晚上就在车上平静地度过。次日凌晨，睡眼蒙眬中我们到达维尔纽斯车站，但这时候我们开始犯糊涂了。

我注意到，提前订购的车票上显示换乘的车站名称与下车所在的车站名称并不吻合，所以下车前，我专门向司机询问怎么能到这个站台。司机告诉我，不需惊慌，先在车站等候，之后会有车来车站接国际旅客，再前往车票上的那个市区的车站去接维尔纽斯市前往欧洲其他国家的游客。原来是这么回事，了解清楚后，我向司机道谢。临下车前，他再次提醒我，让我记住发车时间，这班车通常会提前发车，一定要留意时间表。

猪隆下车后还没睡醒，继续在车站的候车厅睡觉。为了保持警觉，不错过转乘的大巴，我则盯着时间。我们在维尔纽斯的停留时间只有两个小时左右，司机提醒我班车会提前到达，所以在这两个小时之内我反反复复从休息室到站台来回走动。

等了差不多30分钟，车站里来了一辆巴士，车身上写着"Vilnius to Warszawa"（维尔纽斯发往华沙）。车票上的行程仅与这班车相符，但是我并没有立刻去向这班车的司机询问开车时间，因为我觉得这车来得太早了，就算提前也不至于提前这么多。这个时候我犯了一个大错误，就是在站台上又晃悠了差不多10分钟，才慢慢悠悠地到巴士那里去问司机。

"Could you please tell me this bus is to Warsaw and then transfer to Prague?（请问这趟车是先开往华沙，然后转到布拉格的吗？）"

"Yes, Come!（是的，上车吧！）"开车的帅气小哥回答道。

没想到真是这趟巴士，居然这么早！然而我并没有立刻去和司机确认个人信息，先登车，然后告诉司机说去车站里取下行李，这样至少司机会等我一会儿。我偏偏火速跑去车站叫了猪隆，只丢给司机一句："Wait!（等等！）"

然而，当我把猪隆叫醒，提着行李来到站台的时候，我们傻眼了：巴士已经开走了。我们该怎么办？我和猪隆讨论了两种解决方案：第一，立刻打车去追巴士，因为这时候巴士肯定还没有开远，应该能赶得上；第二，再次预订新的巴士票，等到第二天再出发。

我们仔细想了一番，第二种方案根本行不通：如果耽误一天的时间，那么我们之后的行程计划就会被全部打乱。所以，我们只剩下唯一的选择：立刻搭车去追巴士。

我在车站四处张望，找到了一群在站台聊天的司机。他们身穿破旧的西装，身边停着一排和他们衣着一样老旧的奔驰车。我和猪隆连忙赶过去，把我们的情况如实说了一遍。谁知，这群司机没有一个听得懂英语的。万般紧急之下，我已经等不了翻译软件，立刻把车票拿出来，指了指车票，然后又指了指远方。猪隆也向他们指了指，做出手握方向盘的样子，其中一个50岁左右的司机大叔恍然大悟，对我们只说："Come!（上车吧！）"

我们坐上了司机的老式奔驰，飞速开往市区。司机显然是知道这趟巴士的路线，如先前下车时大巴司机的提醒一样，这趟巴士是跨境巴士，会先在车站里接国际旅客，然后去市区的另一个车站接市区内前往欧洲其他国家的旅客。大约10分钟，司机开到了市区巴士接人的地方，然而车站早已空空荡荡，巴士已经走了。

司机看了看车站，朝着后座的我们耸了耸肩，意思是："这我也没办法啊！"我们怎么能就此罢休。我求着司机，虽然他听不懂英语。我边飙着英语，边做肢体动作，指了指车开往的方向（我也不知道是哪个方向，一通乱指），然后反复说："Please help us!（请帮帮我们！）" 猪隆也在旁边对着手机上的时间反复指，一直说："Please drive!（请开车吧！）"

司机没经过多久的思考，略微沉思后，先是把车开到了一处十字路口等待红灯，然后摇下车窗，伸手把车顶上的"Taxi"标识架摘掉，收在了副驾驶的座位下。在我们还一脸疑惑的时候，他对我们说出了第二个单词："Problem!"我们隐约感觉到，好像有什么要发生了。

绿灯亮了，我们俩还没反应过来，司机就开着车，飞一样地全力冲刺了。那一瞬间的冲击力，把我们的身子甩得全然陷进身后的靠椅里面，同时，我们听见了行李在后备箱内各种翻来覆去的声音。

天哪，这真的要飙车去追巴士了！

司机将车开到了多少时速，我们真的没法看到，因为他的车转盘前面的显示框十分模糊，根本没法分辨。只见他神速地开到了高速路上，一口气超过了不知道多少辆车，然后一个急转弯掉头，冲进了一个高速岔道。这时候，我们的头发已经在车内完全飞起来了。

司机大叔继续猛开，穿过岔道，进入一片田间小树林。我们的车压着各种杂草和小树，在一阵阵"咯吱咯吱"的声响中继续高速前进。我们还没有回过神，大叔不知道从哪发现一个突破口，从小树林冲回了高速路。大叔这时候对着我们说了第三个单词："Call!（打电话！）"

大叔反复大声说着"Call"，我明白了这是让我给大巴司机打电话，确认位置。"还有这操作？"我们吓得傻眼了。我记得大巴司机是个小帅哥，会说一口流利的英语，车票订单上有他的电话。于是我连忙配合大叔，打电话给大巴司机确认位置。

电话接通了，我和大巴司机通了话，迅速地说明情况。大巴司机让我把手机递给出租车司机，然后他们进行通话确认位置。大叔很快确认了位置，一口气猛踩油门，加足了马力，这时车子简直要飘起来，我和猪隆的头都被甩到了身后，紧贴着后窗玻璃。

大叔一路超车，不费几下工功，我们就看到了那趟大巴车。我们喜出望外，正打算和大叔说声谢谢。没想到，最后的高潮出现了：大叔再次猛踩油门，一口气超过了在高速路上靠右车道行驶的巴士，并在离巴士差不多100米的地方急刹车。大巴司机见状，也猛地把巴士停了下来，我们冒着生命危险在高速路上硬生生地把大巴车拦了下来！我们已经完全被吓傻了：没见过这么玩的，也没经历过这么刺激的，小命要不保哦！

这下总算是赶上大巴了，我们连声感谢大叔，询问多少车费。一口价50欧元，大叔回复我们。我们感觉经费在燃烧，按照当时的汇率，50欧元约等于360元人民币，"这是在抢钱啊！"但考虑到赶上这趟大巴总比我们再耗一天乘坐别的巴士要强，只好忍痛给他，毕竟大叔也是冒了很大的风险帮助我们。

我们提着行李上了大巴，还是那个帅气的司机小哥，他劈头盖脸对我们一阵吼："Are you mental? Are you crazy? Look what you done!（你发神经了吗？你疯了吗？看看你做了什么！）"我们只能苦笑，连声道歉。吼完我们后，小哥长叹了一口气，表示理解，并给我们扫了电子车票，让我们上车。这回，我们总算是可以继续旅程了！

不到一天的工夫，我们在傍晚抵达华沙。换乘的车上异常拥挤，我们好不容易在车的不同区域找到了空座。猪隆的情况真是惨：周围坐了一群吵闹的波兰女青年，她们一路上谈天说地，甚至到了深夜还在继续，弄得整个车的乘客都休息不好。我坐在车的后排，左边坐着一个来毕业旅行的美国人，右边是一对亲昵的情侣：女子有些感冒，躺在男子的腿上睡觉，男子自然也是困意沉沉，但是为了不影响女子的休息，他硬生生地坐直靠着靠椅睡觉，真是让人又羡慕又佩服。

从华沙到布拉格的一整夜，我很难入眠。我看着身边恩爱的情侣，不断反思，难道周游世界之后的我还是孤身一人吗？我有些感伤，不知道什么时候才能遇到自己的那个Miss Right（意中人）。但欣慰的是，我也在一步步实现自己的梦想，变得更加独立。比起多年前，我已经开始掌握自己的人生。

二

静止在时间隧道的布拉格

猪隆

  布拉格,这里是许多悲欢离合故事的起点和终点,这里是浪漫与抑郁的交界处,这里有莫扎特与维瓦尔第的音乐齐鸣、卡夫卡与米兰·昆德拉的故事交错。伏尔塔瓦河从这里流淌,流经一座又一座的千年古堡;马车从广场上踏过,伴随着正点响起的忧伤的天文钟声。在这里,时间仿佛仍然停留在欧洲辉煌的时期,璀璨、美丽、高雅,一幅幅如童话般美好的画面流露着一丝丝的忧郁。浪漫的布拉格,我们来了。

  经过了立陶宛的飙车大作战,我想,光是进入欧洲就已经这么刺激了,后面还会发生什么更好玩、更惊险的故事,着实让人非常期待。在维尔纽斯上车之后,我开始了常规的车上呼呼大睡模式。到达华沙时已是傍晚,我们随后换乘新的Lux Express(豪华快车),继续漫长而又折腾的长途大巴之旅。而此时,我们已经连续坐了2天的大巴。如无意外的话,我们会在第二天的早上7点左右抵达布拉格,结束进入欧洲的这段路程。

  Lux Express很有意思,如同其名"luxury"(豪华、奢侈),对比上一趟大巴,它的环境和条件显然是要"奢华"不少:咖啡机,卫生条件很好的小型洗手间,时断时续的车载WiFi(总比没有要好),还有附带娱乐"平板"的又大又舒服的座椅……这些实在让我们眼前一亮。从维尔纽斯到华沙的那段路我已经昏睡过去,在华沙上车后,睡意自然也就没那么浓了。出于IT男的条件反射,我开始折腾面前的那台娱乐平板。把玩几下之后,我惊奇地发现,平板上面居然有蛮丰富的电影与音乐资源。于是那个晚上,我先是回顾了最爱的Minions(小黄人)电影,然后看了一个很奇怪很没节操的美国电影,最后观赏了经典动画片《驯龙高手》。我感到很好的一点就是这些资源都有英语字幕与英语配音,总算使这3天的长途大巴之旅减少了一点单调。

第二天早上，也就是当地时间4月8日早上7点整，我们抵达布拉格。抵达时间和大巴时刻表上的一分不差，我要为Lux Express公司点个大大的赞。前后3天的大巴车程，终于落下帷幕。这回，我们再一次3天没洗澡，3天没睡好吃好。年轻时的折腾，更培养了我们日后持续拼搏、越挫越勇、永不服输的精神。

豪华快车

此时的布拉格早已清醒，4月初的春天，仍有一丝丝的凉意，但对比"冰山美人"圣彼得堡，这里显然要更温和、更舒适。下车后，我们待在车站，一如既往地先安排这两天的住宿，按照熟悉的经典的套路：Booking搜索房子——2人2房——价格从低到高排序——再根据评价与地理位置进行房源的筛选。最后，我们选择了一家距离老城区一公里多的青旅，房费平均每人每天60元人民币（介于俄罗斯与欧洲住宿费之间，还是蛮实惠的）。捷克虽然是欧盟的一员，但不属于欧元区，这里主要的流通货币是捷克克朗。秋雨在车站内的ATM取了点克朗现金。跟着导航，我们开始了新一波"暴走"。

清晨的街道分外安静，漫步在被誉为"欧洲之心"的布拉格，疲倦也会额外地消散一些。没多久，我们便来到青旅，发现这里已经挤满了人，都是清晨到达准备登记入住的。门口被堵得水泄不通，我们赶紧卸下大背包，躺在大堂的沙发上，静静地等着。

"下午两点才能登记入住，行李可以先放着，看来我们还是得等到下午才能好好休息。"秋雨好不容易挤了进去，向前台问清楚了相关情况。现在是9点多，我们还需要等4个多小时。"这几天都没吃什么正常的东西，我们先去吃顿好点的早餐吧。"我提起身子，向秋雨说道。

"中餐，中餐，这段时间吃西餐吃到崩溃啊，走起，走起。"秋雨赶紧从大背包中掏出一个萌萌的小蓝包，把重要东西全部整理进去。之后，我们两个出去觅食。

根据经典的TripAdvisor中餐搜索，我们沿着导航，漫步在小巷子中，路上的行人慢慢多了起来。来到中餐馆，我点了一份烧鸡饭加馄饨，迎着布拉格春天的阳光，品着最亲切的味道，幸福感立刻充斥全身。这是我们远征的第21天，路程已过半，虽然日程排得很满，期间也遇到了各种囧事，路上的各种追赶、折腾让我们感到疲惫，但看着我们在地图上一步一步地前进，看着长期以来的梦想在一步一步地实现，我们心中越来越踏实，也越来越满足。这个布拉格的春天，在我们心中，显得格外明媚、灿烂。

饭后我们回到青旅，折腾了三天，还是想好好整顿整顿，先洗个澡，休息一会儿，再随心漫步。而对于我，还有一件更重要的事情，就是我的本科毕业论文即将迎来最后查重的限期，毕业的事宜还需要处理。

为了腾出这一大段时间来实现远征梦，我在2015年年尾一个月内速成通过雅思考试，2016年年初在三周内高速地写完了毕业论文。硬性工作完成后，就是紧张的远征准备了。我一直高速忙碌到现在，事情虽多，但都在有条不紊地进行中。在2016年年初，同系的朋友一个个都还没开始动笔写论文，因此我找不到对标的人来处理毕业论文的事，而两个多月后，大家神奇般地都写完了，并开始非常紧张的查重工作了。此时的我终于有了短暂的空闲时间，考虑到在国外的各种不便，我的论文工作更要仔细、用心处理才行。

青旅的大堂有四五台台式电脑，供旅客娱乐，我赶紧找了台电脑坐下。打开电脑的一瞬间，我整个人是崩溃的。电脑系统界面全部都是让人抓狂的捷克语，但这个不是大问题，Windows系统用习惯了，模模糊糊也能找到使用的方法。我低头看了一下，眼珠子差点要掉下来了——连键盘都是捷克语！

这回摊上大事了，我看着键盘，在浏览器里连正常英语字母都打不出来，电脑切换半天也没什么反应。而更令人头疼的是，我需要用中文输入法来修改我的论文，连调用英文输入法都要找半天的超级本土化电脑，找中文更是比登天还难的难题。

我满脸尽是成龙大哥"Duang"的表情，一时间不知所措。这电脑能打开

布拉格街头

我的论文，但是没有办法修改啊，这就很麻烦了。我找到前台的妹子，诉说我心中的烦恼。

"那个，你好呀，我想问一下啊，这个电脑能换个输入法吗？我弄了很久都没办法装上输入法。"我问道。

"你好呀，我们的电脑就是这样子的，或者要不你换隔壁那台配置稍微高一些的电脑试试看？"前台妹子很亲切地回答我。

"……"我再次报以尴尬而不失礼貌的微笑。基本等于没问，好不容易等到隔壁那大腹便便的大叔走开，我赶紧一屁股夺取他的位置，折腾一番，结果还是一样。

我感到很心塞，看来，连老天都不让我学习。好吧，折腾这么久，我还是放松放松吧。于是，我打开了YouTube，继续看视频，静静等待两点钟办理入住登记。

看看视频，时间就很快过去了。下午1点多，我们顺利入住。房间里人不多，隔壁下床的妹子友好地跟我们打了一声招呼。经过交流，我们了解到，她来自俄罗斯，正准备往东走，最终目的地是俄罗斯的最东边——白令海峡。听到她要去白令海峡，我们惊讶得下巴都要掉下来了。

白令海峡！我们曾经构思过把那里作为远征的起点，不过考虑到那里极其不便的交通，以及实在是太远太远（距离海参崴有好几千公里），我们在经济与时间上都没办法跟得上，最后还是选择将更为正确与实际的海参崴作为起点。

妹子有点微胖，乍看上去非常平凡、不起眼，我们实在没想到，她自己一个人，居然要前往白令海峡——一个比西伯利亚更荒芜、更鸟不拉屎的地方，实在是让人敬佩。放下行李后，我们痛快地洗了澡，随后赶紧躺上了久违的床铺。累，累，累，历经3天不眠的折腾，我们终于可以好好地休息了。

一觉醒来，已是下午5点，又到了觅食的时间。20世纪五六十年代，当时处于社会主义阵营中的捷克斯洛伐克接纳了一定数量的越南学生与劳工。20世纪90年代起，捷克实行开放政策后，在捷克的越南人越来越多，目前有6万多人，其中大部分集中在布拉格。到布拉格，品尝当地的越南菜，更成了不少游客打卡之事。就在午饭中餐馆的旁边，我们挑了一家越南菜馆，仍然是熟悉的越南米粉味道，去年在东南亚浪荡的回忆不禁涌上心头，不觉间也过去一年了。

饭后，我们开始了闲逛模式。在古城区漫步，置身于"千塔之城""金色城市"，我们心中洋溢着幸福。傍晚时分，一切显得更为浪漫，一辆辆马车从眼前驶过，一座座古老美丽的哥特式建筑，随手一拍，都是电影般的镜头。不需要装饰，不需要打扮，我只需穿上一身旧世纪的服装，便能拍出穿越般的唯美照片。沿

跳舞的房子

着伏尔塔瓦河，我们走过一座又一座古堡，还看到了新世纪颇具特色的建筑：跳舞的房子。有轨电车从面前缓慢驶过，一切都是那么慢，仿佛时间的减慢为的就是让这份浪漫多延续一会儿。

走过查理大桥，我们来到一个小山坡，缓步登上去，布拉格逐渐下沉，一片片砖红的房顶，穿插着几座哥特式刀刃般威严的尖顶，这种欧洲风情真是太经典、太魔幻了。我们站在山坡小道上，远远眺望，除了惊叹，还是惊叹，这就是布拉格，这就是捷克。"当……当……"钟声打破了此刻的安静，一下子带我们穿越到了中世纪。一样的地方，一样的景色，不知几百年前的人站在山顶上眺望，是否有一样的触动。我们仿佛掉落在静止的时间隧道里，享受着缓慢、美好的布拉格之春。

我跟秋雨相约，待日后成家立业，一定要带着妻儿，重返这个小山坡，重温此刻的浪漫与时间静止的美好。

就这样，我们在小山坡上度过了一个颇为浪漫的傍晚。夜色降临，我们下了山，回到了老城。而晚上的布拉格，电影感更是浓厚。我想，置身于童话之中，大概就是这种感觉吧。下山后，我们沿着大道，来到了布拉格最著名的景点——布拉格城堡，而城堡上面的圣维塔大教堂，更是布拉格地标中的地标、城堡中的明珠。圣维塔大教堂始于929年的圣温塞斯拉斯圆形教堂，历经1000年断断续续的修建，直至1929年才正式完工。它除了丰富、华丽的建筑特色之外，还是布拉格皇室加冕与逝世后长眠之所。

钟塔

置身于城堡内的感觉，反而没那么神秘。在这里，我们仍旧是一贯的摆拍记录。傍晚的城堡，居然没有几个人，在各种哥特式严肃与略带点暗黑的感觉环绕下，此刻的城堡略带一些惊悚。教堂景点已经关闭，我们只能在外面绕着观赏一下。我仔细地从各个角度拍了教堂，在橘黄色灯光的映射下，整个教堂仿佛有灵魂般一样，散发出一股阴森、惊悚的气息。

从城堡中下来后，我们再次走过查理大桥。从远处眺望，此时的城堡倒映在伏尔瓦塔河上，最经典的欧洲风情扑面而来。千年古城堡、大教堂，以及静谧的河，还有那映射的橘黄色灯光，这一刻我们都被眼前的一切给彻底迷住了。无论看多少部欧洲电影，看多少张欧洲照片，那种感觉始终无法与亲眼所见、亲身感受相比。"纸上得来终觉浅，绝知此事要躬行。"读万卷书，走万里路，所言甚是，所幸，我们赶在毕业前，实现了承诺，勇敢地踏出了第一步。

就这样，我们漫无目的地走着，查理大桥、布拉格广场、黄金巷，伴随着来自世界各地的理想主义者的路边歌唱、弹琴声，一切的一切如同梦境般浪漫，一切的一切如同电影与小说那样不真实与梦幻。在布拉格的第一天，我们度过了远征21天以来，或者是这一年多以来，最最浪漫与惬意的一天，真希望时间能够慢下来，留住这一刻。

城堡

远征第22天，一切都很顺利，昨天与布拉格的初次邂逅，更增添了今天专属布拉格的期待。

我在青旅睡的是上铺，床的骨架不太稳，稍微动一下都有点摇摇欲坠的感觉，我胆战心惊地蜷缩着。一路上我们一步一步地往西移，身体也得不断适应时差。虽然经历了3天的大巴不眠夜，但我们两个还是不到9点就醒了。每次睡到自然醒的时候，我都感到特别欣慰、特别满足，回想起在莫斯科那神奇的下铺室友与那堪比战争的夜晚，每一个好梦、每一个宁静的晚上，都显得那么珍贵。一大早起来，房间里的其他人都神奇般地跑光了，只剩我和秋雨两个在迷糊，隔壁床的妹子，也早已不见踪影，我只能在心底祝福她在去白令海峡的路上平安顺利。早饭之后，我们又回去睡了回笼觉。这22天一直都在折腾，不得不说，对身心的考验实在是很大。

布拉格夜景

中午时分，我们正式出发，熟悉的大道，熟悉的布拉格广场，熟悉的查理大桥。相较于昨晚，路上的人多了起来。我们漫步在布拉格广场，大钟、远处的城堡、街上装扮的女巫、路边商店里的木偶，各种童话般的事物一起涌现。对比昨晚沉睡的布拉格，此时的童话世界仿佛苏醒了过来。在广场前面有几群穿着五颜六色服装的人聚集在一块，且立着几个牌：Free Tour Walk with English Service（免费英语步行导游），秉着好奇与捡便宜的心理，我们赶紧凑了上去，浑水摸鱼塞进了出发的队伍中。

导游是个蛮年轻的大哥哥，说着一口流利的英语，我们从最后慢慢地挪到了最前。一路上，大哥哥很详细地介绍了捷克和布拉格以及广场的历史。工科背景出身的我，当时对中东欧历史知识的了解几乎为零，糊里糊涂地听着走着，路过一座又一座上千年的古建筑，而"历史百科"秋雨听得津津有味。跳出自己固有的知识圈，亲眼看世界，亲眼感受历史，这种感觉，我相信是花多少钱、多少时间都无法在学校里感受到的。感谢这次努力，感谢这次远征，让我打开了历史人文知识的大门。世界实在是太神奇有趣了，需要不断地学习与探索。

走着走着，大哥哥若有所思地停了下来，语重心长地对我们说："I was a Financial student in Australia, after school I worked in an investment bank. But one day when I waked up, I found my life fulfilled with pressure. So I dropped out, now I'm a tour guide in Prague. No one pays for me, but I'm happy. Also, I'm very proud of it, but my mom was so disappointed with me."

查理广场

原来导游大哥哥来自澳大利亚，结束了金融专业的学习之后，他来到一家投资银行工作。工作一段时间之后，突然有一天他起来后发现自己的生活充满了焦虑，一下子找不到生活的意义，于是他辞职了，并来到了他认为最美的城市——布拉格。他现在是一名志愿者导游，没人付钱给他，但是他觉得非常快乐，认为自己终于过上了想要的生活，也为此感到自豪。但是，这一切却让导游哥哥的妈妈非常失望。

他原本在无数人羡慕的投行里工作，最后却为了追寻自己想要的生活而毅然辞职，千里迢迢来到他魂牵梦萦的地方——童话之城布拉格。颇有几分国内文艺青年出走大理、拉萨，靠街头卖唱度日的超理想主义情怀。但我相信，作为一名曾经的投行精英，他应该是有一定的独立思考能力以及辨识能力，跟很多无病呻吟的loser（失败者）肯定不一样。或许他说的都是假的，又或许他在夸夸其谈,但看着他满脸的幸福样,我们也替他感到幸福与满足。每个人都有自己的选择,每个人都有自己的路,勇于追寻自己的目标,值得肯定和支持。

一番肺腑之言结束之后,小哥哥又不经意地接着说,"我现在没有任何收入,如果刚刚给你们讲的历史与故事能让你们有所收获的话,你们可以随喜地给我一点打赏"。听到这段话后,贫穷的我们赶紧逃窜,穿过拥挤的人群,慢慢地走出了布拉格广场。

下一站,卡夫卡博物馆!

水池旁的卡夫卡像

被誉为西方现代主义文学与先驱之一的卡夫卡,诞生于1883年奥匈帝国统治下的布拉格,主要作品有《变形记》《审判》等。卡夫卡以其荒诞、忧郁、孤独以及黑色幽默的象征式写作手法闻名于世。除了优秀的作品之外,卡夫卡本人生前的不得意、孤独以及曲折的感情生活,再加上其俊俏的外表,更让无数人难忘、感慨、惋惜。如今,我们来到了卡夫卡的故乡,来到了那些举世闻名的伟大文学作品的诞生之地。我们虽然对卡夫卡了解不多,但是,行走在这片神奇的地方,自然而然是要去缅怀、纪念一下这位伟人。

博物馆距离广场不远,与喧闹的广场对比,显得尤为静谧。跟国内宏伟气派的建筑不同，外人从外头一瞥，很难认得这里居然就是伟大作家卡夫卡的博物馆：几座小小的房子，一座小黑屋式风格的博物馆，一个超大的字母立牌"K"，一间简单朴素的纪念品商店，外加门口一个不大的水池。水池前是一座用一片片金属砌成的卡夫卡像，比较滑稽的是，这雕塑还充当一个小喷泉的作用，而喷头居然安装在雕塑的某个男性部位。最搞笑的是，当我正目不转睛地看着这个雕塑时，一个金发碧眼的小妹子好奇地过来撩拨这个"喷头"，并晃来晃去。我们瞪大了眼睛，简直要笑出声来，于是不自觉地按下了快门。

买票之后，我们踏入卡夫卡博物馆。昏暗的房子里，零散地打着各种小灯，配上现代的装修，呈现出古典与现代艺术交错融合的感觉。博物馆里各种珍贵的手稿、照片，还有那些影视资料，带领我们一点一点认识卡夫卡，了解这位真实且伟大的文学家。

卡夫卡雕塑

博物馆里存放着大量的卡夫卡日记手稿（都是用外语，如捷克语、德语写的），淋漓尽致地展现了这位情感丰富与内心敏感的才子的精神世界。卡夫卡一生曾经与三个女人订婚，但是无一例外，没有一个女人最后能与他成婚。卡夫卡的神经质与极其敏感性格，使得他无法长期处于一种稳定的感情状态中，每结束一段恋情，卡夫卡就留给世间一部经典名作，如《下落不明的人》（《美国》）、《审判》、《城堡》等。

尽管我们对卡夫卡了解不

多，但在忧郁的气氛下，他仿佛不是存在于史料与文物中，而是活生生地与我们对话。看着不同照片上几乎一致的表情、一致的整齐装束，我们很好奇，这个大才子敏感的内心到底是一个怎样的世界呢。

初来布拉格，这个仿佛仍停留在20世纪的童话城市，听着莫扎特的音乐，看着米兰·昆德拉的小说，在街上与卡夫卡擦肩而过，一切的一切，都是那么美好。

从卡夫卡博物馆出来后，满怀文艺气息的我们，回到了布拉格广场，开始计划中的下一项。这也是个蛮有意思的地方——布拉格性博物馆。看过莫斯科的成人博物馆，我们甚是期待，到底布拉格的性博物馆有什么不一样的地方。

性博物馆就在布拉格广场附近人流密集的步行街里面。拥挤的商铺里挂着一个非常非常小的牌子，指引着楼上就是性博物馆。虽然门票不便宜，但是我们实在压抑不住内心的激动，赶紧购票上去一探究竟。三层楼的小商铺里，竟然藏着个小世界。如果说莫斯科的成人博物馆是偏向艺术与重口味，那么布拉格的性博物馆更像一个传统博物馆：展示着大量稀奇古怪的器具，一楼的展厅播放着一部几乎在网络上找不到的超级古老的黑白成人默片。这里浓厚的欧洲气息，实在是让我们再一次开了眼界。就这样，我们把三层楼逛了一遍又一

青旅的留言

遍，前一秒还在忧郁伤感，下一秒就到了火辣与现实，这转换实在是太快了。

不知不觉地，今天的行程也即将结束。其间我们还跑到了乔布斯纪念馆，结果发现需要买票，然后果断放弃，转而继续在布拉格广场兜兜转转。在布拉格，在这仿佛停止的时间隧道里，我们回到了过去辉煌的欧洲，回到了那个书上、电影里童话般的世界。

短暂的相遇，却在我们心中留下了最深刻的印象。古堡、城河、大钟、教堂，时间静止般的美好，希望下次重逢，我们不再这么赶、这么折腾，不再匆匆而过。希望下回能在时间的旋涡里，尽情享受这一浪漫。

再会了布拉格！

三

从阿尔卑斯山到威尼斯
秋雨

在布拉格的时候，我们听从朋友建议下载了一款名为"BlaBlaCar"的拼车软件。这是一款起源法国，眼下已经流行于欧洲的汽车共享软件。司机利用软件在线发布行程中的闲置座位信息，乘客可以输入自己的行程，搜索到符合自己要求的行程路线，然后和司机在线协商价格，最后确认行程，购买座位。下一步的行程是从布拉格到意大利的威尼斯，中途要经过奥地利，跨越三个国家，虽然也有从布拉格出发到威尼斯的巴士，但时间上要多等两天，我们没法耽误。我们果断选择了在BlaBlaCar上找司机拼车，最后协商的价格是80欧元两个人。虽然这个价格并不便宜，但是考虑到早上出发，只需要半天时间（差不多8个小时）就可以到达威尼斯，还是很划算的。

早上，我们从布拉格的青旅出发，沿着古朴的石头街又回味了一遍布拉格独特的美。我们来到和司机提前约好的集合地，不到10分钟工夫，司机就来了。司机名叫马丁，这已经是我认识的第N个名叫马丁的西方友人了。他30岁左右，但是头发中心已经成了地中海，戴着一副眼镜，显得文质彬彬。与他同行的还有他瘦瘦的女友Dodo，以及另一个拼车的法国大姐。我们简单寒暄了几句，就一起坐车出发了。

我们和法国大姐坐在后面，一路闲聊。一打听才知法国大姐是在著名的巴黎第一大学攻读历史学的研究生，且她知识渊博，酷爱读书，准备在旅行期间完成毕业论文。她给我们科普了各种法国的冷知识，比如，法国男性的肥胖率在欧洲是最低的，女性肥胖率则是第二低；作为世界五大博物馆之一的卢浮宫是世界上年造访游客数量最多的博物馆，但它的藏品数量是五大博物馆中最少的，仅有大英博物馆的1/15左右，不过卢浮宫的展区面积却远超大英博物馆。

法国大姐反问我有什么关于中国的冷知识可以分享给她，我简单思考了一下，挑了些"显而易见"的常识性事实：中国人不是人人都会武功，也不是人人数学都很好，更不是人人都少言寡语等。聊着聊着就到了法国大姐下车的地方Brno（布尔诺）——捷克的第二大城市。我们简单告别后，又继续上路。

法国大姐下车后，猪隆很快就睡了。他经常在旅途中睡意盎然，主要原因是他是个睡眠比我还轻的人，晚上听到一点噪音都睡不着，但是白天在很颠簸的车上反而睡得着。相反，我一路上在晚上睡得很沉，白天基本上都很有精神。窗外虽然不全是高速路和乡间小道，但是景观单调，并没有什么值得一提。我开始和马丁以及Dodo玩起了各种猜谜游戏：说出几个特征，指定某类物品或者某类人，然后开始猜。我们把各种颜色、动物，各个国家的领导人都猜了一通。不知不觉到了中午，窗外的景观焕然一新，连绵不绝的山峦映入眼帘，我明白此时已经进入了奥地利境内。

奥地利位于欧洲中部，如同捷克一样，是个不折不扣的内陆国家，且与多国接

阿尔卑斯山

壤，其国土包括了阿尔卑斯山的大部分，所以奥地利也是一个山地国家。我看着窗外高耸的山峦，山间被云雾包裹着，加上蜿蜒盘旋的环山公路，像是在人间仙境中驱车穿梭一样。猪隆还在睡觉，为了不打扰他休息，我独享了这段美景。我居然还沿途发现了一家名为"红灯笼"的隐蔽中餐馆，只是已经关了门。

大概下午3点钟，我们来到山脚下的休息站，在旁边的麦当劳点了两份巨无霸套餐填饱肚子。没想到此地已经人满为患，餐厅门口的大街上是一条登山通道，有很多欧洲人选择此时来登山游玩。定位之后才知道此地叫作Villach（菲拉赫），是奥地利著名的滑雪胜地，难怪路上到处可见各种滑雪装备专卖店。

我们吃完饭之后在休息站的停车区瞎晃悠，马丁和Dodo在停车区的休闲椅上等着我们，看来要继续出发了。我们再次上车，窗外那一片一片拼图一样的云块，离地面很近，仿佛一伸手就可以摸得到。

抵达威尼斯

原本预计会在当天晚上10点左右抵达威尼斯，没料到会提前一个多小时到达。我们和马丁相拥道别，和Dodo挥手示意。

我们沿着导航来到了提前预订的青旅，接待我们的青旅老板是个膀大腰圆的中年人。他居然给我们留了一间大床房，我们两个直男看到的瞬间简直要吐了出来，强烈要求换到正常的多人间。

我们休整了一晚，第二天清晨出发，看到水上交错分布的古老建筑，一路上各色的主题餐厅，简直和教科书中描写的一模一样，让人赏心悦目。唯一美中不足的就是这里的物价很高，依稀记得买一瓶瓶装水要2欧元，差不多是15元人民币。

要说这里有什么景点，我还真是难以说得清楚，因为威尼斯是一座水城，本身就是一个浮在水面上的大景区，《纽约时报》曾经形容它"无疑是最美丽的人造都市"。历史上，这里曾经是地中海辉煌一时的威尼斯共和国首都。在文艺复兴时期，这里是欧洲主要的金融和海运中心，是十字军东征和欧洲对奥斯曼帝国的勒班陀战役的集结地，也是从13世纪到17世纪末的一个非常重要的商业（特别是丝绸、粮食和香料）和艺术中心。

威尼斯由众多宫殿、官邸、广场、教堂和桥梁组成，最为独特的是其举世闻名的水道。威尼斯的主体是由118座小岛加上150条水道交织而成。构成威尼斯的

威尼斯

岛屿约拥有400座桥梁。在古老的城市中心，运河取代了公路的功能，所以这里主要的交通模式是步行与乘船，且中心旧市区街道狭窄，人们只能步行，因而这里是欧洲最大的无汽车地区，也是一座在当代相当独特的城市。设想一下，如果你所在的城市没有汽车，没有公交车，连自行车都没有人骑，那会是怎样的一种景象呢？

当天晚上，在我的强烈推荐下，猪隆开始看《毒枭》这部电影，其讲述了一个真实的历史人物——哥伦比亚的大毒贩巴布洛，他来自哥伦比亚的麦德林。谁能料到，当天晚上青旅里就住进来一个来自麦德林的哥伦比亚小哥。这小哥看起来十分青涩，我们一问才知道他只有20岁，还在读大学二年级。此人简直是个移动的导航地图，没买电话卡，也没有任何移动网络，仅凭着提前下载好的离线地图，从罗马一路游玩到这里，真是让我们无比佩服。第二天早上，简单地和我们打了招呼后，他就又凭着离线地图上路了。

威尼斯广场

我们又逛了一上午水路交错的市区，还特意去品尝了当地特色的墨鱼汁意大利面。墨鱼汁意大利面15欧元一份，虽然一坨黑乎乎的样子，卖相不佳，但是格外美味，就是量太少了，根本不够吃。

傍晚，我们来到威尼斯海边，沿着海滩找到了一处长椅坐下。对面是几座肉眼可见的近海小岛，身后是一个当地青年打篮球的小球场，吹着地中海的海风，这种休闲生活真是让人十分陶醉。

威尼斯是意大利之行的开始，本来以为这段徒步走的旅途会很快结束，后来才知道，这些和我们日后暴走走完的其他城市相比，真是小巫见大巫。

第五章

南欧段

- 你好，我们的罗马假日
- 佛罗伦萨：天涯何处不相逢，缘分相约翡冷翠
- 五渔村徒步：面朝大海，春暖花开
- 热那亚的朝觐：发现你的哥伦布
- 非球迷的漫游：法国到巴塞罗那
- 心酸搭车风波：巴塞罗那到里斯本

你好，我们的罗马假日

猪隆

结束了威尼斯的行程，我们坐上了绿油油的大巴——FlixBus。这是一家德国运营的长途大巴公司，以其鲜明的绿色外观（象征低碳环保、可靠），再加上超高性价比的车费而闻名（威尼斯到罗马全程才9欧元，合计60多元人民币，这将近六百公里的路程，对比火车40~60欧元的价格，实在是划算得不能再划算了）。更让我们惊喜的是，车上的条件并不比我们从圣彼得堡一路高歌到达布拉格的Lux Express差，WiFi、咖啡机、厕所、小平板应有尽有，但是价格却便宜了一大截，真是不得不佩服我们的运气以及搜索信息的能力。

2016年4月13日，远征第26天。下午2点，我们从威尼斯出发，直达下一站——被誉为"抬头是历史，低头也是历史"的"永恒之城"罗马。

相较于俄罗斯而言，意大利境内的交通真的是让我们舒服太多了。回想起之前每个目的地之间的折腾——海参崴到伊尔库茨克（4天3夜的火车），伊尔库茨克到贝加尔湖（将近12个小时的面包车），伊尔库茨克到莫斯科（4天3夜的火车），莫斯科到圣彼得堡（接近10个小时的火车），圣彼得堡到布拉格（断断续续3天的长途大巴），布拉格到威尼斯（十几个小时的长途大巴），这次从威尼斯到罗马不到10个小时的长途大巴，相对而言，真是非常轻松愉快了。后面的旅途，我们还有更加折腾的路：罗马—佛罗伦萨，佛罗伦萨—拉斯佩齐亚（五渔村），五渔村—热那亚。前段时间我俩一直在折腾，这回总算可以好好地给自己来个"罗马假日"了！

4月13日晚上11点多，我们到达罗马。在火车站匆匆下车后，我们发现路上竟然一个人都没有，想起著名的意大利黑手党，心不禁紧绷了一下。按照中午订的青旅地址，我们开启了导航。青旅15欧元一晚还包晚餐，而且离景点近，还算划算。在昏暗的街灯下，我们扛着大包，沿着导航，快步走在安静得有点可怕的街上。

　　沿着导航，我们来到了一扇古大门外，旁边赫然挂着"休闲会所"四个中文大字。我的天！国人的外贸生意已经"入侵"罗马了吗？！晚上的古城门有点阴森，根据门牌号，青旅大概就是在城门后面。我们联系了青旅前台，前台小哥直接到楼下开了门，带领我们进入了一部"电梯"（与其说是电梯，不如讲它是个超大型机动铁笼子）。露天的大铁笼，手动的拉闸式关门上锁，没有任何电子装备的纯电动电梯，让我们非常惊讶：这个电梯，估计也有一定的年头了。

　　来到青旅后，在办理登记入住手续时，我们发现住3个晚上，就要收每人10欧元的税，真是贵。房间里，我的隔壁床睡着一位戴着眼镜的小哥，简单交流后，我了解到，他是罗马大学的研究生，正在准备明天的考试。"哦，原来是位学霸小哥！"由于时间不早，我们没多聊，洗漱后就很快进入了梦乡。

　　早在2015年的冬天，闲适的我跑去了黄山。在黄山的晚上，我看了电影《罗马假日》，自那时起，我就对罗马城开启了魂牵梦萦的期待，那是我第一次看到罗马的样子：古老的建筑，质朴的人民，天真可爱的公主赫本与高大帅气的记者派克在这相遇，共同度过了浪漫的一天。在被誉为永恒之城的罗马重走电影中公主与记者约会的地方，便成为我远征路上的一个小目标。

　　早上9点多，我们起床吃早饭，随后，又倒在床上"躺尸"。这么多天一直马不停蹄地奔跑，实在是非常折腾。11点钟，我们离开青旅，开始探索永恒之城。

　　依据TripAdvisor的推荐，我们前往一家火车站旁的中餐馆。我们沿着大道走

复古的电梯

着，很吃惊地发现整条路居然都是华人小商店，简单硕大的中文店牌还真的很让游人出戏。大部分店铺以服装批发为主营业务，价钱还非常厚道，忽然想起楼下那四个超大的中文字"休闲会所"，不禁感叹最勤劳、最厉害的还是中国人啊。到达餐馆后，我们才发现，这是家温州菜馆，亲切的中文、亲切的中式餐馆风，还有那亲切的乡音，实在是太让人感动了。我点了一碗排骨粉，对比威尼斯，这里价格厚道，分量足，果然还是国人做生意实诚。饭后，我们继续步行，首站当然是意大利的地标——世界"新七大奇迹"之一的古罗马斗兽场。

当距离只剩几百米的时候，我们看到了远处那经典的圆形斗兽场，顿时压抑不住心中的激动，赶紧开始各种拍拍拍。古罗马斗兽场历经近两千年的历史，早已成为古罗马文明的象征、意大利的地标。如今，这座经典且伟大的建筑，终于不只是存在于历史书上了。

古罗马斗兽场

不知不觉，我们已从寒冷的西伯利亚来到了南欧罗马。4月中下旬的意大利气温已经接近30℃，在烈日下，我们排着长长的队，等待购票入场。

伟大的古罗马斗兽场，一千多年前，野蛮的奴隶主在这里看角斗；《罗马假日》里，公主与记者在这里相遇；《猛龙过江》里，李小龙与最后的大反派在这里决斗……这样一个神奇的历史之地，每年吸引着无数的游客前来游览。排了近一个小时的队之后，我们总算进入了斗兽场。

古罗马斗兽场外墙被大得令人生畏的拱门围着，内部是裂痕累累的座位席，底部曾经是一个人兽决斗表演的平台，平台下方是关闭野兽和奴隶的隔间。虽然现在斗兽场成了历史遗迹，但站在底部，凝视残存的种种遗迹，仍能想象出这座庞大的斗兽场在血腥味最浓的鼎盛时期座无虚席的盛况。凶猛的角斗，权力与阶级间明显的分割，一切的一切都是那么经典的欧洲味。想起那经典的人文历史，内心深深的压迫感突然袭来。与外头骄阳似火不一样的是，斗兽场内却异常清凉，我们顺时针绕着斗兽场走了两圈，摸着那上千年的城墙，不禁感叹，真不愧是永恒之城，"低头是历史，抬头也是历史"。世界上精彩

斗兽场大门

刺激的场面数不胜数，却从未如今日这般使我心动。

以斗兽场为核心，其他著名的景点成辐射状排列，我们不用走太远，步行就能把大部分的景点串联起来游览。参观完斗兽场后，我们继续享受着罗马假日：古罗马广场，这历经风吹雨打、伤痕累累的遗迹；威尼斯广场，公主与记者开着小绵羊摩托从这里经过；纳沃纳广场，悠闲与浪漫的四面喷泉；西班牙广场，公主在广场吃雪糕甜筒的经典一幕。行走在电影中，少了几分年代久远的历史感，却多了几分浪漫与唯美。

两个大老爷们就这样追寻电影路，还是有点奇怪。傍晚时分，我们在威尼斯广场附近的一家意大利餐馆，点了最经典的Pasta（意大利炒面），迎着落日，静静地享受此刻的美好，此刻的罗马假日。

暴走了一天，用两条腿把罗马大半的景点逛了一遍，实在是累。晚饭过后，我们直接回了青旅，与早上冷清清的场面相比，此时此刻，小小的青旅挤满了世界各地的人。

我赶紧洗完澡，想要加入这热闹的大场面。路过厨房的时候，前台小哥

斗兽场内部

古罗马遗迹

把我逮住,热情洋溢地说,晚饭来了,晚饭来了,快来尝尝!虽然已经吃了晚饭,但是盛情难却,我还是礼貌地接住了那盘用大锅煮的意式通心粉。捧着这盘"晚饭",我来到阳台,这里站满了各种人,大家相互间都在愉快交流着。

"嗨,你好。"我就近搭讪了一个小哥。小哥看着不太像欧洲人,但是又明显不是亚洲或非洲人,拥有立体的五官与男人味极浓的胡茬,很是帅气。他一个人在吃着同样的"晚饭"。

"嗨,晚上好。"小哥笑着回答我,边笑边吃着通心粉。

我礼貌地尝了一口,"这是什么玩意儿,好难吃,黏黏的口感,满嘴的面粉味,既不咸也不甜,就是奇怪的面粉味,咬上去还糯糯的,一点嚼劲都没有,好难吃!"我就知道这肯定不会好吃到哪儿去,果然免费的晚餐还是不靠谱。我强忍着难吃的感觉,继续和小哥搭话。

小哥来自阿根廷,是一名星巴克的服务员,这次来欧洲是为了到西班牙寻根问祖,目前打算从罗马一路玩到西班牙。

"我在星巴克工作,但我非常热爱旅行和足球,来欧洲是我一直以来的心

"地道的意粉"

愿和梦想，再加上祖上也是欧洲这边的人，情怀更深了。"小哥语重心长地说着，仿佛我们认识了很久一样。

"兄弟厉害啊，你是从阿根廷飞过来的吗？阿根廷到欧洲有点远啊，要飞好几天吧，而且机票应该也很贵吧。"好吧，我有点出戏，无法被他的肺腑之言带入，就直接把内心最关注的点问了出来。

"……是啊，哈哈，兄弟，我转了三趟飞机才到罗马，都快飞了三天。"阿根廷小哥微笑中带点疲惫，"单程机票就花了我大概1000美元，真的是超级贵。"

"啊……1000美元啊，这也太贵了吧！"我甚是惊讶，因为我们最后一程从葡萄牙里斯本飞回中国北京，每人含税也不过300美元，从阿根廷到罗马单程就要1000美元，对一般人来说还是很贵。

"不过，好在机票钱能够分期付款，不然真付不起。"小哥一脸得意地向我补充道。

我一脸茫然，"啥，机票也能分期？"

小哥一脸得意的样子，仿佛在说，想不到还有这种操作吧？哈哈哈。

"兄弟你也是厉害，这样子都能行，佩服你。"我礼貌而不失尴尬地回复道。

因为太难吃，所以我跟阿根廷小哥几乎没怎么吃盘子上的通心粉。就这样，我们从相互之间的见闻，到这几天对意大利的感觉，再到未来南美的旅行计划，最后到人生、理想、心灵鸡汤，聊得十分痛快。一个星巴克小哥可以讲出这么流利的英语，我甚是佩服。

秋雨在一旁，碰到了一个从日本来的妹子，两个人用日语交流，我只得在一旁尴尬地瞅着他们。

时间不早了，大家陆续回到房间。最神奇的是，阿根廷小哥居然就睡在我隔壁床学霸哥哥的上铺，真是有缘。晚上11点，我隔壁下铺的学霸哥哥还没回来，估计还在准备紧张的复习考试。突然，阿根廷小哥在上床伸出头来叫我："嘿嘿，兄弟，给你看点东西。"我好奇地把头凑过去。

小哥得意地向我秀着他手机上的内容：一个超级性感火辣的棕色皮肤妹子。

"怎么样，正吧？我前女友。"小哥在一旁露出了略微痴呆的笑容。

"哥们，可以啊！"我支吾着应付。只见小哥又继续翻了翻手机，嘴上的笑容丝毫没有减弱。

"看，这是我的同事，告诉你，她们太好看了。"小哥依次滑动着手机屏幕。

看着小哥如流水般的顺滑的操作，我实在很怀疑他到底跟多少个妹子好过。我除了吹捧他，实在不知道该说些什么。就这样，小哥一直滔滔不绝地诉说他的情史以及跟那些妹子鱼水之欢的故事（图文并茂），我震惊得下巴都快掉下来了。南美人民的开放与热情，我早已有所耳闻，但还是不及眼前这位小哥亲身讲述来得有冲击力，这也让我更加期待未来的南美纵横穿越远征了。

接近关灯的时候，我的上铺突然来了客人入住，是个超级嘻哈的非洲裔美国人。他身躯高大，骨子里透着一股自信，确实很不一样。由于时间太晚，我们并没有太多的交流，况且他还有些高冷，不怎么搭理旁边的人。

罗马假日的第一天，总算圆满结束了。

晚上，我又没有睡好，主要原因有两点，第一点是迷迷糊糊地梦到了毕业之后的生活，感觉压力巨大；第二点让我颇为无语，大半夜的，我的上铺，那个非常嘻哈的非洲裔美国人，很响亮地放了一个大屁。声音大还不止，那屁直穿床板以及被褥，喷了我一脸，太臭了。从梦里被臭醒，这也是第一回，实在是让我非常无语。不过对比在莫斯科碰到的那个人才大叔，我觉得还能忍受，一个侧身翻过去，把被子往脸一盖，也就坦然了。

我迷迷糊糊很早就醒了，然后又惯例地在床上滚来滚去，到了9点钟才起

罗马街头

床。起床之后，我们跟昨天一样，吃了早饭就又回床休息，11点多才正式出发。

昨天我们已经把重要的景点基本参观完了，今天的重点是很神奇的国中之国，天主教的中心地，世界上最小的国家——梵蒂冈。

午饭我们还是吃了中餐，或许是昨天消耗得太多的原因，食欲大增的我点了两份炒饭、半份烤鸭加一份汤，简直不能再满足。饭后，来不及休息的我们随即乘坐地铁前往梵蒂冈。

出了地铁站，步行十分钟就到了梵蒂冈。梵蒂冈外面严密的城墙透露着浓厚的宗教气息，我们跟着游客队伍，需要通过安检进场。正如之前所说，意大利是典型的地中海气候，此时炎热干燥，太阳毫无遮掩地烤着地面。距离圣彼得广场不过几十米的安检处挤满了游客，最尴尬的是原本有将近十个的安检口突然关掉了一大半，只剩下两个。成千上万的游客在安检口排起了长长的队伍，等待着陆续通过，但队伍上面却没有丝毫遮挡，被阳光直射，简直跟铁板烤肉似的。周围的黄色面孔并不多，老外们都很聪明地戴着墨镜和太阳帽，我们则完全没有想过这个问题，甚至连防晒霜都没有涂。就这样，我们在烈日下暴晒了40分钟，都快晒成"人干"了。通过安检后，我们终于进入了世界上几乎最精致的国家梵蒂冈，而手机网络此时也需要完全关闭（淘宝买的欧盟手机卡，有几个网络不能适用的国家，梵蒂冈是其中之一）。

圣彼得大教堂前面摆放着一大排桌子，应该是正在准备什么重大的宗教会议。通过安检，我们进入圣彼得大教堂，一入眼便是令人叹为观止的大拱形圆顶，也就是那个经过布拉曼、拉斐尔、米开朗琪罗相继创作与修复的圆顶。我们实在无法想象当时他们几个是如何在那么高、那么不方便的位置进行创作的，不得不佩服大师们的才华以及能力。教堂内金碧辉煌，陈列着数不清的宗教绘画与雕塑，不愧是世界天主教的中心。当时对西方世界一点都不了解的我，只感受到满眼的震撼与奢华，却没能深刻体会到这些宗教文物、宗教文化背后的历史以及曾经对世界产生的影响。

在十几亿天主教信徒的圣地，没有网络，我们尽情享受着浓厚的宗教气息与别样的文化。参观完大教堂之后，我们来到圣彼得广场，迎着大大的太阳，

进入梵蒂冈

一如既往地摆拍：两侧气势恢宏的圆拱形城墙，地标性的纪念碑以及背对着的圣彼得大教堂。一个个地标，一张张照片，从冰天雪地的贝加尔湖，到宗教中心圣彼得大教堂，我们一路走来，感慨良多。

随后，我们来到梵蒂冈博物馆。一个月以来，我们看了无数的西方宗教绘画、雕塑作品与各种手工艺品，实在有点审美疲劳，但还是不得不感叹梵蒂冈博物馆的伟大与恢宏。在博物馆里，我们印象最深刻的是展出的几具古埃及的木乃伊，实在是让我们大开眼界。在错综复杂的博物馆里，我们迷路了一次又一次，在重复欣赏了一遍又一遍后，终于绕出了博物馆。此时将近5点，手机网络恢复了，我们与这个世界重新连接上了。

梵蒂冈参观结束之后，时间还有剩余，休息片刻后，我们前往罗马假日的下一个打卡景点。

昨天，我们原本计划去找电影里公主与记者喝咖啡的许愿池，结果走错了，误打误撞到了罗马另外一个著名喷泉——纳沃纳广场四面喷泉，算是一个美丽的错误了。这回就不能再弄错了，我们跟着导航

圣彼得大教堂

梵蒂冈博物馆

前往特雷维喷泉——每年都能捞出几吨硬币的超级"富豪"喷泉。喷泉比电影画面中的要大得多,但池水却出人意料地清澈。池边满满的都是人,我们呆呆地看着喷泉,好不容易等到一个哥们走了,赶紧补位,然后很常规地背对着喷泉,往身后抛下一枚硬币,接着许愿,秋雨都被我逗乐了。不过既然难得来一趟,带个美好的祝福,也是个不错的选择。我们随后步行至圣天使城堡,由于门票太贵,因此只在外头溜达了一圈后就匆匆离去。就在这圣天使城堡下,我俩脑补起《罗马假日》中的高潮,即公主与记者参加派对并与皇室保卫展开公主争夺战的那一幕。紧张刺激的场面,公主与记者为自由而抗争,电影中这经典的一刻,顿时浮现了在眼前。

从圣天使堡离开后,天色逐渐暗了下来,我们在一家意大利餐厅吃了一份经典的番茄意面,味道虽好,但仍觉得很腻。夜色下的罗马,告别了早上那深邃与光荣的历史厚重感,反而多了几分清静与浪漫。此时的我们,停留在最后的一个目的地,也是罗马最著名的景点之———真理之口(一个大理石雕刻)。

穿过马路,一群游客奇怪地聚集在铁栅栏门外,原来,现在已经过了参观时间,真理之口所在的希腊圣母堂已经关闭,他们只得在门缝外透过依稀的灯光远距离观看。这个别有意思的大理石砧板,细想起来应算是世界上最早的测谎器:传说把手放在真理之口中,如果说的是谎话,真理之口便会把手咬断。而令真理之口名声大噪的原因,主要是在《罗马假日》里,记者曾佯装把手伸进而被咬断,把公主吓得花容失色。无数游客慕名而来,都会把手放进真理之口,留下一张电影纪念照。此时的我们,也只能隔着门,留下一个小小的遗憾,想象着被吓坏的公

真理之口

主从身边跑过，留下一脸宠溺的记者。

就这样，我的罗马假日梦总算完美实现了，心里感到说不出的满足与幸福。虽然在现实生活中，普通人与女神，不一定有如此浪漫与神奇的相遇、相爱故事，但电影就是美好的造梦机器。我们不一定会成为为生活所困的落魄、善良的记者，也不一定会成为向往自由却无奈肩负着重任的公主，但是说不定在世界上的哪个地方、历史上的某个时间，就真真正正地发生过如此浪漫与美好的爱情故事。光是想象这种故事，就觉得美好与幸福。

回到青旅后，美国的嘻哈哥已经撤了，他昨晚的"夺命追魂屁"还让我心有余悸。我的上铺又来了一个新的哥们，一如既往的高冷。好吧，暴走一天之后，我也没有太多的折腾，很快就入眠了。

一大早，上铺的哥们就走了，匆匆而来，匆匆而去。但最奇怪的是，起床之后，我发现我的一只袜子不见了，不知道是不是上铺的哥们穿了我的袜子。阿

罗马市政厅上的海鸥

根廷小哥依旧一人在浪荡，在青旅还时不时给我看点超级色情、超级没节操的图片和视频，实在让我哭笑不得。不过无论如何，回想起这么多天在路上碰到的、认识的朋友，都是那么地真实、可爱，虽然有很多尴尬与无语的时刻，但更多的还是行万里路、广交天下朋友的豪气。临走前，我们高兴地来了一张自拍，希望在未来的南美之行，与他在阿根廷相会。

阿根廷小哥

十点半，我们就退房了，准备乘坐实在的Flix Bus。我们在青旅楼下公交车站后面一个很神秘、诡异的咖啡店买了大巴车票后，前往大巴集合点。我们的下一站，是文艺复兴起源地，也是意大利最为著名的城市之一——佛罗伦萨。

二

佛罗伦萨：天涯何处不相逢，缘分相约翡冷翠
猪隆

2016年4月15日，远征路上第28天，下午4点整，我们从罗马前往意大利中部著名城市，也是西方艺术史上颇为重要的地方之一——文艺复兴的心脏佛罗伦萨。

罗马距离佛罗伦萨不到300公里。在公路建设颇为完善的欧洲，前后大概3个小时车程，在傍晚时分，我们抵达佛罗伦萨。

3个小时的车程，真的是这么多天以来最短的了，我在车上都还没睡够就到了，一时半会儿还真有点不太习惯。在车上，秋雨仍旧很认真地准备后面的住宿以及路线规划。下车之后，我们按着导航快步前往预订好的青旅。青旅位置相当不错，就在旧城区里面，价格跟威尼斯的差不多，但对比俄罗斯段的住

宿，我们真心感觉欧洲的价格太贵太贵了。在去青旅的路上，我们路过一家小小的中餐馆。傍晚时分，也是时候吃晚饭了，我们没多想，扛着两个大包就进去了。

"你们好，请问两位需要什么呢？"亲切的中文，温柔的声音，一下子钻入我们两个内心的最深处。再加上经历了这么久的长途跋涉，此时的声音实在是让我们感到太温暖了。

看着熟悉又陌生的中文菜单，我们随便点了两个快餐。看着年龄跟我们差不多的服务员妹子，我们好奇地与她搭讪。

"妹子，你是在意大利上学吗？"秋雨一针见血，直接开问。

"你怎么知道的，我就在佛罗伦萨美术学院上学。"妹子一脸震惊。

"感觉大家年纪差不多，都是大学生的样子嘛。"

他乡遇故知，而且还是同龄人，我们更加感觉亲切。于是，我们边吃饭边聊天。

妹子是杭州人，现在在佛罗伦萨美术学院学习绘画，平时会去中餐馆打工，赚点钱补贴生活。当我们谈起之前在圣彼得堡参观冬宫看到的画作时，妹子突然很学术、很严肃地给我们分析欧洲三大美术流派，并稍微吐槽了一下俄罗斯的美术——不入流。我们两个"美术盲"在一旁听得甚是糊涂。同时，妹子也分享了一些她在佛罗伦萨留学的体会。我们看着妹子手上拿着的诺基亚老款功能机，感到些许心痛，在外头漂泊真心不容易啊。

这么多天以来，还真是第一回边跟别人交流边吃饭。在远方独自漂泊求学的大学生服务员与两个千里迢迢为实践梦想而努力奋斗的小人物，在佛罗伦萨一家小餐馆共同讨论着艺术，还是颇为美好的。毕竟，我们与她萍水相逢，不过进行了短暂的交流，或许我们也只是她每天招待成百上千个客人中很普通的两个，还是相忘于江湖比较好。与她告别后，我们立即前往佛罗伦萨的落脚点。

跟着导航，我们来到了青旅。最滑稽的是，我们在青旅旁边看到一家蛮正常的咖啡店，叫作"Hard Rock Coffee"，但当我们把目光瞥到隔壁的时候，吃惊得眼珠子都快掉下来了，五个大大的中文字——"硬石咖啡厅"。这，这，咋有种怪怪的感觉呢？

跟罗马有些相似，青旅一楼是一扇大门，但比较有意思的是，青旅通过邮件把大门密码发到了我们手上。一向以懒惰和不靠谱著称的意大利人居然有些许的变通，这回实在是让我们感动。登记入住之后，我们很快也躺下准备休息。机缘巧合的是，一年前我在越南浪荡时认识的来自重庆的"水果姐姐"和她的意大利朋友刚好明天也来佛罗伦萨游玩。从越南岘港再到意大利佛罗伦萨，无巧不成书，刚好我们都在同一天同一个国家同一个城市相遇，世界实在是太小了！真的是有缘千里来相会，我很是期待。

"硬石咖啡厅"

一大早起来，我浑身都是怒火。我原本睡得好好的，突然在大半夜，也就是熟睡高峰期，又听到一个哥们打鼾，然后我就很悲摧地再也没能睡着了。听着他雷鸣般的鼾声，我能想象他睡得有多香，在梦里有多浪，此时失眠的我更是怒火中烧，可是没办法，我只能在床上滚来滚去，睁眼到天亮。这么算下来，不知道这是第几个没睡好的晚上了，难怪秋雨一直在说，路上那么好的风景全被我睡过去了。是的，我的睡眠质量实在是太差了。

起床之后，神奇的一幕发生了，青旅前台哥们绕了屋子一圈，吼道："不好意思，不好意思，青旅早上10点到下午4点属于每天清洁时间，房间里面不能有人，各位请10点前赶紧离开！"

"What？"这还真是头一回听说因为早上要打扫而把客人全部赶跑的青旅。憋屈的我们没有其他选择，只能乖乖被"驱逐"。无奈之下，我们开始闲逛。而得益于本来就住在旧城区，加上佛罗伦萨也不大，很快地，我们把所有经典的景点一一探索完毕。我们从领主广场开始，顺时针把广场上大卫像的复制品、科西莫一世青铜骑马像、海神喷泉、海格力斯和凯克斯雕塑等参观了一遍，然后排了蛮长的队到了大卫复制品前面摆拍了一个跟风姿势图；随后又将圣十字广场、圣母百花大教堂、新圣母圣殿、乌菲兹美术馆（门票太贵，只在门口免费展厅看了一下）开挂般地全部参观完了。不得不说，我们在这二十几天里看了太多太多的教堂等宗教建筑，虽然来到了世界文艺历史上最为重要的圣地之一，但是仍然会觉得有些麻木。再加上昨晚又一次的悲剧睡眠，我整个人实在是没什么精神。中午时分，我们找了家中餐馆解决午饭问题，随后便回了青旅。

因为还处于"清扫时间"，所以我们被迫只能挤在大厅里，靠着那微弱的WiFi消磨时间。我昨天晚上已经跟水果姐姐联系好，准备一起吃个晚饭，喝点小酒，好好聚一聚。

"复刻"大卫

由于昨晚没有睡好，我迷迷糊糊的，啥精神都没有，整个下午几乎就在青旅躺尸，一方面是实在太累，另一方面也是为了晚上的聚会养足精神。傍晚时分，在青旅宅得差不多的我们，又开始了觅食之旅。这次，我们来到了上午游览时瞥到的一家中餐馆，名字叫作"队长面馆"。这名字与这么文艺的城市反差有些大，让人过目不忘，印象深刻。拉风的店名下，是良心的价格和不错的味道，实在是赞。饭后，我跟秋雨说了晚上有酒约，滴酒不沾的秋雨果断不参加我们的派对，转而继续宅家休养整顿。饭后，我沿着古城内的老桥，慢慢走出老城，来到了河边。迎着落日，整座小城如画般浮现在眼前，文艺复兴的摇篮、最性感的男人大卫、鬼才米开朗琪罗、全才达·芬奇、科学巨匠伽利略、诗人但丁等一个个响彻世界的名字，此时此刻汇聚在这里。我简直不能相信在眼前，在河对面，竟然就是诞生这么多伟大人物的地方。落日坠入小河，如鸡蛋打碎在水中，河两侧的建筑仿佛有了灵魂一般在低声述说着，如素面般清淡，细品之下味道却极浓。文艺复兴，文艺复兴，这四个字一直不停地在我脑中重复。当时的欧洲，经历了黑死病与中世纪的黑暗时期，在绝望与黑暗中迎来了思想大潮，迎来了文艺复兴，这无疑是黑暗中的一丝光明。改变历史的、引领无数人重新站起来的文艺复兴，就诞生在此地，实在让人不由得生发出感慨。

读万卷书，行万里路，这句话在脑海里越来越有力。我抵挡不住眼前美景的诱惑，悄悄地翻过河边的小护栏，沿着不算特别斜的河堤，慢慢地走向河边，希望能从更多不同的角度，好好记录与感受此时的心情以及美景。如此良

翡冷翠河边

辰美景，此刻真想分享给更多的人。下到河边之后，我发现，其实我并不孤单，这里有一对对小情侣，一个个坐在河堤旁拿着书静静阅读的人，还有跟我一样下来静静地看着河面欣赏风景的"闲人"。

"翡冷翠"，我不由自主地说出了这三个字，心想："徐志摩说得太对了，如翡翠般淡雅，又如翡翠般珍贵，不做作，不争功，冷艳，实在是太形象、太贴切了！"吹着风，享受着美景，静静地欣赏，实在是太惬意、太舒服了！就这样，我静静地坐在河边，直到夕阳全部落下，夜幕完全降临。

"叮咚，我们到啦！"水果姐姐在微信上发来了消息，并附带了一个共享地址。

"出发！"我起来拍了拍屁股上的尘土，动身前往约定地点——老城里面的一家重庆菜馆。

"啊！"进入菜馆后，我一眼就认出了水果姐姐。我们激动地拥抱了一下，为这千里迢迢的缘分而感动。旁边还有一位意大利小哥，看着憨厚而亲切。

自从2015年7月在越南相识，阔别也快一年了，当时我和水果姐姐、来自胡志明市的哥们AJ，还有来自美国的Mark组成了一个小分队，一起在越南开摩托穿越岘港公路，一路上玩得不亦乐乎。早上骑摩托，晚上一起在摩天大楼上喝酒聊天，想起来真是一段极其美好的回忆。但当时由于时间太急，我们没来得及好好告别。分开之后，AJ继续在胡志明市上班，Mark依然奔波于越南，水果姐姐则前往了柬埔寨工作，而我也在新学期开始后准备找工作和毕业的事情。我真的做梦都没有想到，我们会在佛罗伦萨相遇、重聚，没有提前约定，也不是在什么公众假期，就这样机缘巧合，在一个普通得不能再普通的日子里重逢。冥冥中真的感觉有种缘分在里面，真的很开心很开心，更好玩的是，我们居然在美食泛滥的佛罗伦萨吃重庆菜，然后喝啤酒聊天，真是快哉！

我们在重庆菜馆点了几个经典的重庆菜，看着我和意大利小哥被辣得快喷火的样子，水果姐姐在一旁得意地笑着。从分别后的故事，到在柬埔寨的奇遇，再到我的欧亚大陆穿越之行，我们有聊不完的话，相聚的机会来之不易。这种真实的友谊，不会因为时间，不会因为距离而发生变化，我们将永远铭记曾经共度的时光与美好的回忆。

小分队越南合影

　　吃着辣，喝着香，热闹的重庆菜馆里荡漾着别样的气氛。时间仿佛加速了一般，晚饭过后，不知不觉间已到10点，鉴于佛罗伦萨高昂的住宿费用，水果姐姐选择当天晚上坐火车跟意大利小哥回他家那边的一个小城市。短暂的相聚后，我们也要就此分别。我把水果姐姐和意大利小哥送到火车站，发现很有意思的是，意大利火车站完全是露天的，上火车前只需自行在车站月台旁边一个小检票机检车票即可。上了火车后，会有工作人员抽查乘客是否已经购票与检票，也就是说，上车前完全是没有人管的，上车后说不定也没人查，一路上有可能见不着一个工作人员，真是神奇的意大利。临走前，我们再次拥抱了对方，自拍记录了这段短暂却非常有缘的重逢。

　　有时候，有些人即使相隔千里，即使多日不见，但见面后依然有说不完的话，我想这就是情义，这或许就是在路上认识的朋友特有的一种感觉。也许，我们都是一类人，都会记着曾经一起浪一起疯狂的经历。我想，这就是切切实实的友情吧。那年的夏天，那个海滩，那几辆摩托，那蓝天，那白云，都是我人生中最美好的回忆、最精彩的瞬间。非常有意思的水果姐姐，一直无形地影响着我，这或许就是江湖情义吧。一路上很疲惫，但能与朋友相聚，真的没有什么比这更开心的了。美丽的佛罗伦萨，美丽的岘港，只可惜时间太短，来不及好好详谈，

离别合影

不过我已经很满足了。

依依不舍地目送水果姐姐与意大利小哥离去，下一回重逢也不知道是何年何月、何时何地了。但是，天涯何处不相逢，缘分一定都在，友谊一直永存。

从火车站步行回到青旅，已是11点多，秋雨早已上床准备休息，看到我安全回来，他也放心了。我稍微整理了一下心情，就准备好好地休息，好好地迎接接下来的日子。不以物喜，不以己悲，远征还在路上，革命尚未成功，我们还需继续努力，继续咬牙坚持。

历经头天晚上的失眠与愤怒，这一晚就显得异常舒服与安静，幸好碰到了睡相老实的室友，这样一来，我的精神恢复了不少，总算弥补了一点这几天丢失的睡眠。虽然恢复了精神，但是昨晚的重庆菜实在是太过刺激，肚子自醒来就一直在咕噜咕噜叫着，真是"饭时非常爽，饭后叫嚷嚷"。起床后，基于很让人无语的10点钟青旅清空政策，9点多我们就从青旅出发，买了点面包后坐在领主广场的边边上，望着络绎不绝的人群，边啃着早饭边计划着今天的行程。

突然，一只鸽子飞到我脚旁，不停地啄啄啄。接二连三地，又有很多只鸽子陆续飞到我脚边，原来，是我掉下的面包屑把它们吸引了过来。

"咦，蛮好玩的哦！"秋雨在一旁看着我被一群鸽子围着，玩性大发，于是乎，他也把手上的面包一点一点撕碎丢在地上，鸽子好像发疯似的从四面八方飞扑过来，我们两个的脚边一下子被成群的鸽子围了起来。很诧异的是，鸽子一点都不怕人，为了抢我们丢下的面包屑，不少鸽子相互厮打了起来，你啄我，我啄你，场面既滑稽又有点壮观，路人们都不约而同地把目光投向了我们。不知道这几百年来，如此艺术与浪漫的地方，有多少人跟我们一样，一手喂着鸽子，一手拿着面包，坐在佛罗伦萨中心广场，静静地享受这一刻的美好。

艺术家们总是拥有丰富的情感，佛罗伦萨也是，前一秒广场上还是高高的太阳，突然间便乌云密布，下起了小雨，我们赶紧躲进了佣兵凉廊，与多位传奇的"雕塑"一同躲雨。我们屁股都还没坐热，天空就开始放晴，不一会儿，大大的太阳又高挂在天上，地面上留下一小滩一小滩的雨水，仿佛是暴怒的小孩子发了一会儿脾气后又被哄好了一样。天气真是多变，真是太情绪化了。

然而，望着毫无遮掩的太阳，暴晒的天气又让我们开始绝望，甚至还有点怀念在西伯利亚冷成冰棍的时候。糟糕的地中海气候，炎热干燥的夏天真的很折磨人。30天来，从-20℃到现在将近30℃，从快北京时间两个小时到现在慢

喂鸽子

六个小时，从东边跑到西边，从防寒内衣加冲锋衣到现在恨不得全裸，我们把春夏秋冬完整地经历了一遍，不能更"爽"了。回想起来，我觉得真是太折腾了。

随后，我们又开始漫无目的地闲逛。一座座独具历史意义的建筑，一座座颇有标志意义的雕塑，每一个都有它独有的故事与意义，每看一次，都有新的体会、新的感受。午饭时，长情的我们还是在那家个性的"队长面馆"解决。稍事休息后，我们前往米开朗琪罗广场（Piazzale Michelangelo），准备俯瞰整个佛罗伦萨城。

跟着导航，沿着一条采花大道，踩着超级宽的上坡台阶，我们很快来到米开朗琪罗广场。米开朗琪罗广场位于市区南端的高地上，站在广场上，可以眺望佛罗伦萨城的全景。米开朗琪罗著名的雕刻作品《大卫》，有三座复刻品

（真迹在佛罗伦萨美术学院），其中一座便坐落在米开朗琪罗广场，这里也因此成为许多游客游览佛罗伦萨的第一站。站在广场上，整个佛罗伦萨城尽收眼底，没有高楼大厦，没有雾霾尘烟，只有一条蜿蜒温柔的阿诺河紧紧环抱着佛罗伦萨，只有一排排古老而颇具特色的房子，只有那一座座形态各异如画般的教堂，这就是佛罗伦萨，一个文学与艺术交汇发光的精彩之地。

圣母百花大教堂

在广场上，我拿着自拍杆跟大卫再次来了一张合照，致敬这个世界上最性感的男人。我们坐在椅子上，从晴天到多云、小雨，再到暴晒，俯瞰佛罗伦萨从鲜艳的水彩画变成淡雅的素描画，再变成浓郁的油画，有着说不尽的诗意与美。不知不觉间，我们两个大老爷们坐着吹风，看着城市发呆，已经一个小时了，身旁的游客换了一波又一波。

傍晚时分，迎着落日余晖，我们走进了在米开朗琪罗广场附近的圣米尼亚托大殿（Basilica di San Miniato al Monte）。这是一座罗马天主教的圣殿，坐落在佛罗伦萨的制高点之一，被称为托斯卡纳最好的罗曼式建筑，以及意大利最美丽的教堂之一。

不知看了多少教堂的我们，已经感到非常麻木。按照惯例绕了一圈后，我们停留在教堂的门前，站在比米开朗琪罗广场更高的楼梯上，整个城市变得更小了。从威尼斯到罗马，再到佛罗伦萨，一个个圣地，一个个家喻户晓的景点，一段段厚重久远的历史。在城市的最高处，我们没有什么"欲穷千里目，更上一层楼"的壮志，反倒有几分"偷得浮生半日闲"的慵懒。我们索性坐在台阶上，远远地眺望着佛罗伦萨，静静地看着落日从圣母百花大教堂屋顶上一点一点落下。

同样地从小山坡上迎接日落，佛罗伦萨整体的感觉是古典浪漫；而想起布

俯瞰佛罗伦萨

拉格，却是几分优雅唯美，外加几分哥特式的高冷，充满浓浓的文艺气息与历史感，经典的欧洲味道。

从米开朗琪罗广场下来后，我们回到老城，仍然在"队长面馆"解决晚餐，然后回到了青旅。佛罗伦萨的探索与体验，也暂时告一段落。

文艺复兴，在翡冷翠与友人重逢，浪漫与历史，短短的三天，仿佛过了百年一样，我迷失在这座浪漫古典的城市。

远征仍在继续，告别佛罗伦萨，明天启程意大利五渔村——世界级的国家公园，最美的徒步圣地。

三

五渔村徒步：面朝大海，春暖花开

猪隆

2016年4月18日，欧亚大陆穿越远征第31天，佛罗伦萨行程已经圆满结束，启程下一站五渔村。

在意大利西北的地中海边上，有一处被誉为"世外桃源"的地方。那里有五彩斑斓、依山而建的房屋，惊涛拍岸、一望无际的大海，险峻陡峭的悬崖绝壁，成片的橄榄林、葡萄园，是一个让人"沉醉不知归路"的世外桃源。这就是著名的五渔村。

五渔村位于意大利利古里亚大区（Liguria）拉斯佩齐亚省海沿岸地区，是蒙特罗索（Monterosso al Mare）、韦尔纳扎（Vernazza）、科尔尼利亚（Corniglia）、马纳罗拉（Manarola）及里奥马焦雷（Riomaggiore）这五个悬崖边上的村镇的统称。1997年，五渔村被联合国教科文组织列入世界文化遗产名录，1999年被评为国家公园。五渔村因壮丽绵长的海岸线，错落有致的沿山房屋与小道，丰富多样的路线，被户外爱好者称为"世界上最美的徒步路线之一"。

早上8点不到，一束亮光照在我脸上。突然间，糊成一团的脑袋立刻清醒。

原来是我隔壁床的那个人才大叔。昨晚的鼾声，我没有跟他计较，默默地忍受了一夜，但现在大早上的，其他人都还在休息，他却把房子里所有的灯都打开了，还噼里啪啦地收拾东西，弄出超级大的噪音，真的是一点都不顾及别人的感受，真的是……

青旅一如既往地在10点钟开始大扫除赶人，而佛罗伦萨的行程已经结束，我们也没别的地方想要探索，便告别青旅。由于前往五渔村的火

疲惫的我们

车是在下午2点，还有4个小时的时间，因此我们便在佛罗伦萨的Apple Store（苹果专卖店）前找了椅子坐下，安静地看书，记录路上的心情，以及根据地图大致安排探访五渔村的行程。

午饭，我们仍然选择在"队长面馆"解决，老板都已经快认得我们了。漂泊在外，中餐真的是与祖国唯一的物理联系。随后，我们前往火车站，向五渔村出发。

佛罗伦萨火车站

正如之前所说，意大利的火车站跟意大利人的气质非常像——没有验票人员，没有安检，甚至连大门都没有，一副很随心、很不靠谱的样子。光取票我们就问了不下3个工作人员，然后验票时又咨询了好几个工作人员才知道那个验票机器怎么用，真的很怀疑当地的铁道部门到底想不想让人买票坐车。

但是让人惊喜的是，2点的火车居然没有延误，我们很快在火车上找到位置坐了下来。火车上大概只坐了一半人，我们前面是几个亚洲女孩，从她们的欢声笑语中可以推测她们来自中国宝岛台湾。她们一行人是前往比萨（就是著名的比萨斜塔所在地）的，但她们大大咧咧的笑声实在让人有些反感。坐在我们隔壁的，则是一对英国老夫妇。通过简单交谈，我们了解到，这对老夫妇已经退休，正在进行环游世界之旅。他们简单而甜蜜，没有轰轰烈烈的激情，反倒有几分岁月静好的静谧，让我们两个大老爷们在旁边很是羡慕。

窗外阳光明媚，慵懒的气氛实在是非常有意大利的"气味"，就这样，我又情不自禁地趴着进入了梦乡。

几个小时后，秋雨把我摇醒，我迷迷糊糊地扛着行李下车。由于既没有报站广播，也没有路牌，因此我们完全是跟着队伍下的车。刚踏出车厢，我们边往前走边掏出手机查看，"完蛋了，这不是拉斯佩齐亚市区，这里距离目的地还有几公里，大概下一站才是我们要下车的地方"。此时，"嘟嘟嘟"的火车出发声响起，我们赶紧扛起大包，快步往前跑，眼看着火车就要开出，终于赶在最后一秒爬上了火车,真的是再一次感受了"速度与激情"。

上车后,整个车厢的眼睛全都盯着我们——两个人气喘吁吁,背着两个大包,气氛顿时显得尤为尴尬。我们还没休息完,火车又缓缓地靠站了。这回,我们死死盯着地图,又使劲望了下外头车站的样子,确定无误后才下车。

我们拖着大包,就在车站里头的椅子上坐下。按照攻略上所说,五渔村的门票最好提前在火车站里的售票点买,这样会比较方便一点。我们买了3天通行票,综合考虑后,住在村边山上的一个小镇上的青旅成为我们的首选(村子内外价格相差接近一倍)。虽然不在村里,但很欣慰的是青旅每天提供来回大巴接送服务,村外住2天,村里住1天,大致计划如此。

"完蛋了,刚刚那次下错车,走得太急,把远征外套落在座位上了。"秋雨猛地叫了起来。

我还在迷迷糊糊的状态,细想一会儿,发现确实少了一点东西。刚才在车

窗外风景

上的时候，我们都穿着外套，而现在秋雨只穿着一件T恤，坐车时放在腿上的外套就这么不翼而飞了。然而，火车早已呼呼远去，想把外套拿回来既是件很麻烦也是件很心累的事，就让它在车上一直呼呼远去，自由潇洒地享受更美好的意大利吧，感谢它陪伴了我们一个月。秋雨脸上写着几分不舍，然而这也是没有办法的事，只能回去之后再重新定做一件。

我放好手上的门票，重新收拾好心情，打开导航，准备前往落脚之处。

我们来到公交站，静静地候车，没等几分钟，车就来了。但很诡异的是，车里阴阴沉沉的，一个人也没有，而且站台上也没有人上车，我们一下子都不太确定到底是不是这辆车。于是，我们在底下非常尴尬，不知道是上车好还是稳妥地静待下一趟好。就这样，我们两个人干巴巴地目送公交车离去。随后，我们继续等待。

时间一分一秒地流逝，20多分钟过去了，一辆公交车都没有过来，我们开始慌了，眼看着太阳逐渐落下。"如果刚刚那趟公交车是最后一趟的话，那问题就大了，离青旅将近十公里的路我们要怎么解决呢？"我们到处寻找路人，逮着就问，"不好意思，请问你知道这个公交车吗？"

得到的回答要么是朝我们喷了一脸的意大利语，要么就是支支吾吾地讲不清楚。当我们心力交瘁时，突然一个背着大包，跟我们装扮有几分相似的金发小哥来到了车站。

"你好，请问你知道××公交是已经停运了吗？"我们还是那样逮着人就问。

"没有没有，那个公交车比较'傲

公交站临近的教堂

娇',一个小时才开一趟,下一趟大概还有30分钟,慢慢等就好,我也是在等那趟车。"小哥笑着回答,流利的英语更是让人无比舒服。

我们搭起了话。小哥来自德国,这回自己一个人过来五渔村徒步度假。说来凑巧,他跟我们订了同一个青旅。

聊着聊着,公交车如期而至,我们上车之后,经过一路的山路盘旋,终于抵达青旅。

办理登记入住之后,我们和德国小哥住进同一间宿舍。蛮有意思的是,屋子里还有一个精神抖擞的老爷爷,而且看着特别亲切。好奇的我们,又开始了搭话。

"您好,请问您是自己一个人吗?"虽然有些尴尬,但我们还是主动开了口。

"是啊,我自己一个人来的。"老爷爷的英语带着点浓厚的口音,但还是能听得清楚。

"是吗?为什么不跟亲人过来玩?五渔村这么美,一家子肯定更美好。"我们随口问了一下。

"哈哈,我没有结婚呢,我来自加拿大魁北克,现在退休了,正在环游世界。"老爷爷边笑边回答。

原来老爷爷来自魁北克,难怪英语有浓厚的口音,毕竟那儿是法语区。但是老爷爷没有结婚,现在退休了又一个人出来浪,真是太酷了。

"我经常到处玩,更喜欢这种自由。"老爷爷笑着说道。

他肯定是个有故事的人。

我们收拾好之后,一起来到了青旅二楼小饭厅,这里提供晚餐服务。

就这样,我们4个人——2个中国穷学生,1个加拿大单身退休老爷爷,还有1个德国上班族小哥,边吃着意粉边漫无边际地聊天。其间聊到五渔村非常有名的红酒,我们看了一下青旅价格表,价格对我们来说还挺尴尬的,而老爷爷和德国小哥各点了一杯尝尝,秋雨滴酒不沾没啥,我却只能干瞪着咽口水。暖心的老爷爷看出了我的嘴馋,在我再三推托之下还是给我尝了几口。美景美酒,真的是太棒了!

饭后，我们休息的休息，整顿的整顿，洗漱的洗漱。明早，我们将统一在青旅坐班车前往五渔村，然后开始徒步。

2016年4月19日，远征路上第32天，今天专属于意大利五渔村。

虽然房间里没有室友打鼾，但是空调实在太猛，一张小毯子实在不够暖和，我一大早就被冷醒了。无奈之下，我起床洗漱，等待10点钟青旅班车统一出发。

老爷爷虽然白发苍苍，但是异常精神，不得不让人佩服：一个人，一个包，从加拿大直接飞过来徒步。我想，老爷爷年轻时一定是个无敌帅气、阳光的魅力型男。

外面阳光明媚，甚至还有点小热，蛮适合户外运动的。10点钟，我们准时出发，但因为修路，5个村子里有2个村子之间的路是不通的，因此我们计划：到达第一个村子里奥马焦雷之后，先坐火车到达最后一个村子蒙特罗索，然后徒步到第三个村子，再坐火车回到第一个村子的集合点，晚上7点半钟集合回青旅。

一切进行得很顺利，五渔村的面貌逐渐浮现在眼前。一旁的老爷爷，眼里尽是热血与激情，反倒是我们，这么一路下来，满脸疲惫。抵达五渔村后，我们和老爷爷在一个分岔路口分别，相约晚上回青旅后再慢慢分享当天的故事。

在蒙特罗索，我们没有立刻开始徒步。望着蔚蓝的大海，我们按捺不住心中的激动，直奔海滩。我们在海边迎着高高的太阳，依旧先是进行了摆拍，随后望着清澈的大海，突然"懒癌"上身，脱下鞋子，在海边静坐、玩水，真是惬意。

海景一望无际，这里虽然是世界级国家公园与旅游胜地，但海边非常干净，海水也是无比清澈。我们摊上一个垫子，涂上防晒油，找了个阴凉处，静静地躺着，好好地发呆，任凭时间流走，此时脑海里自动播放着"歌神"张学友的《李香兰》，真想把时间留在这一刻。

我们慵懒地在海边待了一会儿后，已是中午时分，便在蒙特罗索吃了午饭。虽然我们对西餐很是抵触，但是没办法，地方太小，中餐馆很难找。无奈之下，我们又啃了一回比萨，虽然不难吃，但是，这么多天以来，西餐已经逐渐成为我们的噩梦。饭后，我们稍作整顿，正式开始徒步之路。

海滩

看着五渔村地图，我们原本以为沿海徒步大概是沿着海岸线一直往前走，只是距离稍微远一点点而已。但是到达五渔村后，我们发现，这里的地形与路线远远超出我们的设想，沿着指示牌出了村子，没走两步就来到了一条沿山险路。与其说这是一条路，还不如说是一条被强行当作路的"路"。首先这条小路在半山腰，旁边就是悬崖，比较惊险的是，小路几乎没有护栏，要是不小心一脚踏空的话，可能就要"得道升天"了。小路两旁都是杂草，中间是各种错落的石头碎块，明显能感受到这条路是被无数来往的人"踩"出来的，很写实地照应了鲁迅先生的那句名言："世间上本没有路，走的人多了，便成了路。"更可怕的是，这条小路的宽度只容一个人走过去。看着前面的人碰到迎面而来的人都要背贴背面朝悬崖，小碎步相互移动，我们都胆战心惊，在路口看傻眼了，赶紧往回退，干巴巴地等待着对面的人全部走过来之后，确定短时间内不会再有人朝我们迎面走来，才敢安心地走上小路。

在小路上，我们的眼睛根本无法一直往前看，这窄小又陡峭的小路实在是很危险，必须十分警惕地看着脚下的路，确保不会踏空，不会提早去见上帝。偶尔碰到前面拥堵排队的，我们相互扶着静静等待，想起当年在雅鲁藏布江搭车的经历，一样的"眼睛上天堂，身体下地狱"，这样痛并快乐着的感觉却莫名地让人上瘾，让人欲罢不能。

烈日当头，既没有墨镜，也没有涂防晒油的我们，实在有些吃不消，只能小步地走着。看着前面越堵越长的队伍，我们的步伐慢了下来。此时，秋雨转过头来，目光呆滞了一会儿。

"看！"秋雨累得做不出任何表情地讲道。

我扭过头一看，此时，地中海与天空融为一体，海天一色，美丽得不真实。

"真美啊！"我情不自禁地感叹道。难怪世界各地的徒步爱好者都为五渔村着迷，干净的环境，恰到好处的户外难度，更重要的是这如此美丽的地中海与沿山美景，太值得了，太值得了。

小路

远处海鸥飞过，传来微弱的叫声，仿佛是来自海对岸的自由呼唤。陡峭的悬崖，前头沿山的房子，远处清澈蔚蓝的海面，天空上盘旋的海鸥，多美好、多让人享受的画面啊！我们边缓慢前进，边偶尔回头，边走边体会这种天人合一的感觉。

除了美景之外，很有意思的一点就是，同行的徒步者除了有跟我们差不多的青年之外，还有很多是一家老小全部出动的欧洲人，甚至还有没学会走路的孩子。他们由爸爸抱着过来"徒步"，亲近大自然。更让人惊讶的是，还有很多上了年纪的老爷爷、老奶奶，他们将白发梳得整整齐齐，顶着太阳帽，戴着大墨镜，挂着可靠的登山杖，精神风貌丝毫不逊于年轻人。虽然岁月刻在了脸上，皱纹与老年斑依稀可见，但是他们眼睛里的火热以及激情却丝毫没有褪去。对这些前辈们，我们真是大写的佩服。

走过小路之后，路况稍微有了好转。从林间小道，再到沿海山路，最后是夹杂着一些小危险的山路，徒步三个多小时之后，我们抵达了目的地——科尔尼利亚。

五颜六色的房子下是一片停着许多小游艇、小木筏的小海湾，水清澈得发亮，呈现出介乎深蓝色与青靛色之间恰到好处的翠蓝色，一切的一切，都是那么舒服。到达目的地后，我们在小海湾旁歇了一会儿，之后便开始闲逛。虽然每个村子里头都有一些各种各样的名胜古迹，但是那些跟随便一个角落的大海相比，还是逊色了那么一点点。伟大而精彩的大自然，感谢您孕育了美好的生命，塑造了如此美丽的地方。

五渔村居民区

铁轨下的落日

  不知不觉，已经到了晚饭时间，体力消耗了一天，我们决定好好奢侈一回。我们来到海边的一家意大利餐厅，点了一份牛扒套餐——牛扒加沙拉，每人15欧元，算是这么多天以来最贵的一顿。我们吹着丝丝的海风，尝着满口留香的牛肉，心中有说不出的痛快，疲惫的身躯也慢慢恢复了力量。

  晚饭后，我们启程返回，先是从科尔尼利亚坐火车回到第一个村子里奥马焦雷，然后在早上抵达的地方等候青旅的班车。其间我们还因为手快在Booking上错误地订了一间五渔村的房，但是考虑到那个房间位置不便，以及我们并没有携带行李等众多麻烦事，我们还是放弃了这个手滑的操作，70欧元的房费算是给五渔村的经济发展作一分贡献吧。

在火车站，落日与铁轨突然让我想起《灌篮高手》里面那个经典的画面——樱木花道在铁轨落日下的背影。这里和动画片中的场景有些许相似的地方，我赶紧来了一张摆拍。大海、远方，还有梦想，这或许真的是无悔的青春。

回到里奥马焦雷时已是傍晚，我们拖着疲惫的身躯一步一步爬上车站，一同候车的还有一家三口。聊着聊着，我们发现，他们是从法国开车过来度假的一家人，爸爸趁着假期，带小孩子过来走走、玩玩。那一刻，太阳像个大鸡蛋一样融进了深蓝的海平面，浓郁得像被打散了的油彩画盘，折射出一家人温馨、和谐的画面。

真是舒服啊！如果从小能天天与这样美好的大自然相处，这对小孩子的成长肯定有益处，他肯定会很愉快。以后，我如果有了自己的小孩，也一定要从小多带他出去见识世界，愉快地与大海、田野玩耍，与大自然好好相处，不做电子产品的奴隶。

回到青旅，我已经是"咸鱼"一条了，而同屋的老爷爷还在外面与其他人一同品酒。我们没太多的精力，洗漱之后准备休息，明天继续探索五渔村。

2016年4月20日，远征路上第33天，今天依旧是探索五渔村。

我一大早就醒了，感觉比昨晚睡得要好那么一点点。昨晚因为空调太冷，我裹着仅有的一条小毛毯，还是被活生生冻醒。经过这样的教训后，我特意多拿了一条毛毯，确实是暖和了点，但是半夜里毯子老是往下掉，结果还是莫名其妙地被冷醒好几回。看来我真是天生折腾命，一点都不能懈怠啊，想睡个好觉怎么就那么难呢。

但是，这一切都无法阻挡我们对五渔村的爱。仍旧是早上10点钟，我们在青旅乘坐班车前往五渔村。

经历了昨天经典的徒步之后，今天的安排便是以慢节奏的闲逛为主。前面的32天，实在是太折腾了，在这个自然环境这么美好的地方，我真的希望能好好地静静，好好地回忆与总结远征路上的故事，以及畅想未来的目标。海天一色的禅意，将会是今天的主要节奏。

昨天徒步的主要活动地段都在后面三个村，今天自然而然要把前两个给补回来。而第二个村子马纳罗拉，即五渔村的地标，将是今天的第一站。

抵达五渔村后，我们步行到达马纳罗拉，第一眼看到的，就是许多网友对五渔村的初次印象——五彩悬崖屋。

密密麻麻的房屋建在海边的一个山头悬崖上，红、黄、粉、青、灰……各色各样的房子挨得紧紧的，它们的窗户方方正正的。在悬崖下一片蔚蓝大海的映衬下，这些房子好像一个个小萌娃，可爱得仿佛有生命一样。太阳光下，这些暖色系集体融合，更让这片地方散发出别样的魅力。大自然的气息扑面而来，我不禁想，若到悬崖边上最高的那栋房间里，打开窗户，映入眼帘的是否就如海子所写——"我有一所房子，面朝大海，春暖花开"。每天清晨醒来，打开窗户，被阳光与大海拥抱，该是多么温暖和美好。"从明天起，做一个幸福的人"，是多么美好的梦想啊！

在最佳观景处停留片刻后，我们进了村里，又开始了闲逛模式。既不喜欢购物又没有钱的我们，走马观花地逛遍了商业区，随后午饭只能无奈地再度选择意大利菜。吃了很多天的意大利面，今天换了一下口味，海鲜饭的味道很不

海边的五彩房屋

错，但是，像个大号布丁的分量，实在是吃不饱啊！这顿饭吃得有点尴尬。

饭后，我们来到悬崖下方的一处观景台，面朝一望无际的大海，坐在大石头上休息。"我们出发吧，这么好的海，不下去感受一下，太浪费了。"我向秋雨说道。昨天早上到达第五个村子蒙特罗索时，我就蠢蠢欲动，计划着今天有时间一定要去海滩下水，好好地感受地中海，为此还把换洗的衣服带了过来。

休息得差不多，是时候动身前往海滩了，预计到达蒙特罗索海滩时刚好能避开下午最炎热的时候。

呼呼的火车开过，重走昨天的路，我们又回到了蒙特罗索，一样的海滩，一样的景色，仍然那么迷人。我们在海滩旁找了个阴凉处坐下，随后，我赶紧换了裤子，准备投身最爱的大海，而秋雨静坐在沙滩上看着衣物，待会儿轮流下去玩。

我脱下鞋子，奔跑着冲向海里，享受着来之不易的大海——从海参崴开始，一路过来，这回确实是第一次跟大海接触。此时，我实在压抑不住内心的兴奋，快步奔向大海。两只脚刚迈进水里，我立刻就刹住了。

"啊！这水也太冷了吧！"冰冷的海水与猛烈的阳光实在是有点格格不入，我的脚趾头缩成一块，"抱个西瓜泡在里面准能变成'冰镇西瓜'，那口感肯定很棒"。感受几秒之后，我的脚已经坚持不住了，便赶紧上岸。实在是没想到啊，这海水比想象的要冰冷很多，我彻底打消了下去游泳的念头，并跑回去告诉秋雨。等他给我在海中拍了几张照片之后，我们赶紧撤回了阴凉处。无奈之下，"海中自由畅泳"只得变成"岁月静好的沙滩阳光浴"。就这样，海滩上走过一个又一个的比基尼美女，看着一对又一对的情侣在嬉戏，我们两个大老爷们眼巴巴只有干羡慕的份儿。这么好的天气，这么好的阳光，这么美丽的大海，这里真是个适合携家带口度假的天堂啊！

海风呼呼地刮过，我们从热血方刚的青年秒变成寒风中蜷缩的迷途少年，脑袋嗡嗡地，被刮得很痛。不知不觉也待了两个多小时，是时候到别处逛一逛了。我们漫无目的地沿着村中小巷走着，小巷里的静谧与广场上的热闹形成了鲜明对比。我们走到居民区靠海的小道上，不高的围墙上竖立着一个很精美的十字架，上面还绑着耶稣的塑像，迎着大海，一股圣洁的感觉扑面而来。我们

迷人的地中海

虽然是无神论者，但仍然很尊敬地观赏着，五渔村仿佛是个世外桃源。随后，我们随便解决了晚饭，不幸吃了个超级难吃的沙拉，而且价格还不便宜，实在是让人伤心。晚饭后，整个村子被湛蓝包围，我们迎着海色漫步。

随后，我们来到一个民房旁的小道，非常安静，几乎没有人继续往下面走。我们静静地坐在海边的石头上，海水不停地拍打着石头，溅起一朵又一朵的水花。此时日落，火烧云漫卷天际，蔚蓝的天空与深蓝的海水夹着昏暗却浓郁的落日，一切的一切都美得那么不真实。就在这一刻，我们留下了颇为经典与深刻的一张照片：伴随着这禅意，我们没有多说话，各自都在沉思、回味以及享受这一刻。此时，我想到了30多天以来的远征，一年多以来各种辛苦的准备，还有展望着远征结束后的毕业，以及新的社会人生活的转变，其中虽有很大的压力，但又是那么让人着迷，让人期望。此刻或许真的就是我四年本科生涯的巅峰了。原来，梦想并不可笑，只要坚持，只要努力，只要勇敢地实践，

十字架

    不管结果如何，总会是人生一笔很重要的财富。一路走来，一万多公里路，这么多个国家，数不清的时区与神奇的事情，我们一步一步挺过来了，并建立起了足够的自信和韧性，为面对日后人生中更大的困难做好了准备。这或许就是我们青春时期最最重要的一笔财富。古语有云："读万卷书不如行万里路。"在现代社会，我们能边行路边读书，科技的进步让这一切变得更加简单。在追求物质财富为主节奏的当下，夯实经济基础和丰富精神世界能否互不冲突地完成？望着眼前的大海，我们这两个普通得不能再普通的青年，在静静地思考着。

    33天，一万多公里，一路狂奔与折腾，我们终于在这刻有那么一点时间，能够与海天共体，天人合一，静静地总结青春，展望未来。

    夜色袭来，小道已然伸手不见五指，我们离开海边的大石头，回到火车站。远方的天蓝得发黑，在站台路灯灯光的映衬下，不多人候车的站台显得异常唯美。

    "真是安静，真是舒服，真希望能多待几天，好好地放空，好好地发

冥想

呆。"我跟秋雨感叹道。

在五渔村的最后一天，虽然没有第一天初见时的惊艳，也没有第一天徒步时的激情澎湃，但是随心地享受自然，以及在"春江花月夜"时分的沉思，都让我们回味无穷。火车呼呼而来，我们上了车，望着车外的大海，依依不舍地离去。

回到青旅后，房间里的老爷爷正在看他的苹果笔记本电脑，看到我们回来，兴奋地逮着我们聊天。所幸今天没有太多的体力活，对老爷爷颇为敬仰的我们，看着他的笔记本电脑，开启了"话痨模式"。

"嘿，五渔村玩得怎样啊？"老爷爷精神抖擞地向我们喊话，丝毫看不出他已经徒步两天了，而反观我们，已经累得像头驴一样。

"太棒了，太美了，太爱这地方了！"我们回答道，想到明天就要离开这个地方，心里还是有一点不舍的。

"给你们看看，我这两天在五渔村拍的照片。"老爷爷抬着他的笔记本电脑朝我们走来，65岁还这么fashion（时尚），这么时髦，脑袋也这么灵活，实在让人佩服。

老爷爷兴高采烈地分享着他这两天徒步的记录，眼睛里尽是对大自然以及远方的爱。65岁的年龄对他来说，仿佛只是一个数字，丝毫没有影响他对这个世界、大自然的爱。

"真是太美了，这是我这辈子看到的最美丽的海岸线和沙滩！"老爷爷整个脸上洋溢着幸福。

就五渔村的徒步，我们开始闲聊，在65岁的老爷爷眼里，这艰险的山路算是小菜一碟。或许在前半生里，他经历过更大的风雨，因此早已对行走艰险的山路习以为常。

"给你看看之前我在加拿大滑雪以及在撒哈拉沙漠探险的照片。"老爷爷显然刹不住车了，忍不住想把心中的美好分享给身边的朋友。

"这是我去年冬天在加拿大落基山脉附近滑雪的照片，虽然很冷，但是真的很棒。晚上在火炉旁，我和好朋友喝着烈酒，一起吃着肉、跳着舞。看，还有我们那最亲爱的狗狗。"老爷爷指着照片开心地解释着。

照片上是老爷爷跟一个朋友的合影，身后是个壁炉，脚下是只萌萌的雪橇

五渔村夜景

犬，寒冷的氛围下，却透着点点温暖。

老爷爷继续把相册往下翻。在雪地上滑雪，在沙漠中骑骆驼，在田园、森林中徒步，在欧洲小城里喝酒……世界各地尽在老爷爷的脚下。

这真的是一个65岁老人的生活吗？我仔细想了一下65岁的退休生活：带孙子、打麻将、跳广场舞，规规矩矩地生活，好像这些才是大部分65岁退休人士的生活。而眼前的老爷爷在花甲之年还一个人整天到处跑，既不成家，也不扎根，一辈子自由自在，着实令人印象深刻。

老爷爷继续充满激情地讲着他的故事，同时不断翻看照片，可谓"图文并茂，生动形象"。我们边听边看，内心也痒痒的。

聊天中，我们得知老爷爷持着加拿大护照能免签入境欧盟区逗留90天，而准备了一大堆材料的我们却只拿到了34天的申根签，对此，我们非常"嫉妒羡

五渔村之美

慕恨"。就这样，大家有说有笑地聊着。后来，我们终于鼓起勇气，询问老爷爷，为何不结婚生子。老爷爷微微一笑，既不卖弄也不矫情，淡淡地说："我觉得每个人的人生都是独特的，没有什么是绝对的，我比较喜欢一个人的感觉，比较喜欢自由，我觉得现在这样子蛮好的，我很快乐，很幸福。"

轻描淡写的几句话概括了老爷爷的前半生，我们像被一道闪电击中一样，欲言又止。"我很快乐，很幸福"，这句话一直在我们耳边回响。

眼前的老爷爷温和而亲切，阳光而激情，回想起远征之前的各种担忧，他给了我们一个全新的生活模板。不一定要像老爷爷一样终身不娶，但是在花甲之年能够由衷地说出"我很快乐，很幸福"，我想也是一种骄傲。

老爷爷不停地滑动相册，分享着他在世界各地游览、探索的故事，我们却早已听不进去，满脑子全是对他拥有一颗年轻的心的敬意。不知道我们在花甲之年是否能够像老爷爷一样充满活力，敢于一个人滑雪，一个人穿越沙漠，一个人徒步山路，一个人环游世界。不管到时我会不会像老爷爷这样自由，一辈子不成家，但是能保持一颗永远年轻、永远拥抱世界的心，拥有这铁人般的健康体魄，就足够了。

就这样，我们一点也没有花甲之年与弱冠青春间的代沟，一直畅聊到深

遐想

夜，三颗对世界无比热情、好奇的心在激烈地碰撞、分享。世外桃源五渔村里，各种不一样的人总会在冥冥中相遇。

2016年4月21日，远征路上第34天，告别五渔村，出发哥伦布故乡热那亚。

清晨醒来后，我们开始整顿，准备与世外桃源告别。老爷爷蜷缩着身子，睡得很安静，身上的毛毯和我前天的一样，稍不留神就滑下去了，秋雨很贴心地帮他盖上毯子。虽然我们只认识了短短3天，但是不知道为什么，却感觉像认识了很久的好朋友。对比长辈，老爷爷更像是我们的同龄人、好朋友。

临走的时候，老爷爷激动地拉着我们，并单独给我们写了一张字条，上面有他的邮箱地址和在加拿大的住址以及电话。他语重心长，并非常严肃地拉着我们的手，千叮万嘱让我们以后到了加拿大，一定一定要去找他，到时候他一定会好好招待我们、带我们去玩。哎呀，我的天，我们感动得热泪盈眶，很愉快地与他合了影，并相约下次再见。他是一位有故事的老爷爷，让我们倍感温暖而亲切。我们不知何日能再与他相逢，只希望老爷爷一直健康、一直自由，期待下次美洲穿越时能与他再会。

10点钟，我们还是乘坐青旅的班车，不一样的是，这回是相反的方向。眼看着五渔村渐行渐远，我们心中有说不出的不舍。到达市区后，我们终于如愿找到一家中餐馆解决午饭。之后，手机卡流量用完了，没办法，我只能在当地的一家手机店里购买新的电话卡，结果被店员坑骗，花了20欧元才用上网络。店员一开始跟我说，10欧元的电话卡里面

与老爷爷合影

有10欧元的话费，后来开完卡之后又收我10欧元，说是充值话费，就这样坑了我20欧元。不仅如此，店员在帮我开卡设置VPN（虚拟专用网络）时还打错地

址，我都看到了，他还蒙着，开卡后果然还是上不了网。结果，我被迫打电话向运营商客服咨询，折腾好久才把网络找回来……这才是经典的意大利人，经典的意大利办事方式！

事情处理完毕后，我们再度回到火车站。在候车月台处，广播里播放着"请勿跨越轨道"（意大利语加英语），但下面许多乘客却携包带箱地无视警告直穿铁轨。有个留着金色长发的小哥特别浮夸，故作潇洒地像跨栏一样跨过铁轨，结果落地不稳，险些摔倒在地，引得路人好像看马戏团表演一样吆喝、大笑。意大利，真是个神奇的国度——这里有着庄严的历史，各种辉煌的城市，却生活着一群非常逗、非常有趣的人。

踏上火车，我们挥挥手，告别了拉斯佩齐亚，告别了"面朝大海，春暖花开"的五渔村。

四

热那亚的朝觐：发现你的哥伦布

秋雨

热那亚其实并非必去之地，虽然其历史悠久，在中世纪曾是海洋霸主热那亚共和国的首都，也曾经当选为"欧洲文化首都"，但是比起其他意大利城市——辉煌伟大的罗马，时尚元素汇聚的米兰，文艺古典的佛罗伦萨，浪漫热闹的威尼斯，美得无与伦比的五渔村，它的名气无论在国内还是国际上都要小得多。我们自然可以选择朝离五渔村更近的大城市出发，离开意大利。但是因为我有一种一定要去热那亚的执念，经过一番商讨，加上时间的考虑，因此我们决定去那里游览半天，并选择把热那亚作为意大利之行的最后一站。

我们乘坐从拉斯佩齐亚发往热那亚的火车，经过3个小时就到了。我们预订的青旅是男女混住的10人间，虽然有些吵闹，但只待一个晚上，忍忍就过去了。根据前台人员的介绍，青旅所在的建筑足足有500多年的历史，室内装修得非常复古，房檐上清晰可见瑰丽的浮雕和细致入微的花纹。我们只有半天时间，所以也顾不上什么旅途疲惫，把行李丢在青旅之后就立刻出发去游览当地的景点。由于猪隆有自己比较看中的景点想去，我也有自己的目的，所以我们决定分头游览。

旅游攻略上推荐了热那亚的诸多名胜古迹，各种不同风格的教堂，以及欧洲规模最大的水族馆，其中不乏被列入世界历史文化遗产的建筑，我们都不是很感兴趣。不过，对于热那亚的历史，我还是略知一二的。

在中世纪时期，热那亚是地中海地区仅次于威尼斯的一个重要的贸易城市，也是一个城邦共和国，其贸易范围遍布地中海和黑海。在热那亚共和国时期，热那亚为了争夺地中海的商业贸易霸权，曾经跟威尼斯共和国进行了四次战争，其中的两次比较重要：一次是在1298年，我们中国人民的"老朋友"马可·波罗从东方回到威尼斯的家，参加了威尼斯与热那亚的战争。同年，他不幸被俘，被热那亚人投入了监狱。在狱中，他遇到了作家鲁斯蒂谦（Rustichello da Pisa），于是便有了由马可·波罗口述、鲁斯蒂谦记录的东方见闻录——《马可·波罗游记》。另一次是在1380年，热那亚舰队为了进一步称霸地中海，深入亚得里亚海，在威尼斯近海摧毁了威尼斯舰队，包围威尼斯城近半年，直到威尼斯黑海舰队回航才解除封锁。这次失败后，加上奥斯曼帝国夺取了热那亚在爱琴海的领地，封锁了它进入黑海的通道，热那亚便渐渐没落了，其大量的人才为寻找出路，涌向当时的海上强国——西班牙。

然后，我们的主角就登场了。这个人试图关上旧世界的大门，打开通向新大陆的出口。虽然他是代表西班牙王室进行远洋探险的，但他也是一个地地道道的意大利人，只是当时还没有现代国家

停泊在城市里的航海船

意义上的意大利。他的出生地正是热那亚共和国首都热那亚城。他就是克里斯托弗·哥伦布。

　　哥伦布自幼热爱航海。当时欧洲国家的统治阶级极需要来自亚洲的香料和黄金，但是正值奥斯曼帝国如日中天之时，通往亚洲的陆路贸易被其垄断，海路则要经由南非南端的被葡萄牙人控制的好望角，线路极长。哥伦布深信只要向西航行就能找出另一条前往东南亚的航线，他先后向西班牙、葡萄牙、英国、法国等国的国王寻求协助，以实现出海西行至中国和印度的计划，但均得不到帮助。在哥伦布坚持到处游说了十几年后，在1492年，他终于得到了西班牙女王伊莎贝拉一世的资助。

　　哥伦布来到西班牙之后，得到女王伊莎贝拉一世及其丈夫费尔南多二世的

哥伦布故居

赞助，在1492年到1502年进行了四次横渡大西洋的远洋探险，并且最终成功到达美洲。他使得普通的欧洲人知道了美洲，成功开拓了新天地，将西方文明扩展到陌生的大陆，同时拉开了早期欧洲列强殖民美洲的序幕，使得西班牙成为世界上第一个"日不落帝国"。当时西方殖民主义抬头，欧洲各国开始经济竞赛，纷纷通过在世界各地建立贸易航线和殖民地来扩充财富。在1492年的第一次航行中，哥伦布在巴哈马群岛的一个被他称为"圣萨尔瓦多"的地方登陆。在后来的三次航行中，哥伦布到达过大安的列斯群岛、小安的列斯群岛、加勒比海岸的委内瑞拉，以及中美洲地区，并宣布它们为西班牙帝国的领地。

尽管从今天的历史考证上来看，哥伦布并不是第一个到达美洲的欧洲探险家，北欧的诺尔斯人早在500年前就登陆了北美，但哥伦布的航海带来了第一次欧洲"旧世界"与美洲"新世界"的持续性接触，并且开辟了后来延续几个世纪的欧洲探险和殖民海外领地的大航海时代。这些对现代西方文明的发展有着不可估量的影响，而且哥伦布在现今大多数地方被当作一种无畏探索未知世界的精神象征。我们此行来热那亚，就是为了来参观哥伦布的故居；同时，选择这里也是为下一站美洲行做好思想启蒙的准备；对我而言，这也算是一次个人信念的朝圣。

我按着导航的指引，找到了在闹市区街口处一个不起眼的建筑。两层的小楼，虽然肯定是经过翻修的，但还是显得有些破旧，外表的石墙不知道被什么东西反复磨过，有些坑洼的缺口。建筑的入口是黑色的小木门，显得十分简陋，上面有一块意大利语和英语双语介绍的门牌，此地正是哥伦布故居。

此时，我还真想大声向全世界宣布："看啊！我身后那座两层的小破楼

与哥伦布故居合影

属于一个历史上赫赫有名的大人物——著名航海家哥伦布！"

哥伦布故居如今已经是一座迷你型博物馆，但今天闭馆，我也并不是非要进去参观不可，能千里迢迢来到这里已是非常满足。我四周张望了一番，找到了一位穿着职业装、一副上班族模样的女士，请求她帮我和建筑拍一张合影，她欣然答应。我脱下卫衣，把卫衣背后的路线图Logo摆在胸前，两手撑起，留下了这张令人难忘、意义深刻的照片。

这就算达成来此程的目的了，我可以提前回青旅休息了。回去的路上，我心想，完成这次旅程，算是我环游世界的第一步。其实，每个人心中都存在着一个哥伦布，它代表着一种走出舒适区、勇于挑战新事物的冒险精神。这种精神会让人对未来抱有期待和热情。此刻，来到此地，我正是在心中种下这颗冒险的种子，我要继续尝试新的挑战，期待在不久的将来拥抱更精彩的世界。

五

非球迷的漫游：法国到巴塞罗那

秋雨

离开心中的朝圣之地热那亚，我们的下一站是西班牙的巴塞罗那。眼看着越来越接近终点站葡萄牙里斯本，我们越发激动。由于在意大利所待的时间超出预期，旅游签证所剩的时间并不充裕，因此我们需要尽快赶路。

对于很多球迷而言，巴塞罗那是他们心中的一座圣城，因为这里是巴萨（巴塞罗那足球俱乐部）的主场。众所周知，巴萨是欧洲乃至全球最成功和受欢迎的体育俱乐部之一。但是，对于我们两个非球迷而言，去看一场巴萨的足球赛并非是必做事项。在国内四线城市长大，中学时代一路打篮球的我，甚至上大学之前连个足球场都没见过。我们到巴塞罗那并没有具体的游玩目的，主要是考虑到在热那亚并没有找到直接去葡萄牙的巴士，即使有的话，也需要在车上过上3天2夜，且价格不菲。因此，我们就决定先去巴塞罗那休整两天，作为去里斯本的跳板。

巴塞罗那圣家族大教堂

我们换了一家名为FlixBus的巴士运营公司，继续乘坐人均不到30欧元的廉价大巴赶路。在离境意大利进入法国之后，我们沿着南法（法国南部）的海岸线一路前行，不巧的是，大巴一路上被全副武装的警察反反复复地拦下来。此时正是来自北非和叙利亚的难民大量涌入欧洲南部之际，沿途的国际巴士自然成了搜查这些非法移民的重点目标。

虽然不是中东裔的长相，但我们还是成了警察多次重点"问候"的对象，因为车上只有我们是中国人，或者更直白地说，只有我们俩是亚洲面孔。警察反复用口音浓厚的英文问我们旅行的目的地是哪里，有什么旅行计划，为什么申根签证要申请法国的。由于被盘问的次数太多，因此我们都形成了惯性回答："我们旅行的目的是为了完成欧亚大陆的穿越计划，行程是从俄罗斯到葡萄牙，途经法国，选择法国签证是因为法国给的旅行停留时间相对其他欧盟国家更长……"从热那亚到法国的南方度假胜地尼斯，中间的车程不过几个小时，大巴就被足足拦下了5次，我们也足足被盘问了5次，"欧洲人有这么不放心吗？"

到达了南法之后，著名的旅游胜地尼斯是沿途的必经之地。尼斯被称为"世界富豪聚集的中心"，算是南法最著名的旅游和养老城市，众多富豪、各路社会名流经常来这里度假休养。尼斯的海岸简直是大自然赐予的世外桃源，它面向地中海，拥有令人神清气爽的海风，还有温和的阳光和金灿灿的沙滩。我透过车窗，看见一排又一排在太阳下晒着日光浴的老年人，众多饭店、购物中心和特色度假酒店……真想在这里停留几天。我好想在这海滨度假胜地找个有遮阳棚的白沙滩躺下，什么也不做，什么也不想，就是简单地消磨时间。

到了尼斯停车地点，下车前司机很友好地提示我们，在这里多买点东西吃，再开车后中途不会停下来给乘客时间去用餐，我们听后猛点头。下车后，我们来到一家快餐店，这里没有打印版的菜单，只有一个挂在餐厅后厨前的大黑板，上面写着各种法语快餐的名字。经过反复询问之后，我们俩分别点了两块比萨、一个大号三明治，都出奇地好吃，比起意大利菜要强不少。

我们没有在餐厅里吃，而是选择拿出来走到离海边最近的一条街上，一边远眺大海一边吃。

"真想在这里多待几天啊，如果以后有机会带着自己老婆来就更完美了。"我说。

"没钱啊，哥们儿。"猪隆说。

"那就赚钱，把理想养起来！"

回到车上时天色渐晚，司机还问了我们一句："Is Nice beautiful?（尼斯漂亮吗？）"我们又是猛点头，真是羡慕法国人。

我们继续上路，一路上不再有拦路检查的警察，次日凌晨1点到达巴塞罗那。到达之时，已经夜深人静，车站附近连人影都没有，车站内也仅有我们这一辆车的游客而已，零星十多人的样子。这样的情况预示着，我们又要在车站睡一晚了。

我打开手机，想上会儿网，刷一刷各个社交平台，"真是见鬼，又没网络了"。我问了猪隆，他的卡也没网了，我们连续重启手机重新连接网络好多次都不行，这可是刚刚在佛罗伦萨换的新手机卡，花了我们30多欧元，到现在

10天不到，居然就不能用了。当时卖手机卡的印度人可是保证可以用一整个月的，不过现在抱怨那个印度人也没什么用，因为他没有给我们留下任何联系方式，我们只能吃下这哑巴亏。我想起当时那卖手机卡的印度人的嘴脸，既阿谀奉承又笑里藏刀的样子，真是让人反感。可恶，我们真是被坑了。

尝试几次之后，我们放弃了，提着行李，一身疲惫地来到车站候车区。一眼望去，一群不修边幅的人横七竖八地把座位区、空地、墙角睡得乱七八糟的。他们没有一个是我们同一个车上下来的乘客，很像是乞丐和难民，衣着非常邋遢，甚至有些人的裤子只剩下一半裤腿，还穿着两只不同牌子的鞋。我们扫了一圈，幸运地发现还有一个空着的长椅，便想着可以在那坐着睡一晚。但是我们坐下之后都很难入眠，因为有几个衣衫褴褛的乞丐直勾勾地盯着我们大件的行李看。先前就知道巴塞罗那西部这边有很多乞丐和流民抢劫，尤其在晚上，要更为小心。要是到这个接近终点站的关头被抢走行李的话，那真是前功尽弃、倒霉到底，所以必须保持警惕。我们决定互相轮流着休息，也没有限制什么休息时间，谁先困了就先眯一会儿，然后另一个人看着行李，如果看行李的困了再把睡觉的叫醒，以此轮换。结果一整晚我们俩都没怎么合眼，猪隆休息了一会儿，我则是睁着眼一直到看见阳光一点点照在车站候车厅的地板上。

一宿未睡，真是太累了，我提议先吃些东西再去青旅安顿，猪隆没什么胃口，我就去买了份牛肉卷饼充饥。虽然公交车在早上7点已经开始发车，但是我吃完饭之后就感到一阵沉沉的睡意，又待在候车厅睡到脖子酸痛才起身出发，此时已经是早上10点。

从中央车站出门，我们顷刻间被淹没在一群身披巴萨队服的球迷大军之中。好似今天有什么比赛，对手应该是死对头之类的吧？我们不得而知，也没心思去猜想，于是拼命地挤出了人群。经过一番折腾，我们乘坐公交车到达青旅所在地，这时候已经是中午12点了。青旅老板说，行李可以先放在这里，但是要我们下午2点之后再来入住。无奈，我们只能先慢慢吃个午饭打发时间。

没料到我们选了一家味道极差的中餐厅，吃的那些菜简直让人想原封不动地吐出来。但是我们只能慢慢吃到下午2点，慢慢打发时间。总算熬到头了，我们飞奔回青旅，把行李往房间里一丢，澡也没洗（已经两天没洗澡了），浑身无力地睡了过去。

醒来之后，我这才好好环顾了一下青旅四周：10人间，40平方米左右的小屋子，很是拥挤，勉强放下足够的床位。我走出房间，看到猪隆一副"吃了shit（屎）"的表情在外头改毕业论文，他眼圈发黑，显然又是没睡好。我一问才知道，他刚准备睡下的时候，发现床位被人莫名其妙提前睡了。那床位的主人，用他的话形容是一个胖得像神奇宝贝中的泥巴怪一样的法国女生，把他给吓蒙了。他不得不换一个房间中心的床位，但那女生睡觉时打鼾的声音奇大

巴塞罗那街头

无比，使他无法入眠，于是就干脆出门利用时间继续修改毕业论文。这样算下来，这两天他只在车站睡了那可怜的两三个小时。虽然在同一个房间，但是我没有听到他形容的那么可怕的鼾声，睡得异常的好。

　　由于只在巴塞罗那停留一天，因此当天下午是仅有的游览时间，不过我们对巴塞罗那都没有太多兴致，一是因为前两天基本没休息，二是这里真的是抬头低头都是和足球俱乐部有关的东西，对我们俩非球迷来说，没有什么太大的吸引力。我们还是出门在青旅附近逛了几圈。青旅的位置很好，刚好在市区中心，出门就是巴塞罗那大学；青旅对面是一个干净的小广场，有各种街头艺人在那里表演拉提琴和魔术。我们看到一个巷子，那里挤满了人，便好奇地走去，也想蹭蹭热闹。那里有一长排书架，卖着各种书籍，在书架前看书买书的清一色全是女性。我感到非常奇怪，于是就凑上去问卖书的小贩，得知原来我们偶遇了当地情人节——圣乔治节（St. George's Day）。圣乔治节为巴塞罗那所在的加泰罗尼亚地区特有的情人节，虽然在英国也有同名的节日，但是其寓意和庆典活动则完全不同。在这一天，男性要为自己的伴侣买束鲜花，而女性则要为自己的伴侣买一本书作为礼物。因为这一习俗的特征，所以这一天又被称为玫瑰花与图书日。在这一天，巴塞罗那全城的街道上出售玫瑰花和书籍的摊位随处可见，尤其以我们所在的兰布拉大街（La Rambla）附近最

情人节

为集中。联合国教科文组织在1995年甚至将这一天命名为世界图书日（Dia del Libro）。

走着走着，猪隆提议先吃饭，反正没什么事可做，再者街上到处是撒狗粮的情侣在互相交换礼物。我想也是，两个单身大老爷们在异国他乡吃着狗粮、逛着街很是没劲儿，那就吃东西吧。我在TripAdvisor上找到了一家评分很高的越南河粉店，从意大利五渔村开始到今天差不多两周时间都没有吃到有汤有粉的亚洲餐了，我们立即决定去这家店吃河粉。到地点之后，我们发现餐厅早已人满为患，在门口拿牌子排队等待了10分钟后我们才得以进去点餐。等候的空隙，一眼望去餐厅内都是一对对情侣，看得我们心情好郁闷，我随意问了门口的服务员：

"If you are single, what you do today?（假如你是单身，你今天要做什么？）"

"Like me, just work!（像我这样的，只能工作！）" 那服务员小哥苦

情人节书摊

笑道。

吃完饭后，我们又用极慢的步伐走了几圈。回到青旅，我们着手筹划剩下8天不到的行程。经过一番商讨，我们打算在最后一段路用搭车的方式到达目的地，即从巴塞罗那搭车到里斯本。人已经走到这里，该省的地方已经省了，唯独搭车还没有尝试，最后一段路还是想挑战一下。我们当天晚上研究了巴塞罗那的搭车路线，逛了很多国外的搭车论坛，在众多搭车论坛中找到了一个多人推荐的路线，是市区西部郊区的某个地点。

第二天，我们又像每次前往下一个目的地一样，一大早就退房，然后提着大包小包找到地铁站。我们反复确认：手机有网络，行李都齐全，路上有充足的水和食物，搭车的纸牌提前写好了。一切准备就绪，那就出发吧！

巴塞罗那路人

上了地铁之后，没想到这个市区西郊的车站异常远，我们足足坐了一个半小时才到达目的地附近，时间差不多是早上10点。下车的那一刻我们都清楚，从现在开始，一切都要靠自己的运气了。

六

心酸搭车风波：巴塞罗那到里斯本

秋雨

搭车，英文叫作Hitchhiking，指旅行者在路上通过向陌生人求助的方式，乘坐其驾驶的车辆到目的地。这可以说是最便宜的旅行方式之一，顺利的话，旅行者可以完全省去在路上的车费，且在搭车的过程中可以遇到形形色色的人，看遍人间百态。不过，与此同时，搭车也可能很危险，我就曾经看到过西方有媒体报道某国家出现背包客被司机抢劫甚至杀害的新闻。话虽如此，这种源于西方的旅行方式，这些年来在国内以年轻人为主的旅行群体中渐渐火热起来，却是个事实。虽然不少人称之为体验生活，但是并非人人都能有愉快的体验，我们的搭车之旅便是充满了心酸。

从巴塞罗那西郊下车之后，室外烈日当头，突然回想起来，我们是从零下20多摄氏度的俄罗斯一路过来的，而这里的温度已经接近30℃。

猪隆带了防晒衣，但我没有提前买，只能披着文化衫和卫衣防晒。我们先是在车站出站口旁的停车站路口尝试搭车。我们在路口举着牌子，等了差不多1个小时，见到的车全部是清一色来这里停车的！大热天的，我又套着长袖，简直要热晕了。

一辆骑着灰色摩托车的大哥停下车和我们搭话，此人皮肤黝黑，留着小胡子，一副南欧人的长相。他问我们是否在尝试搭车，我们点头，他随后建议我们去附近的一个加油站试试，因为这边的方向不对，来这边的人基本都是在这个车站停车，然后坐动车去巴塞罗那市区。他指了指车站对面一个透过树林可以隐约看得到的加油站，并要我们去那里试一试运气，肯定会比这里要强。这也算是等了1个小时的回应吧，我们热得满头大汗，吐着粗气，很失态地感谢了这位大哥。他骑车走之前，还大声对我们说了句："Good Luck！（祝你们好运！）"

我用地图导航了一下那个加油站，"天啊，要绕好几个大圈子，一共要走3公里左右才能到"。而且我们还扛着50多公斤的大行李，这真是要命啊！

烈日当头的郊区

猪隆说反正都是要搭车，我们就去加油站，路上累了就找个地方休息，然后举着牌子试试运气，这样就是边走边搭车了。我表示赞同，实际上我们也没别的选择，只好拖着行李走向加油站。这路上的3公里，简直是我人生中最漫长的3公里。

炎炎夏日，我们在路上遇到了各种弯道，各路卡车，烟尘四起，加上汽车尾气那刺鼻的味道，被折腾得不成人样。我们俩在五渔村都不同程度地有些晒伤，为了防晒我还套了长袖的卫衣，简直是活受罪。看到某个弯道有个空地，我提议先休息一下，补充点水分。没想到一坐下来腿就软了，"居然这么累，之前真是低估了旅途的难度，但是都已经走到这里了，必须坚持下去"。猪隆还站着举着牌子，宣誓不能放弃。

此时，一辆红色的宝马车停在了我们面前。我们喜出望外，"难道有戏了？"

司机打开车窗，居然是个中国大哥，他戴一副褐色的墨镜，穿着印有卡斯

搭车

特罗头像的短衬衫，看起来非常时髦。他问我们："要去巴塞罗那市区吗？上车吧！"

"啊？我们是要往马德里方向走。"我们异口同声地说。

"那真不巧，要是顺路我肯定带你们一程！"大哥说。

我们俩都鞠躬致谢，毕竟这是唯一一辆愿意载我们的车，虽然未能如愿，但依旧感谢陌生人的好意。好心的中国大哥离开之后，我们继续拖着行李走向加油站。路上简直是地狱，车一开过就卷起大量的烟尘，我感觉把这辈子的灰尘都给吸足了。

我们一歇一停地缓慢前行，短短3公里的路足足走了2个小时，然而除了之前出现的中国大哥之外，路上根本没有别的司机愿意载我们。费了九牛二虎之力，我们总算是到了加油站。"再次振作，继续搭车吧"，我们找到加油站的出站口，靠着围栏站着，举起搭车牌，等待着幸运之神的眷顾。

然而事与愿违，在这加油站遇到的各路司机让我们异常无语：有些司机不愿意停下来载我们就算了，看到我们举着牌子，他们便在车上拿起手机拍照；有些司机对着我们哈哈大笑一阵子，然后扬长而去；还有些司机根本无视我们的存在，居然把车强行开过我们所站的位置……

到了晚上8点，我们已经足足在加油站等待了6个小时，而从早上开始尝试搭车到现在已经10个小时。我们心想，这里是荒郊野外，眼看就要进入深夜，难不成要在这里过夜？

这时，我们才想起来这一天只吃了早饭，现在已经是饥肠辘辘。加上一天没有搭到车的失落感，经历一番思想挣扎，我们最后还是很艰难地决定认怂，准备赶在9时30分最后一班回巴塞罗那市区的动车发车前，回到火车站坐车回市区，明天再从巴塞罗那坐大巴去里斯本。

火车站的夕阳

  我们下定决心之后，看着这又重又多的行李，感觉再扛着回去真是活受罪。我默默下定决心，下次出来一定要带个自行车之类的交通工具，像今天这样依靠陌生人的帮助，无法保证安全，也无法保证时间。

  我们又拖着50多公斤的大行李，绕了一路各种弯道，吸了一嘴灰尘和汽车尾气，还是回到了搭车的起点。根本来不及停下来休息，我们走到火车站的时候，广播已经开始提示最后一班车即将发车。我们马不停蹄地火速买了火车票，然后刷票进站，这时候即使再累，行李再重，我们也要飞奔起来，谁想在这一片荒野中过一晚。我们几乎是抱着行李跳着冲进了动车，进入动车的那一瞬间，我们都脚软地摊在地上。还好车上的人寥寥无几，没几个人看到我们狼狈的样子，谢天谢地，总算是赶上了最后一班回市区的动车。上车后，我们实在是太过疲惫，还未来得及拿出手机记录今天发生的事情，不知不觉中就泛起了一阵沉沉的睡意。睡着之前，我确认了终点站就是巴塞罗那汽车站，也是我们坐大巴车的地方，所以索性直接一口气睡到了终点站。

- 这是我的人生，这是我的生命
- 「躺尸」里斯本，漫漫归国路
- 为梦想出走，归来仍是少年

第六章

终点

一

这是我的人生，这是我的生命
秋雨

到达葡萄牙里斯本市区时，我和"死党"猪隆已经三天两夜没有休息了。那天下午在西班牙巴塞罗那市郊搭车受挫之后，我们灰溜溜地回到市区的车站，连夜在购票网站上"刷票"，抢到了第二天的大巴车票，然后只能在那各路乞丐和难民云集的车站抱着行李勉强熬了一宿。

次日，我们坐上了经马德里转车前往里斯本的大巴。上车后，我们长叹一口气，尽力摆脱搭车受挫的失落感。这辆大巴的条件比先前在立陶宛或者在意大利乘坐的要差一些：空调时开时停，通道又窄又破，WiFi经常断线，更折腾人的是上厕所居然要投1欧元。一路颠簸，我们俩也没心思睡觉，各自记录着近来发生的点点滴滴。新乘客会时不时地在中途的车站上车，但是他们上车之后只要经过我们的座位，都会用一种异样的表情看我们，那是一种很嫌弃的表情。回想起来，可能是那几天我们活像俩乞丐：没洗澡没休息，一身臭汗，一脸疲惫加上黑眼圈，饥肠辘辘的，还扛着两个又重又破、满是灰尘的包。

在马德里车站转车的时候，车站内的清洁工阿姨瞅见我们狼狈不堪的样子，先是开玩笑地问我们："American？（美国人？）"

我回答："Nope, Chinese!（不是，中国人！）"

阿姨略有所思，继续问："Homeless?（无家可归吗？）"

听了之后，我们互相看了一眼，苦笑起来。

已经到了旅途的末尾，我们的状态很差，体力、精力都快要透支了：先前旅途中的种种波折，让我们几乎磨平了所有锋芒。两段签证时间加起来一共只允许我们在俄罗斯和欧洲待不到50天，而当时离签证到期只剩不到一周的时间，我们必须加紧赶去终点。如果不到终点，这场耗时、耗力、耗财的旅途就没有任何意义，我们就是半途而废、前功尽弃。

里斯本就在眼前，它是西濒大西洋的典型海洋城市，同时是欧洲大陆最西端的城市。我们的目的地就定在里斯本市西郊的罗卡角，那里距离市区大约42公里，处于葡萄牙的最西端，是整个欧亚大陆的最西端。到了那里，这趟始于俄罗斯海参崴横跨欧亚大陆的旅程就结束了。

　　在16世纪大航海时代，里斯本是欧洲最兴盛的港口之一，很多航海家，如著名的达·伽马就是由里斯本出发前往世界不同的地方探险的。因此，16世纪可称为里斯本最辉煌的时期：大量黄金从当时葡萄牙的殖民地巴西运到里斯本，使得里斯本成为欧洲富甲一方的商业中心。如今的里斯本则显得与世无争，因为全年大部分时间风和日丽，温暖如春，舒适宜人，加上众多的历史文化遗迹，这里已经成为一座欧洲旅游名城。

回到巴塞罗那城区

　　大巴抵达里斯本之后，我们俩基本是一种半死不活的状态，以致下车后走几步就要找地方休息一会儿，毕竟过去3天我们没怎么吃也没怎么睡。但是一想到马上就可以到达终点，我们强打精神，又满血复活。回国倒计时只剩6天，我们刚到里斯本，先不去管市内有什么特色，目标明确地前往目的地——欧洲大陆最西端罗卡角。

　　我们在车站挤上了早高峰的公交车，前往市区寻找预订好的青旅，同时感慨：无论哪个国家的早高峰，都是无数上班族拼命挤公共交通的情景。我们在找青旅的过程中闹了个乌龙：我们对应着相同的邮政编码找到了一家很高档的居室型酒店，一进大厅，就发现我们的衣着和大厅内的装饰十分不搭调，很是尴尬。经过好心的酒店工作人员提示，我们才明白：邮编虽然对了，但是邮编末尾有个"E"的后缀，代表的是方位East（东方），而这里是West（西方），我们完全走反了。我们很尴尬地向酒店工作人员道歉，继续寻找正确的青旅地址。

我们顺着反方向找到了正确的地址。这家青旅也是在一座老建筑物里面，这楼共有6层，而青旅偏偏在最高层。我们咬着牙，用尽了最后一点儿力气，总算是拖着大行李到了青旅。接待我们的是一位特意把头发染成白色的中年女士，她的英语口音有种英伦范儿，让我觉得非常亲切。虽然她很用心地边给我们办理入住手续边向我们介绍各种里斯本的特色，但我们早已在昏睡的边缘，只想好好洗个澡，然后酣睡一场。

从青旅醒来时已是下午，我们看了下时间，已经睡了6个小时，太阳都已经下山了。眼看着在里斯本的第一天就要结束了，我急忙把猪隆喊醒，想着今天至少也要简单地逛一番。青旅的地理位置邻近市区主要景点，我们出门步行不到20分钟就到了里斯本著名的海滨广场——罗西欧广场。

广场的面积不大，仿照的是巴黎的协和广场，中央矗立着国王佩德罗四世的雕像。佩德罗四世是葡萄牙布拉干萨王朝第九任君主，同时也是巴西帝国的首任皇帝。傍晚的广场上并没有什么游人，我们在广场上漫步，呼吸着从大西洋飘来的海风，感觉一切疲劳都被带走了。

我向猪隆提议："最后一段路，我们骑着过去！一路看着海景多好啊！"

猪隆爽快地答应。

说到骑自行车，这里也算得上是个骑行胜地，在沿海的人行道上骑行的游人甚至比行人还多。我们沿着广场找了一遍，发现一家价格合理且可以按照天数计费的租车公司，当即决定在那里预订用车。晚上，我们为了第二天能有充沛的精力，饱餐了两顿，然后回到青旅狠狠睡了一晚。第二天早上8点，我们就爬起来去租自行车。

去租车公司的路上，我们又一次浏览里斯本市区，这里非常干净整洁。古朴的街区建筑，充满时代感的黄色电车，依海而建的中心广场，加上非常友好的当地人，让人觉得这里与世无争，不像北边一海之隔的伦敦——各国的年轻人都在金融区的金丝雀码头（Canary Wharf）奋力拼杀。但我们没有多余的时

罗西欧广场

间,根本顾不上在市区闲逛,必须在日落之前赶到罗卡角,给这次远行画上最圆满的句号。

来到租车公司,老板好心地给了我们两张免费的骑行路线图。我们把所有的沿海路线加起来一算,从里斯本市区到罗卡角往返一共84公里。很不赶巧,当时骑行路线中段正在施工,而且施工路段四处都是悬崖峭壁,所以老板劝说我们先坐电车到罗卡角所在的小镇,绕过施工路段。我有些固执,坚持要骑过去,没想到老板哈哈大笑起来。他告诉我们,这段路在维修时是看不到任何漂亮的海景的,因为都被隔离起来了,根本没办法骑过去;而且更重要的是,终点站全是山地,我们骑车完成上下坡,再把附近的村落骑完,就已经累得够惨了。

听老板这么一说,我们先是讨论了一番,又特意查了当地的新闻,看到路段被封的图片之后,还是决定听从老板的建议,毕竟安全第一。于是我们俩扛着自行车,坐上了从市区开往终点站的电车,到了罗卡角所在的小镇。小镇名为Sintra(辛特拉),是一个国家级风景保护区。电车上只有我们俩是黑头发、黑眼睛的亚洲面孔,而且除了我们之外,没有一个扛着自行车上车的人,所以很多人对我们竖起了大拇指。偶尔还会有人朝着我们说:"Vamos lá!(葡萄牙语,加油的意思)"我们这样子一看就知道是要骑行去罗卡角。

出发骑行

　　下车之后，我们先是看到一群当地导游带着由其他欧洲国家白发老人组成的"夕阳旅行团"在车站出口集合，然后看到穿梭不绝的旅游大巴沿着山路往山上开。此时此刻，只有我们两个是打算骑自行车到罗卡角的旅行者（加个备注，唯二的亚洲人）。

　　我们先用地图定了位，打算按照地图路线骑行，但发现定位结果非常复杂，因为那是一段山路，中间曲折盘旋，有很多岔道和陡坡，加上山间信号极差，根本没办法保证能按着地图导航骑行。这时候，我们拿起租车公司老板给的那份骑车专用登山路线图，发现是英文和葡萄牙文的双语版本，"这回真是帮了大忙"，我们决定按照路线图开始骑车。

　　我们出发啦，我和猪隆说："哥要第一个骑过去，你好好跟着！"结果话刚放出去不到10分钟，我就被一路的上坡给累得满头大汗。我回头一看他，虽然和我拉开了一段距离，但是并没有多远，他为了省点力气，居然早已下车推着走……我继续坚持着骑行，到了一个地图上标注的路牌处，看了看前方的路况介绍，发现上坡部分我们居然才走了十分之一！我也索性从自行车上下来，推着走，累得真是"惨绝人寰"。

前方依旧是一路上坡，我心想，所谓的山路骑行可能是骑车旅行中最累的部分吧。我们骑骑停停，骑一会儿就要停下来休息，且一直喘气不止。我本身下肢力量薄弱，没练过腿部和臀部肌肉，加上高中之后就没骑过车，很是吃力。而猪隆，他瘦得像一片纸，更是吃不消。

一路上，各种旅游大巴和私家车从入口的山路开上去，为了安全，我们就沿着山道内侧，推着车继续上坡。不知不觉中，我们已经走到一定的海拔高度，渐渐地可以看到罗卡角的海景和小镇的民居。海风不停地拂过，一幅绝美的画卷正慢慢地在我们眼前铺开。

"我们加把劲儿！到了下个山坡就可以骑下坡了！"我朝着身后的猪隆喊着。

"好！"他隔着老远的山路挥手说。

艰难上坡

大概过了2个小时，我们推着车过了半山腰，找到了一个可以下坡的岔路口。没开始骑车之前，我们又看了一遍地图确认路线，因为在山上骑错路线要花费更大的体力和更多的时间才能找回正道。我们对比了其他几条上山路线，觉得此时从这里先下坡，可以到达另一条小的山路，这样可以绕过那些烦人的私家车和旅游大巴，更安全，也更快捷。

于是，我们开始从半山腰的岔路口下坡骑行。我这辈子都不会忘记，在那个时间，那个地点，那种身体和风近乎融为一体的感觉。

哇，那骑车下坡的感觉真的是爽爆了！迎着海风，听着车轮唰唰唰的节奏，我们的衣服和头发都被吹起来了，如同梦回15岁的追风少年！我们不用蹬车，一路上也没有别的车和骑手经过，我们放声叫喊起来：

  吼！！！哇！！！啊！！！呀！！！
  吼！！！哇！！！啊！！！呀！！！
  吼！！！哇！！！啊！！！呀！！！
  ……

"给我放肆地吼！"我们咆哮着。

"咕噜咕噜……咕噜咕噜……"什么情况？一阵怪叫，我们在一处树荫底下停了下来。我看着他，他看着我，俩人一脸懵。"咕噜咕噜……咕噜咕噜……"哦，是我们的肚子在叫！时间已经到了大中午，我们早上并没有吃很多，一上午因推车上山又耗费了很多体力，所以是该吃点东西补充下体力。

  我们就在停下的地方卸下包，拿出提前买好的饼干、面包和水，开始"路边野餐"。这个时候，旁边林子里的驴子和羊群被我们吃东西的声音吸引过来了。驴子还很不客气地朝我们撒了一泡尿，气味十分刺鼻，与周围环境异常不和谐。它还一个劲地朝着猪隆傻笑，那笑的样子真是蠢萌蠢萌的，我还是第一次看见驴在笑。

  休息的间隙，我向前看了看路况，果不其然，刚刚的选择是正确的：这一路地势相对平坦了很多，路上的车和骑手很少，我们不用骑很久就可以绕到原来路线的前方，那里更是一马平川。我们很快吃完了午餐，对着地图查看这条路线的走向——没错，终点就在前方不远处。我们鼓足了力气，狠狠地骑了起来。

  天气晴朗，天上飘着形态各异的云，我们吹着海风，骑得很快，感觉比车开得还快。山路后，是一段修得很不平整的公路，坑坑洼洼的，之后又是一马平川。这时，我们又开始吼起来：

骑行路上的"不速之客"

吼！！！哇！！！啊！！！呀！！！

吼！！！哇！！！啊！！！呀！！！

吼！！！哇！！！啊！！！呀！！！

……

这次肚子没有叫！我们又加了把劲儿，继续骑！

大概骑了1个小时，我们感觉已经骑了很远，于是停下来又确认了一遍地图，才发现刚刚骑行的那段时间差不多是下午2点，正是太阳最毒最热的时候。我们俩虽然预料到了，预先涂了防晒油，但是在这种又出汗又耗时的骑行下也没什么用。我们心想，"事到如今管不了了，继续吧，大太阳，放马来吧！"（事后，我们回到青旅一照镜子才发现，俩人都被晒成了黑炭……）

我们像全副武装准备冲锋的战士一样，又吼了起来，开始猛骑，一路超过

车影

无数先于我们出发的骑手和行驶的车辆。如果这里有限速，我们肯定会因为超速而被警察大叔严厉惩罚。我们中途遇到几个下坡和大弯道，不用继续发力骑行，只顺着惯性，车子就载着我们自然地骑过。

迎面而来的是异常清新的海风；耳边有风声、车轮声，隐约还听得见自己的心跳；眼前是一片开阔的山路，一马平川；身旁是一片蔚蓝、广阔的，贪婪到能容下世界上所有蓝色的深蓝色大海。天啊，神明啊，穿越无数个弯道的那一会儿，我看着眼前的景色，听着耳边的风，拥抱着西欧4月底清爽的天气，感觉今生今世再无所求。

眼前的这些景色，这样的体悟，这样的心情，是我穷尽了大学4年时光，在老家那座小城苦熬了18年，才换回来的啊！

我脑海中飘过了高中时期熬夜看村上春树《奇鸟行状录》的那个自己，大学时骨折后狼狈的样子，决定实现环游世界这个"白日梦"时的激动，和猪隆订下目标那一刻的振奋，以及苦熬多年终于出发时的坚毅……

圆梦青春

此时此刻,这些瞬间虽然很短暂,虽然稍纵即逝,但是我依然觉得,这非常非常非常值得!这就是我的时刻,这就是我经受过那么多打击和煎熬之后的犒赏,我要尽情地、大胆地、放肆地、无忧无虑地,甚至肆无忌惮地享受它!让我多呼吸呼吸这里的空气,让我尽情地吹着这里的海风!让我拥抱这里的一切!

这是我的人生!这是我的生命!
啊!再见啦!大学!啊啊啊……!!!
吼!!!哇!!!啊!!!呀!!!
吼!!!哇!!!啊!!!呀!!!
吼!!!哇!!!啊!!!呀!!!

在这碧空万里、艳阳高照的初夏,我就这样又吼了起来。抓住青春的尾巴,再尽情地疯狂一场吧!

旁边的人怎么看?谁晓得!我连队友猪隆都没顾得上!

在翻过无数个陡坡,穿过无数个林间小道之后,耗时差不多5个半小时,我

拥抱一切

　　们进入了一片路面平缓的区域。这里正是罗卡角的入口，路边的提示牌上赫然写着——Cabo da Roca。虽然我们两个已经被吹成了"傻狗"，但是依旧难掩此时此刻那种难以言表、无法掩饰的激动——路牌的后面就是我们的终点站！我们动身，再一次骑上了自行车，缓缓地骑到了前方。

　　该用什么样的语句来形容我们到达后的心情或者感触呢？用猪隆先前刚到海参崴时的话说——"我感觉快要失禁了……"或者用我自己的话说——"感觉此生此世再无所求！"

　　我无法形容这是多么美好的一件事情。

　　我们到达了罗卡角，到达了作为终点站标识的十字架纪念碑。纪念碑周围有不少游人在排队留影，可我们彼此深知，此时此刻，只有我们两个人是跨越万里、历经磨难，才到达这里的。

　　石碑上面镌刻着葡萄牙大航海时代的著名诗人路易·德·贾梅士（Luís de Camões）的名句：

　　"Aqui, onde a terra se acaba e o mar começa. （看，陆止于此，海始

于斯）"

我站在此地，眺望大海，呼啸的海风卷着千钧之势的海浪扑面而来。如今这里虽然安静，但是在大航海时代，这里可是探险家们前仆后继地告别"旧世界"、探索"新世界"的出发地。向前一步就是浩瀚与凶险并存的大西洋，再次见到陆地更是充满未知，这期间要历经多少艰难险阻，经历多少浩劫才能到达彼岸？真是佩服古人冒险的勇气和毅力！

指向终点的路引

对此刻的我们而言，这意味着告别大学时代，开始走入职场，走进社会。身后是旧世界，眼前是新世界。我们一路的旅程，正如一场缤纷多彩的毕业典礼，而此刻此地，典礼正要落幕。

我们把自行车停放在海角的防护栏边，在纪念碑前和纪念碑对面的阶梯上留下了我们远征最有意义的两张照片。

如果今后当我们被问到关于这次远征的问题时，比如，一口气穿越两大洲12个国家是一种什么体验？我们可以给出一个最简略的回答："累，但是特别值得！"

远征的更深层次目的，对于我们个人而言，是在心中种下一颗不甘平庸的种子：在以后面对生活中所有失意和不顺的时候，这段经历会一直安抚我们的内心，并激励我们发现生活的热情；在面对眼前一时的困难时，这段经历会鼓励我们越挫越勇，继续茁壮成长，不断地把人生推向更高的境界。

从那之后，我取得新的成绩、到达新的高度时，也可以自豪地说："这是我的人生！这是我的生命！"

二

"躺尸"里斯本，漫漫归国路

猪隆

  我们的远征，从俄罗斯海参崴西伯利亚大铁路9288里程碑开始，一路历经艰辛，使用了一切可以想到的交通方式，如乘坐火车、汽车，搭车，骑行，徒步等，前后跨越了10个时区、12个国家、5个气候带、数不清的城市，共计15 000多公里；准备了500多天，靠省吃俭用、东拼西凑的生活费和奖学金等凑成路费，历经42天；终于在2016年4月29日到达了终点——葡萄牙里斯本远郊的罗卡角！2016年4月29日，罗卡角，我们青春的巅峰，定格在此！

  怀着无比激动的心情，我们离开了罗卡角，心满意足地骑行回到上山的车站。坐车回到里斯本市区后，我们骑车到那家中国人开的越南菜馆，各点了一份加大量的越南河粉、一大碗水饺、一盘炸鸡，还奢侈地点了两瓶王老吉（没看错，买得到）。我们没有欣喜若狂的激动，没有终于完成顶峰后舍我其谁之感，只有淡淡的、"终于完成了"的满足。饭馆很小，挤满了熙熙攘攘的食客，我们并没有特别不一样的地方，但是我们的内心、我们的灵魂，却经历了完全不一样的洗礼。

  我们手上捧着热气腾腾的河粉，腿还因为骑行过度而不自觉地抖动，面朝大西洋，向见证了大航海时代和我们青春远征梦的罗卡角致敬……回想起今天的"壮举"，我们的眼角不禁泛起感慨的泪水。我们举着40多

抵达罗卡角

纪念碑前合影

天来第一次喝到的贵族般价格的王老吉，"终于，我们的远征，终于完成了！为我们的胜利干杯！"杯子碰撞出极其清脆的玻璃声，荡漾着无比强烈的青春，这一刻，我们由衷地为青春喝彩，为青春欢呼。看着我们两个亚洲人在一旁高兴地吃着河粉，喝着王老吉，却是两眼汪汪、一副欲哭的样子，旁边的食客不明所以。或许罗卡角——这欧亚大陆的尽头之处对于很多游客来说，不过就是几个小时或十几个小时的飞行时间，但是，对于我们两个大老爷们来说，却是意义重大：从俄罗斯远东地区一步一步走到这里，我们花了42天，折腾了15 000多公里，遭遇了无数令人无语的故事。这一顿晚饭，平淡中却弹奏着我们炽热无比的梦想尾曲，铭刻着我们绚烂多彩的青春纪念册。

两个来自遥远东方的中国青年，跋山涉水，此刻在万里之外的里斯本为梦想举杯，既是对我们远征胜利的庆祝，也是对我们人生新起点的纪念。

晚饭过后，我们推着车，从饭馆所在的昏暗小巷中走出。回到青旅，我们又是泡脚又是涂药油，开始了"躺尸"。历经重重跋涉，我们的精神终于解放，也不再需要时刻盯着时间与路程表，一下子倦意席卷。我们洗漱后便躺在床上，静静地静静地休息。

2016年4月30日，欧亚大陆远征第43天。

肉体上的疲惫导致睡眠很沉，但生物钟作怪，7点醒来后我们再怎么翻来覆去也睡不着了。

起床过后，我们出去还车，一路下坡后，前头突然堵了起来。

"什么鬼？怎么出租车全部堵在这里，还让不让人走了？！"前面一堆出租车没有秩序地停放在广场中央，乱七八糟的，我们被迫停了下来。最让人心烦的是，出租车司机们还集体鸣笛，仿佛在闹事。

罗卡角纪念碑

"看样子好像在搞事情啊，上去看看吧。"我们秉着爱八卦的心，走上前头凑热闹。

出租车上都挂着小旗子，上门写着"UBER…（后面是葡萄牙语没看懂）"，我们推测大概是出租车司机罢工反抗UBER。"真的是，罢工也不要把主干道和主广场堵住啊，兄弟！"我们很是无语，警察在一旁也无能为力，只能很应付地维持着秩序。

绕了一段路后，我们把自行车还了，随后出发参观欧洲最大的水

出租车司机罢工

族馆。但号称"欧洲最大"的水族馆也就是小小的两层楼,实在让人看不过瘾,更对不起15欧元的学生门票价。不过,有趣的是秋雨被海鸥馆里的海鸥粪"击中"了。

参观结束之后,我们走到了旁边的电影院,趁着热点,看了葡萄牙语字幕版的《美国队长3》,英语原声听得似懂非懂,也是蛮过瘾的。最有意思的就是,商场外面的安保,居然是两个警卫人员骑着白马在巡逻。

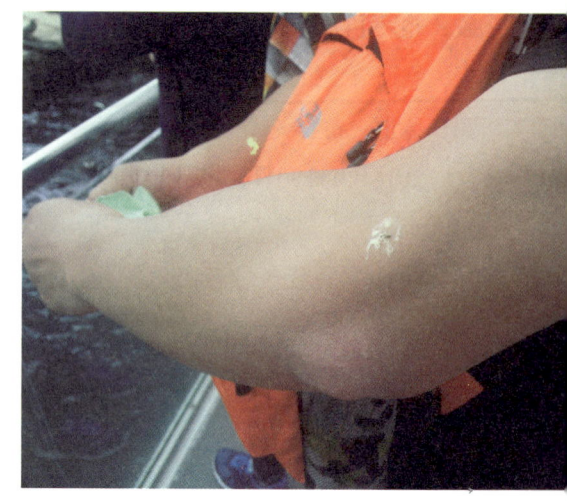

被海鸥粪"击中"

慵懒的一天就这样过去了。晚上,我们吃了自助日本料理,有一点点的小憋屈,随后回到青旅已经是九点多。洗漱后,我们还是进行日常的记录与整理,随后也赶紧休息。

2016年5月1日,欧亚大陆远征第44天。回程日期是5月3日,倒计时还有2

终点之路的"伙伴"

天，我们继续"躺尸"。

上午，我们去买了一些明信片，然后在微信直播群和朋友圈简单进行了一个小小的抽奖活动，算是对一路关注、支持我们的朋友的一点点微薄回报。

午饭过后，我们回到青旅，继续"躺尸"。不知为何，也许前一个多月实在是太劳累、太折腾了，我们只想躺在床上，哪里都不想去，无欲无求。就这样，整个青旅就只剩我们两人宅在房间里，哪儿都不去，甚是奇怪。

之前在巴塞罗那，我已经把论文完全解决了（提交并查重通过），毕业的事宜只剩下回校进行论文答辩，然后就是告别本科生涯与同学离别了。我的毕业典礼算是在这41天里完成了，本科生涯最后的青春梦想也在这一路里彻底实践与完成了。

下午时分，隔壁的床铺突然来了两个哥们儿：一个是目测个头1米90的大壮汉，还有一个是留着波浪式长发、长得比较轻盈与酷炫的小哥。他们的行李

明信片

中，还有一块体积不小的冲浪滑板。他们马上把我们两个的目光给吸引住了，我们很好奇地开始搭讪小哥。

"嗨，你们是要去冲浪吗？"这是常规的搭讪套路。

"对啊，现在的天气和气温非常适合冲浪。我们刚好有假期，专门过来玩这个。里斯本有个特别棒的地方，非常适合冲浪。"长发小哥带着一身自由的气息，边整理装备边回复我们。

"哇，真棒啊！"虽然我们已经累得像咸鱼一样，但是听到最向往最热爱的大海，还是情不自禁地羡慕起来。

"对了，兄弟，你们从哪里来啊？"我们接着问。

"我们从阿根廷来的，地方名字不知道你们听过没有，乌斯怀亚。"小哥连头都没抬，边埋头收拾边回复我们。

"啊？！"秋雨惊叫了起来，我在一旁被吓了一跳。

"The end of the world!（世界尽头！）"秋雨吼了出来。

"Yeah, you know it.（哇，你知道这地。）"小哥抬起了头，微笑地说道。

我在一旁不明所以，秋雨忙紧拽着我："乌斯怀亚，在阿根廷的最南端，被誉为'世界尽头'，那有前往南极的船。"

"世界尽头啊！"被科普的我一下子有点兴奋。

"啊！啊！啊！"秋雨看着眼前来自世界尽头的小哥，一下子激动得有点说不出话来。"那是前往南极的必经地，我们未来南美行的终点站，前往南极的黎明地！"秋雨激动得话都说不清了。

眼前的小哥仿佛被吓到了，看着我们一个愣着，一个欣喜若狂，有些不知所措。

在这次欧亚大陆穿越远征走到一半的时候，也就是在莫斯科的时候，我们已经开始构思结束这次远征之后，未来远征行动的下一篇章。

前天到达罗卡角，我们看着十字架与石碑上的"Onde a terra se acaba e o mar começa"，思考着：这里是旧世界的终点，大航海时代启航的地方，我们历经千辛万苦终于到达了这个对世界历史产生深远影响的启蒙之地，未来，我们还可以做些什么？这里是旧世界的尽头，是欧亚大陆的最西端，无数航海家从这里启航，世界也因此发生巨大的改变。而下次，新世界——美洲，将会是我们的目的地。

从阿拉斯加开始，一路南下，穿越美国西海岸、墨西哥荒漠、尤卡坦半岛和加勒比海，抵达南美洲后，重走切·格瓦拉摩托车日记穿越路线，最后抵达新世界尽头——阿根廷乌斯怀亚，在那里扬帆起航，前往南极。亲身感受世界历史与文明演变进程，了解贫富差距的来源和资本原始积累给美洲带来的深远影响，以及沿途各地青年对未来国际关系的祈愿……未来数不清的精彩和刺激，正在等着我们。

2016年，从俄罗斯海参崴到葡萄牙里斯本的欧亚大陆穿越远征，是我们已经完成的目标和梦想；而下一回，从美国阿拉斯加到南极的美洲穿越远征，是

远征的终点，人生的新起点

我们新的目标、新的梦想。看着眼前来自新世界的小哥，我们仿佛看到新的目标和梦想正在向我们招手，仿佛听到它们正在隔空呼唤我们。

跟小哥闲聊结束后，我们又继续"躺尸"，继续总结。很无奈的一件事是，我昨天晾在窗外面的衣服，被刮走了。想起秋雨在五渔村丢的外套，我顿时感叹：我们还真的是难兄难弟。

三

为梦想出走，归来仍是少年
猪隆

2016年5月2日，远征第45天，倒数最后一天。

早上，我们仍然"躺尸"，待在床上，哪儿都不想去，哪儿都觉得好远。连续45天的折腾，对我们的意志力和身体都是巨大的考验。

我们去了一个蛮有意思的自助中餐厅解决午饭，每人7.9欧元的价格非常良心。我们吃的有寿司、布丁、甜点、水果、牛扒等各式菜肴，觉得非常划算。"躺尸"几天，吃好睡好，当条"咸鱼"的感觉实在是太棒了。

午饭过后，我们继续回青旅"躺尸"。吃饱了就犯困，我倒头睡到下午之后，突然被外头热闹的声音给吵醒了，好奇地往窗外一瞅。

"楼下在干什么啊？又是唱歌跳舞又是敲锣打鼓的，还有人在唱Rap（饶舌），这么喜庆？！"看着楼下热闹得像是过节的场景，我打开手机，查询今天是不是葡萄牙的什么特殊假日。我没找到任何信息，感到非常奇怪，往队伍后头一瞧，看见一群人拉着大大的横幅，上面写着抗议什么。

"啥？这是游行？！" 我翻了个白眼，"游行不应该是很严肃的事情吗，怎么这么喜庆？这一路欢声笑语、载歌载舞的，弄得完全像是过节一样。这敲锣打鼓弄到底是哪一出？还是你们会玩啊，里斯本人民，我给你们点个赞！"

旅途最后的时间，我们就这样无所事事地在青旅待着，并在阳台上静静地看着这长长的游行队伍，感受着不一样的"喜庆"氛围。

欢乐的"游行"

晚上，我们继续出去吃了一顿划算的自助餐。回来之后，我们就开始收拾，准备返程了。

晚上在给朋友写明信片的时候，我感慨万千：虽说人生总不能"浪"一辈子，人生的意义与价值存在于很多方面，但是看着自己为订下的目标而努力，并一步一步实现的时候，心底里有种说不出的感觉，好像这就是我人生的意义与价值。我们还年轻，这或许只是我们人生中的一个小插曲、小高潮，后面的社会生活会有更大的挑战以及困难在等待着我们。在这最美好的青春年华里，敢想敢做，靠着自己的努力，一步一步完成自己青春时定下来的目标，并且一步一步拓展，对于我们两个来说，真的是一笔巨大的财富。历经40多天，在微信群里以及朋友圈里朋友的支持与祝福下，在他们的"陪伴""见证"下，我们的梦想、我们的青春烟火终于绽放，并挥洒到了世界多个角落。推动我们前进的不仅是我们的信念，更是很多朋友的帮助以及支持，感谢你们！

这段"短暂"、折腾的远征要结束了，即将成为让我们铭记一辈子的回忆。新的人生篇章，新的人生责任，要开始了。

2016年5月3日，远征第46天，结束了，要回家了。

机场距离老城区非常近，从青旅楼下的地铁站到机场也就二十多分钟。因为"躺尸"太久没想起饮料不能托运，导致临走前买的一瓶全新未开封的大果汁"送给"了机场的小哥哥。在机场的邮局，我把明信片全数寄出，把梦想的力量寄回国内。

再见了里斯本，再见了旧世界。

当地时间下午4点，我们抵达比利时布鲁塞尔机场。在这里，我们需要等待21个小时，到第二天上午10点再乘坐海南航空公司的航班飞回北京。

21个小时的等待时间里，我们继续"躺尸"，在有靠背且面对落地大玻璃窗的背椅上"休养生息"。背椅旁边还有充电的插口，实在是太舒服了。此外，背椅旁边还有个健身脚踏车充电器，实在是有意思。但我们上去骑了不到5分钟，便主动放弃，返回亲切的背椅上继续"躺尸"。

就这样，我们顶着日落，盖着衣服，在背椅上静静地"躺尸"，静静地等待回家。

行程的第一天睡的是机场，最后一天睡的也是机场，但其实在机场睡觉，还不错！就是好冷，其间，我们冷醒过好几次。我们统计了一下，远征路上一共睡了2个机场（海参崴、布鲁塞尔），5个火车站（海参崴、伊尔库

机场最后的尾声

茨克、莫斯科、圣彼得堡、巴塞罗那），数不清的公交车车站（塔林、维尔纽斯、华沙、布拉格、威尼斯、巴塞罗那、马德里、里斯本……），真是够折腾的。

当地时间2016年5月4日上午10点，我们坐上飞往北京的航班；北京时间2016年5月5日早上7点，我们抵达北京。

下飞机后，我们扛着行李，赶紧去首都机场外头进行摆拍。对着相机，我们高兴地扬起队服，展示着欧亚大陆地图，展示着我们用双脚丈量过的远征路线。

从武汉出发，到北京收官，此刻，旅程记录完毕。

梦想永不终止

因为毕业事宜，我没有太多的时间在北京逗留，必须立刻乘坐高铁赶回武汉，快马加鞭地准备后续事宜。而正在间隔年的秋雨，在北京整顿之后，也将开始新的求职、社会路。

在机场，我跟秋雨互相拥抱，暂时告别。经历了这场"非人折腾"的战役之后，我们铸就了牢固的"革命情谊"，已然成了超出兄弟情谊的"战友"。

还记得2014年那个晚上的电话邀请，还记得2015年年初寒冬中的约定，经过一年半的努力与奔跑，我们终于在2016年3月19日踏上了远征。从中国武汉到俄罗斯远东9288铁路起点海参崴，通过坐飞机、火车、大巴、出租车，搭车，徒步，骑行等方式，经过俄罗斯贝加尔湖、伊尔库茨克、莫斯科、圣彼得堡，波罗的海三国，波兰，奥地利，意大利威尼斯、罗马、佛罗伦萨、五渔村、热那亚，梵蒂冈，法国，西班牙马德里、巴塞罗那，再到葡萄牙里斯本，最后到达终点罗卡角，终于实现了我们的青春目标，奏响了我们的青春狂想曲。

一个别人认为不太可能会实现的梦，我们最后还是把它实现了。22岁，在路上的毕业典礼，如今，终于画上了句号；我们的人生以及我们的远征计划，增添了一个分号。

再见了，美好的远方与梦想！我们回来了，我们的家！新的挑战，新的目标，即将开始！

敢想敢做，永不止步。下次，就是那遥远的美洲大陆了！

附录

远征筹备阶段开销明细表（货币：人民币；单位：元）

签证费用	飞机票、火车票费用	保险费	装备用费	杂费	合计
法国申根签证：1400	武汉至长春：1000	1000	采购水杯、雨伞、便携气枕、旅游背包、储物袋、电子设备组合袋、急救包、洗漱用品、食物、药品等：1000	购买运动相机、订做文化衫：1000	16180.54
俄罗斯签证：2900	长春至海参崴：1000				
	里斯本至北京：4900				
	海参崴至伊尔库茨克：1980.54				

俄罗斯段开销明细表（货币：人民币；单位：元）

时间	地点	住宿费	伙食费	交通费	杂费	合计
第1天	海参崴	睡在机场，无花费	三瓶水：16	—	—	16
第2天	海参崴	宾馆住宿：220	超市采购：129	从机场坐动车到火车站：44	使用厕所：10，洗澡：30	433
第3天	火车上	—	—	—	—	—
第4天	火车上	—	—	—	—	—
第5天	伊尔库茨克	入住车站对面半天房：120	超市采购：40	—	—	160
第6天	伊尔库茨克	120	超市采购：45	—	—	165
第7天	奥尔洪岛	220	超市采购：30	乘坐小面包车：180	—	430
第8天	奥尔洪岛、贝加尔湖	—	超市采购：19	贝加尔湖北线一日游200	—	219
第9天	伊尔库茨克	—	超市采购：234	回城车费：160，市内有轨电车6	洗澡20	420
第10天	火车上	—	—	—	—	—
第11天	火车上	—	—	—	—	—

（续表）

时间	地点	住宿费	伙食费	交通费	杂费	合计
第12天	火车上	—	—	—	—	—
第13天	莫斯科	青旅床位费300	中餐厅餐费：125；麦当劳餐费：55，晚饭餐费：74	地铁费10	—	564
第14天	莫斯科	—	早餐费45，午餐56，超市采购158	地铁费20	博物馆门票费200	479
第15天	莫斯科	—	餐费50，超市采购10	地铁费20，去圣彼得堡火车票248	克里姆林宫门票100	428
第16天	圣彼得堡	—	午餐25，超市采购10	地铁费10，巴士车票1150	药费32，水费12	1239
第17天	圣彼得堡	140	早餐34，晚餐92，超市采购78	公交车费12	博物馆门票40	356
第18天	圣彼得堡	—	晚餐84，博物馆午餐66	公交车费6	冬宫门票120	276
第19天	圣彼得堡、塔林	—	超市采购75，早饭37，饮料及比萨8.5	公交车费6	厕所使用费9	135.72
			总计			5320.72

欧洲段开销明细表

时间	地点	住宿费	伙食费	交通费	杂费	合计
第20天	里加、维尔纽斯	宿大巴	超市采购9欧元	出租车费40欧元	厕所使用费0.8欧元	49.8欧元
第21天	布拉格	古城住宿费870捷克克朗（简称克朗）	小卖部采购50克朗，午餐288克朗晚餐318克朗，水20克朗，超市采购229克朗	地铁费48克朗	给街头艺人捐款20克朗	1843克朗
第22天	布拉格	—	面包50克朗	—	—	50克朗
第23天	奥地利菲拉赫	预订威尼斯住宿98欧元	超市采购100克朗，麦当劳10欧元	顺风车车费80欧（原价98欧，砍价18欧）	—	188欧元，100克朗

（续表）

时间	地点	住宿费	伙食费	交通费	杂费	合计
第24天	威尼斯	—	餐费35.5欧元，超市采购8欧元，雪糕3欧元	一路暴走，无交通费	厕所使用费3欧元	49.5欧元
第25天	威尼斯	—	餐费17欧元，超市采购11欧元	公交车和大巴车费22欧元	—	50欧元
第26天	罗马	72欧元	午餐12欧元，雪糕5欧元，晚餐17欧元，果汁2欧元	一路暴走，无交通费	古罗马斗兽场门票24欧元	132欧元
第27天	罗马、梵蒂冈	资料缺失	午餐22欧元，雪糕2.5欧元，晚餐25欧元	梵蒂冈公交费3欧元	梵蒂冈博物馆门票16欧元	68.5欧元
第28天	罗马、佛罗伦萨	169欧元	午餐13.5欧元，晚餐19欧元	巴士费18欧元，公交费3欧元	—	222.5欧元
第29天	佛罗伦萨	—	午餐24.8欧元，晚餐12欧元，超市采购6.7欧元	一路暴走，无交通费	—	43.5欧元
第30天	佛罗伦萨	—	午餐13.5欧元，晚餐13.5欧元，超市采购7.1欧元，雪糕4欧元	一路暴走，无交通费	厕所使用费2欧元	40.1欧元
第31天	佛罗伦萨、拉斯佩齐亚、五渔村	215欧元（其中70欧为误订费用）	午餐13.5欧元，晚餐16欧元	54欧元	—	298.5欧元
第32天	五渔村	—	午餐8欧元；零食13.5欧元，超市采购20.8欧元，晚饭30欧元	—	—	72.3欧元
第33天	五渔村	—	午餐16欧元，超市采购12.8欧元，零食8.7欧元	—	—	37.5欧元

（续表）

时间	地点	住宿费	伙食费	交通费	杂费	合计
第34天	五渔村、热那亚	青旅住宿费46欧元	午餐18.7欧元，雪糕2.5欧元，晚餐6.5欧元，超市采购16欧元，麦当劳5.8欧元	一路暴走，无花费	电话卡10欧元，海洋馆门票15欧元，	120.5欧元
第35天	热那亚、巴塞罗那	睡在车站，无费用	晚餐12欧元	大巴车费66欧元，公交车费3欧元	—	81欧元
第36天	巴塞罗那	77欧元	晚餐12欧元	公交车费3欧元	—	92欧元
第37天	巴塞罗那	—	午餐23欧元，晚餐12欧元，超市采购6欧元	一路暴走，无交通费	—	41欧元
第38天	巴塞罗那	睡车站，无花费	晚餐15.5欧元，晚餐15欧元，超市采购5.5欧元	搭车失败，郊区往返市区车费9.2欧元	—	45.2欧元
第39天	巴塞罗那、里斯本	48欧元	午餐20.3欧元，晚餐16欧元，果汁1.88欧元，超市采购5.56欧元	公交车费3.6欧元，大巴车费158欧元	自行车租赁费50欧元，厕所使用费1.5欧元	304.84欧元
第40天	里斯本	47.4欧元	晚餐29欧元	火车票9欧元	购买纪念册22欧元，购买明信片7.7欧元	115.1欧元
第41天	里斯本	—	早餐9欧元，午餐22欧元，晚餐22.8欧元，超市采购2.6欧元，爆米花3.8欧元	9.2欧元	电影票13欧元，海洋馆门票31欧元	113.4欧元
第42天	里斯本	—	午餐21欧元，晚餐13欧元	—	—	34欧元

（续表）

时间	地点	住宿费	伙食费	交通费	杂费	合计
第43天	里斯本	—	超市采购18.9欧元，午餐19.8欧元，晚餐16.8欧元	一路暴走，无交通费	理发费5欧元	60.5欧元
第44天	里斯本	—	—	去机场的地铁费4.6欧元	明信片邮费16欧元，购买纪念品60欧元	80.6欧元
第45天	布鲁塞尔	—	早餐16欧元，零食4欧元	—	—	20欧元
第46天	北京	—	—	—	—	—
总计（注：按2017年3—5月的平均汇率折算，1欧元≈7.2元人民币，1克朗≈0.3元人民币）						2360.34欧元，1993克朗，折合人民币约17592.35元

总结：

远征总开销：

远征筹备阶段开销＋俄罗斯段开销＋欧洲段开销＝16180.54＋5320.72＋17592.35＝39093.61元

行程内日均开销：

1. 不加筹备阶段：（俄罗斯段开销＋欧洲段开销）÷行程时间＝5320.72＋17592.35÷46＝22913.07÷46＝498.11，即平均每日开销为498.11元，人均255元。

2. 加筹备阶段：39093.61÷46＝849.86元，即平均每日开销为849.86元，人均424.93元。

后记

梦想永不终结

时间稍纵即逝，远征归来转眼已两年多，路上的记忆随着时间的流逝变得模糊，其中很多细节也已丢失，有些事情只剩下轮廓性的记忆。在这两年多的时间里，我们又经历了许多跌宕起伏的故事。

这两年多来，我们跟无数刚毕业的大学生一样，经历了漫长的求职季、适应期、迷茫期。其间我们还遭遇了家庭的重大变故，感到身心疲惫，压力巨大。

我们曾一度怀疑这趟远征的意义，毕竟回来之后，除了钱包空空，我们似乎并没有收获太多物质上的东西。而且为了准备这段长时间的远征，我们牺牲了最佳的找工作时间，损耗了很强的元气。我们有时会想，假如没有这趟远征，我们会不会找到一份很满意的工作？我们毕业之后的路会不会好走很多？我们的未来是不是看起来会更加清晰明了？我们的家庭会不会不发生那些糟心的事？我们一次又一次地拷问着自己。

秋雨

但到后面，我们发现：如果没有拼了命去做这件事，那么我们就不会在受到无数次打击后，仍然坚定不移地相信自己，相信我们的韧性以及能力；如果只停留在美好的"白日梦"中，那么我们可能对一切看似痴人说梦的目标，报以轻视、嘲笑的态度；如果没有坚持走完这一趟，那么荒芜的西伯利亚、蓝得沁人心脾的贝加尔湖、世界最长铁路西伯利亚大铁路、童话城市布拉格……这些都将只是历史或地理书上干巴巴的一页纸；如果我们还在拖延，不去实现梦想，那么威尼斯弥漫的海水味、永恒之都罗马到处历史的碎石、佛罗伦萨文艺的颜料、巴塞罗那狂热的球衣、欧洲大陆最西端罗卡角上拂面的清风……这些世界上最美好的事物，我们永远都不会感受到。

正是这些回忆，在遭遇挫折、面对困难时，传递给我们源源不断的正能量；正是这些回忆，赋予了我们无比强大的自信心；正是这些回忆，支持着我们越挫越勇，敢于跟命运、环境作斗争；也正是这些回忆，在无数个孤独、折磨的晚上，给予我们无限的安慰。

我们无法确定青春到底如何度过才算有意义，但很确定的一点就是，在22岁的这一年，我们用尽了一切力量，完成了我们的一个梦；在22岁的这一年，我们用了15 000多公里，横跨10个时区、12个国家、5个气候带的远征给自己举

猪隆

行了盛大的大学毕业典礼；在22岁的这一年，我们真正用双脚丈量了世界，在沿途的国家留下了足迹，为青春拉开了新的篇章。

在书的结尾，你如果再次问，这趟旅程我们收获了什么？

一个词——自信。

经历一路的奔波与劳累，了解了各国的风情和历史文化，睡过各种车站和青旅，遇到了形形色色的人，我们看到了世界上最真实、最有质感、最触手可及的画卷；用很有限的资金和时间，完成了这趟一开始看来只是在幻想的路线，我们很是自豪。对我们而言，优于别人并非多么有说服力，因为优秀永远没有上限，而优于曾经的自己，让我们收获了最踏实的自信。

感谢人生，感谢青春，感谢诗和远方，还有，一直以来支持我们的家人与朋友。

"待到山花烂漫时，她在丛中笑。"

朋友们，我们美洲穿越远征再会！

——2018年4月30日于香港大学智华馆